Stefanie Schreiber

Doppelmord hinterm Deich bei St. Peter-Ording

Torge Trulsen

Charlotte Wiesinger

Für alle Sankt-Peter-Ording-Fans,
die ihren Sehnsuchtsort auch im Winterhalbjahr lieben!

Stefanie Schreiber

Doppelmord hinterm Deich bei St. Peter-Ording

Der vierte Fall für Torge Trulsen und Charlotte Wiesinger

Kriminalroman

servitus Verlag
edition Unterhaltung

Ein kleines Lexikon norddeutscher Begriffe finden Sie am Ende des Buches.

Prolog

Der Blick auf die Weite der platten Landschaft half, die aufgewühlten Nerven ein wenig zu beruhigen. So viele Tage waren so viele Argumente mit- und gegeneinander abgewogen worden. Wie viel Kraft das gekostet hatte!
Heute war der Tag der Entscheidung gekommen. Länger ließ es sich nicht hinauszögern, sonst wäre alles umsonst gewesen. All die schlaflosen Nächte mit den rotierenden Gedanken; die aufkeimenden Hoffnungen und die zermürbenden Ängste.
Hier, inmitten der saftigen Wiesen auf und vor dem Deich, auf dem die älteren Schafe friedlich grasten, während die Jüngeren ausgelassen tobten. Inmitten der Felder, auf denen vor Kurzem noch das Getreide im ewigen Wind wogte und inmitten des Wunders Wattenmeer.

Hier sollte es eigentlich leicht sein, die richtige Entscheidung zu treffen - doch so war es nicht.
Viel mehr als lediglich die geliebte Landschaft ging in die Rechnung ein. Wäre es einfacher, sie nicht alleine treffen zu müssen, oder würden verschiedene Meinungen die Entschlusskraft im Gegenteil verringern?
Die Gedanken waren müßig. Es gab niemanden, der die Verantwortung mittragen würde. Niemanden, der die Zweifel zerstreute oder die Ängste nahm.
Genau genommen war die Entscheidung längst gefallen. Der vertraute Anblick des Leuchtturms von Westerhever zauberte ein Lächeln auf das betrachtende Gesicht. So wie geplant musste es ausgeführt werden. All diese Schönheit galt es zu erhalten, dafür war kein Opfer zu groß. Die Verhältnismäßigkeit war gegeben, so viel war klar.
Trotzdem war es nicht möglich, den letzten nagenden Zweifel auszuschalten, weder beim Erstellen des Plans im stillen Kämmerlein, noch hier inmitten der Natur am Ort des Geschehens.
Gab es vielleicht doch die Möglichkeit, sich einen Rat einzuholen? Aber wer sollte das sein? Wem konnte die Verantwortung für diese Entscheidung aufgebürdet werden? Alle Namen, die auftauchten, verschwanden gleich wieder. Nein, niemand konnte in dieses Projekt hineingezogen werden! Niemand verdiente so viel Vertrauen.
Es war eine einsame Entscheidung, die an jenem Sonntag im Oktober getroffen wurde und niemand ahnte, was sie alles verändern würde.

Greta in Neu-Augustenkoog | Samstag, den 31. Oktober

Erleichtert fuhr Greta Petersen den Rechner herunter und räumte ihren Schreibtisch auf. So sehr sie ihre Arbeit in der Ferienanlage *Weiße Düne* in Sankt Peter-Ording mochte, an diesem Samstag war sie froh, wieder einmal eine Saison geschafft zu haben. In den kommenden Monaten würde sie nicht am Wochenende arbeiten müssen, was ihr Jahr um Jahr schwerer fiel. Nur ungern gestand sie sich ein, dass ihre Kräfte ein wenig nachgelassen hatten, was mit zweiundsechzig Jahren ganz natürlich war, auch wenn es ihr nicht in den Kram passte.
Auf Eiderstedt würde mit dem Ende der Ferienzeit Ruhe einkehren, wodurch die Einheimischen die Halbinsel wieder ungestörter genießen konnten. Einzig der bevorstehende November bereitete ihr Unbehagen. Dieser Monat brachte die ungeliebte, nicht endende Dunkelheit mit sich, die Greta schon einmal aufs Gemüt schlagen konnte. Dazu würden die Herbststürme über das platte

Land fegen. Auch wenn sie ihr ganzes Leben in Nordfriesland verbracht hatte, fand sie es immer noch unheimlich, wenn bei orkanartigen Böen die Fensterläden ihres Hauses in Osterhever klapperten, als würden Geister daran rütteln. Obwohl ihr Mann Joost jetzt schon fast drei Jahre tot war, hatte sie sich bislang nicht an das Alleinleben gewöhnt. Im Winter belastete es sie mehr als im Sommer, wenn die langen Tage mit Arbeit und nicht abreißenden Touristenströmen ausgefüllt waren.

Seufzend verscheuchte sie die trüben Gedanken. Im Grunde konnte sie sich glücklich schätzen, denn sie war ja nicht allein. Allen voran war ihr Sohn ihr immer eine Stütze gewesen. Trotz seiner manchmal sehr zeitintensiven Arbeit als Kriminalkommissar in Sankt Peter-Ording schaffte er es regelmäßig, sie zu besuchen, mit ihr zu essen oder eine Kleinigkeit im Haus zu reparieren. Bei dem Gedanken an Knud musste sie unwillkürlich lächeln. Schon immer war er sportlich und mit seiner nordisch-pragmatischen Art sehr ausgeglichen gewesen, aber seit die Kommissarin aus Hamburg im letzten Jahr in ihre Küstengemeinde gekommen war, um das Team in dem Mordfall Michael Schwertfeger zu verstärken, hatte er sich doch ein wenig verändert. Es schien ihn überaus zu freuen, dass sie nach Auflösung des Falles geblieben war. Er lief nun täglich zehn Kilometer, wodurch er ein wenig abgenommen hatte und legte viel mehr Wert auf seine Kleidung. Seine positive Lebenseinstellung, die Liebe zu diesem Landstrich und sein meist gut gelauntes Grienen kamen anscheinend auch bei Charlotte Wiesinger an. Greta war ihr bisher nur selten begegnet. Die kleine Frau schien jedoch ein Energiebündel zu sein, was Knud wunderbar ergänzte. Zumindest bei der Arbeit waren die beiden ein großartiges Team geworden. Greta war gespannt,

ob sich auch privat etwas zwischen ihnen entwickeln würde.
„Moin Greta, ist die Lessing noch da?“ Wie üblich, ohne anzuklopfen, war Torge Trulsen in ihr Büro gestürmt. Greta mochte den Hausmeister der *Weißen Düne*, auch wenn er auf Konventionen pfiff und mit seiner direkten Art nicht selten bei den Feriengästen aneckte. Dafür gab es niemanden, der hilfsbereiter war als dieser Mittfünfziger, den mit Knud eine lange Freundschaft verband. Wie immer, wenn es ein Problem zu lösen gab, raufte sich Torge seine blonden vollen Locken, die lediglich an den Schläfen einige graue Spuren zeigten. Insgesamt war er optisch nicht übermäßig attraktiv: Mit 1,75m ein wenig zu klein; dazu leicht untersetzt, was nicht nur auf den Zucker in dem Kaffee zurückzuführen war, den er allzu gerne trank. Doch diese Defizite machte Torge mit seinem Charme wett, den er versprühte, wenn die Sympathiewerte stimmten.
„Nein, sie ist bereits gegangen und ich bin auch auf dem Sprung. Was hast Du denn auf dem Herzen?“, fragte Greta den leicht gehetzt wirkenden Hausmeister.
„Ach, heute feiert Hinnerk Liesenfeld seinen fünfzigsten Geburtstag im Feuerwehrhaus in Husum. Das wird bestimmt ´ne große Sause.“ Ein begeistertes Strahlen zeigte sich auf Torges Gesicht. „Knud, Hannes Paulsen und ich haben versprochen, bei den Vorbereitungen zu helfen.“
„Ja, davon habe ich gehört“, antwortete Greta lächelnd. „Knud hat sich viele Gedanken gemacht und sogar eine kleine Rede vorbereitet.“
„Ja, da ist noch echt viel zu tun. Hier dagegen ist es heute ruhig. Ich wollte die Lessing fragen, ob ich schon jetzt, also zwei Stunden früher Feierabend machen kann“, weihte Torge die Sekretärin in seine Pläne ein. Solange

Greta denken konnte, waren die beiden schon in der Weißen Düne tätig, womit sie zu dem loyalen Kern der Mitarbeiter des Feriendorfes gehörten, das aufgrund der großen Beliebtheit stets gut gebucht war.
„Was sollte dagegen sprechen? Wir haben doch alle ein volles Überstundenkonto angesammelt. War eine anstrengende Saison! Ich denke, das geht in Ordnung. Ist Hansen noch da, falls es einen Notfall gibt?", fragte Greta zur Sicherheit.
„Jo, und er bleibt auch mindestens bis fünfzehn Uhr." Mit einem Nicken verlieh Torge seiner Aussage Nachdruck.
„Dann mach dich vom Acker. Grüß Knud von mir. Ich wünsche Euch viel Spaß heute Abend."
„Bist du nicht dabei?", fragte Torge überrascht.
„Nein, an solchen großen Feiern habe ich nicht mehr so viel Freude, seit mich Joost nicht mehr begleiten kann. Ich will heute endlich einmal wieder Helga Paulsen auf ihrem Hof in Neu-Augustenkoog besuchen. Sie hat Neuigkeiten, darauf wollen wir in ihrer frisch renovierten Küche anstoßen." Greta lächelte bei dem Gedanken an ihre langjährige Freundin, die sie schon eine Weile nicht mehr gesehen hatte.
„Mutig! Das ist im Moment echt dunkel dort in dieser Einsamkeit. Ich weiß nicht, ob ich in solcher Abgeschiedenheit leben könnte." Wieder raufte sich Torge seine blonden Locken.
„Du bist schon zu tief in die Kriminalfälle unserer Halbinsel eingetaucht! Vielleicht tut es dir nicht so gut, wie du denkst, dich immer wieder in die Arbeit von Knud und Kommissarin Wiesinger einzumischen. Da bekommst du schon Angst vor den schönsten Gegenden Eiderstedts." Es machte Greta Spaß, den Kollegen ein wenig zu foppen, denn sie wusste genau, wie gerne Torge das Polizeiteam

von St. Peter-Ording unterstützte, wenn es einen kniffligen Fall zu lösen gab, was in letzter Zeit häufiger vorgekommen war. Knud hatte ihr erzählt, dass der Hausmeister der *Weißen Düne* gar kein schlechter Hilfssheriff war. So hatte er es zumindest ausgedrückt, worüber Greta sich köstlich amüsierte. Sie wusste, Torge liebte seine Arbeit in der Ferienanlage, aber Polizeiarbeit faszinierte ihn.

„Was heißt hier einmischen? Meine Mitarbeit war jedes Mal hilfreich. Frag Knud! Außerdem habe ich keine Angst", wehrte Torge entrüstet ab. „Aber ich dachte, du würdest es vielleicht ein wenig unheimlich finden, dort ganz alleine hinzufahren."

„Keine Sorge, ich nehme das Auto, auch wenn es nur eine kurze Strecke ist", beruhigte Greta ihren Kollegen. „Und nun hau ab, bevor es hier noch einen Fall zu lösen gibt. Ich wünsche Euch ein rauschendes Fest."

„Danke dir, Greta. Moin und schönes Wochenende!" Sichtlich erfreut verschwand Torge aus dem Büro der Sekretärin.

Lächelnd guckte Greta ihm einen Moment hinterher. Torge war ein nordfriesisches Original, das gerne über die Stränge schlug. Wie Knud ihr anvertraut hatte, waren seine Aktionen manchmal wirklich grenzwertig. Auch was seine Arbeit in dem Feriendorf betraf, hatte es Konflikte mit der Führung gegeben. Als Marina Lessing die Stelle der Managerin übernahm, kam sie direkt von der Uni und zeigte sich eher durchsetzungsschwach. Insbesondere mit dem leicht überselbstbewussten Hausmeister war sie anfangs überhaupt nicht zurechtgekommen. Umso erfreuter nahm Greta zur Kenntnis, dass Torge sein eigenmächtiges Verhalten reduzierte. Vielleicht war er durch das Verschwinden seiner Enkelin im letzten Sommer ein wenig demütig geworden. Marina Lessing hatte ihm weitreichende Unterstützung zukommen lassen, was ihr offensichtlich im Gegenzuge Wohlwollen einbrachte. Greta empfand die Managerin immer noch als sehr unsicher, obwohl sie die *Weiße Düne* nun bereits annähernd zwei Jahre leitete.

Die Gedanken an das Personal der Ferienanlage beiseiteschiebend warf sie einen letzten Blick auf ihren aufgeräumten Schreibtisch, bevor sie zufrieden das Büro verließ. Nun noch schnell einkaufen, dann konnte sie sich einen entspannten Nachmittag gönnen, bevor sie am Abend zu Helga fuhr.

Greta kannte die Bäuerin bereits seit ihrer Schulzeit. Eine Zeit lang hatten sie beide von der weiten Welt geträumt, wollten in eine Großstadt ziehen, um an dem echten Leben teilzunehmen. Doch weit waren sie nicht gekommen. Sogar Hamburg stellte sich für beide als zu laut und hektisch heraus, sodass sie schließlich doch auf Eiderstedt geblieben waren. Torge hatte schon recht: Viel einsamer als in Neu-Augustenkoog konnte man auf der Halbinsel kaum leben. Die nächsten Nachbarn zum Paulsen-Hof waren circa einen Kilometer entfernt. In Richtung Deich im Norden gab es nur Felder und Wiesen. Während Wilfried um Helga warb, hatte diese nur kurz Zweifel an dem Leben in so einer Abgeschiedenheit empfunden. Schließlich war sie ihr mit der Gründung einer großen Familie begegnet: Leevke, Hannes und Domenick waren im Abstand von jeweils zwei Jahren geboren worden. Sie wuchsen inmitten von Tieren auf. Nicht nur Kühe, Schafe, Schweine und Hühner, sondern auch Hunde sowie Katzen lebten mit ihnen und ließen die Einöde vergessen. Das Glück wurde perfekt, als mit acht Jahren Abstand die kleine Smilla auf die Welt kam. Helga hatte ihr anvertraut, dass sie im Grunde nicht mehr geplant gewesen war, sie es aber mit der Verhütung

nicht so genau genommen hatten. Wie lange war das alles jetzt schon her! Manchmal hatte Greta ihre Freundin um die große quirlige Familie beneidet, denn Knud war ein Einzelkind geblieben, obwohl sie gerne noch eine Tochter gehabt hätte.
Mittlerweile war es auf dem Paulsen-Hof wieder stiller geworden. Nur Hannes lebte zusammen mit seinen Eltern dort. Mit großem Herzblut führte er die Landwirtschaft fort. Die Geschwister waren weggezogen, um ein anderes Leben zu führen. Leevke, die Älteste, war tatsächlich schon vierundvierzig. Wo war bloß die Zeit geblieben? Sie lebte mit ihrem Mann und drei Kindern auf der Hallig Hooge, wo es nach Gretas Empfinden wirklich trostlos war. Domenick, der zwei Jahre Jüngere war nach Hamburg gezogen. Wenn Greta es richtig in Erinnerung hatte, leitete er eine PR-Agentur. Mit dem einfachen Leben auf dem Land konnte er gar nichts anfangen. Er mochte Luxus, schnelle Autos sowie oberflächliche Frauen. Smilla war die Träumerin der Familie. Sie studierte seit ewigen Zeiten Kunst, wobei sie sich mit Jobs über Wasser hielt. Helga machte sich ständig Sorgen um ihr Nesthäkchen und steckte ihr immer wieder Geld zu, was Wilfried genauso ärgerte, wie ihr mangelndes Interesse an dem Hof. Ihre Ausbildung als Pferdewirtin hatte sie abgebrochen. Na ja, irgendwelche Konflikte gab es wohl in jeder Familie!
Hannes dagegen war der ganze Stolz seines Vaters. Nach dem Studium der Agrarwirtschaft war er auf den Hof zurückgekehrt. Er leistete dort inzwischen die Hauptarbeit, während sich Helga und Wilfried mit Mitte sechzig langsam auf das Altenteil zurückzogen. Die drei schienen sich sehr gut zu verstehen. Einziger Wermutstropfen war, dass Hannes bislang keine Frau gefunden hatte, die mit ihm auf dem Hof leben wollte. Die jungen Frauen von

heute schienen andere Vorstellungen zu haben, als in einsamer Lage sieben Tage die Woche hart zu arbeiten, selten zu verreisen und nicht nur Kinder, sondern auch zahlreiche Tiere großzuziehen. Das konnte Greta sogar verstehen. Für sie wäre das ebenfalls kein Leben gewesen. Ihr Haus in Osterhever lag abseits vom Touristentrubel, aber sie konnte im Notfall auf direkte Nachbarn zurückgreifen, mit denen sie nach der langen Zeit ein herzliches Verhältnis verband. Die Arbeit im Büro mit so vielen Menschen hatte ihr Erfüllung gegeben. Finanzielle Unabhängigkeit war ihr stets wichtig, auch wenn die Ehe mit Joost nicht nur stabil, sondern glücklich gewesen war. An dieser Stelle konzentrierte sie sich lieber auf ihren Einkauf, bevor die wehmütigen Gedanken übermächtig wurden. Spontan beschloss sie, den Nachmittag für das Backen von Friesenschnitten zu nutzen. Selbst eingekochtes Pflaumenmus wartete in ihrer kleinen Speisekammer auf den Verzehr. Sicherlich würden sich sowohl Helga als auch Knud über die süße Leckerei freuen.

Als Greta ihr Haus wieder verließ, hatte der angekündigte Regen noch nicht eingesetzt, obwohl der Wind bereits auffrischte. Knuds Empfehlung folgend ließ sie einige Lampen in den Fenstern leuchten, um mögliche Einbrecher abzuschrecken. Es ersparte ihr außerdem, in ein dunkles Haus zurückkehren zu müssen. Schon etliche Male hatte sie überlegt, ob sie sich zwei Katzen zulegen sollte. Das würde ihr in den langen Abenden des Winters ein wenig Leben und Gesellschaft bescheren. Sorgfältig schloss sie die Tür ab, bevor sie den Kuchen balancierend zu ihrem kleinen Wagen ging. Ihr Kleinod vermittelte einen heimeligen Eindruck.

Zufrieden machte sie sich auf den kurzen Weg. Helga hatte ihr verraten, dass ihre Küche dem Winter zum Trotz in einem sonnigen Gelb gestrichen worden war. Passend dazu hatte Greta Tischsets in knalligem Orange gehäkelt. Sie war gespannt, wie sie der Freundin gefallen würden.

Schon bog sie in die Straße Kömdiek ein. Der Paulsen-Hof lag ungefähr auf halber Strecke, umgeben von hohen Bäumen. Eine lange Auffahrt führte von dem schmalen Zubringer über einen leicht holprigen Weg bis zu dem stattlichen Haus. Normalerweise war der Zufahrtsweg gut beleuchtet, doch heute wurde er von einer Dunkelheit eingehüllt, die Greta unwillkürlich erneut das Fernlicht ihres Autos einschalten ließ.

Auch der Hof empfing sie in einer ungewohnten Schwärze. Da stimmte doch etwas nicht! Hatte Helga ihr heutiges Treffen vergessen? Oder war sie selbst im Kalender verrutscht? Für einen Moment verunsichert hielt Greta an, um nachzudenken. Plötzlich wurde es heiß in dem Wagen. Sie ließ die Scheibe an der Beifahrerseite zur Hälfte herunter. Sofort drückte der Wind eine Brise frische Luft hinein, die ihren Denkapparat ankurbelte. Nein, im Datum hatte sie sich nicht geirrt! Da war sie sich ganz sicher. Knud wollte sie überreden, an der Feier von Hinnerk Liesenfeld teilzunehmen, doch sie begründete ihre Absage mit der Einladung von ihrer langjährigen Freundin.

Was hatte diese Stille auf dem Hof zu bedeuten? Wenn Hannes Paulsen ebenfalls auf der Geburtstagsparty war, mussten Helga und Wilfried zu Hause sein. So hielten sie es seit Jahren. Nie ließen sie ihre Tiere ganz allein. Auch das war seltsam: Normalerweise kamen Asterix und

Obelix – die beiden Wachhunde der Landwirte – bei jeder Bewegung auf der Auffahrt bellend zur Begrüßung angerannt.
Greta schwitzte, obwohl der Wind weiter kalte Luft in das Auto beförderte. Ihre Überzeugung, etwas sei nicht in Ordnung, wuchs. Was sollte sie bloß tun? Knud war in Husum, außerdem wollte sie ihm nicht wegen eines vagen Verdachts die Stimmung verderben. Er arbeitete ohnehin zu viel. Das Gleiche galt für Torge. Oft war er der Retter in der Not, aber heute feierten beide Männer. Das wollte Greta ihnen auf keinen Fall vermiesen; insbesondere dann nicht, wenn vielleicht gar nichts passiert war. Verunsichert starrte die Sekretärin durch ihre Windschutzscheibe in Richtung Bauernhaus. Dort regte sich nichts. Sollte sie anrufen oder einfach die letzten fünfzig Meter zu dem Hof fahren, um nachzuschauen? Die Vorstellung ließ einen Druck in der Magengegend entstehen, außerdem fing sie plötzlich an zu frieren. Greta spürte, wie sich die Härchen auf ihren Armen aufstellten. Zitternd griff sie nach ihrem Mobiltelefon. Das Display zeigte die Uhrzeit an: Es war kurz nach sieben. Sie war genau pünktlich eingetroffen, wurde aber offensichtlich nicht erwartet. Mit unsicheren Fingern suchte sie Helgas Nummer aus der Kontaktliste heraus. Nach dem fünfzehnten Klingeln gab sie auf. Ihre Gedanken rasten. Sollte sie allein nachsehen, was los war oder vorher Hilfe holen? Und wenn es doch eine harmlose Erklärung gab? Dann verdarb sie jemandem den Samstagabend und machte sich selbst zum Clown.
Unentschlossen wog sie die Alternativen ab. Seit das Fenster wieder geschlossen war, wurde ihr wärmer. Gedanklich fasste sie die Merkwürdigkeiten zusammen: Kein Licht auf der Auffahrt, der gesamte Hof in Schwärze gehüllt, ungewohnte Stille durch das Ausbleiben der

Hunde - außerdem war Helga telefonisch nicht erreichbar.
Sie würde bei Charlotte Wiesinger anrufen! Greta war sich nicht sicher, ob sie die Nummer der Kommissarin gespeichert hatte. Ihre Nervosität stieg, als sie beim Durchsuchen ihres Handys nicht fündig wurde. Hatte sich da etwas gerührt? Nur aus dem Augenwinkel meinte sie, eine Bewegung wahrgenommen zu haben. Den Wagen von innen verriegelnd konzentrierte sie sich wieder auf ihr Telefon. Sie beschloss, einfach die Nummer des Polizeireviers in St. Peter-Ording anzurufen. Hoffentlich war der Anschluss auf das Smartphone von Kommissarin umgeleitet. Wenn es doch Knud traf, konnte sie es auch nicht ändern. Sie brauchte hier auf jeden Fall Verstärkung!
Nach viermaligem Ertönen des Freizeichens sprang die Mailbox an. Eine weibliche Stimme forderte sie auf, eine Nachricht zu hinterlassen. Greta war so perplex, nur einen Anrufbeantworter zu erreichen, dass sie ihren Einsatz verpasste und den Vorgang wiederholen musste.
„Kommissarin Wiesinger, hier spricht Greta Petersen. Ich befinde mich kurz vor dem Paulsen-Hof in Neu-Augustenkoog, um meine Freundin zu besuchen. Hier stimmt etwas nicht. Können Sie bitte schnell herkommen?“ Bevor sie auflegte, nannte sie dazu die genaue Adresse. Hoffentlich würde sich Knuds Kollegin gleich zurückmelden, sonst müsste sie ihrem Sohn wohl doch die Party verderben.
Nachdem sie Hilfe gerufen hatte, konzentrierte sie sich wieder auf die Umgebung. Die Sorge um ihre Freunde war schließlich größer als die Angst um die eigene Sicherheit. Gefühlt wartete sie bereits eine Ewigkeit auf den Rückruf von Charlotte Wiesinger, dabei waren erst zwei Minuten vergangen, seit sie zuletzt zur Uhr geschaut

hatte. Entschlossen startete sie den Motor ihres kleinen Wagens, um zumindest direkt auf den Hofplatz zu fahren. Vielleicht sah sie aus der Nähe mehr. Mit zusätzlich eingeschalteten Nebelscheinwerfern rollte sie langsam auf das Bauernhaus zu. Nicht ein einziges Licht war dort zu entdecken. Gab es vielleicht einen Stromausfall? War die Erklärung so einfach? Fast schon schämte sie sich für ihren überstürzt scheinenden Anruf bei der Polizei.
Der benachbarte Hof war so weit entfernt, dass sie nicht erkennen konnte, ob dort alles in Ordnung war. Von neuem Mut erfüllt, kramte sie in dem Handschuhfach nach der Taschenlampe, die Knud ihr verpasst hatte. Dank der LED-Leuchten funktionierte sie sogar. Greta erinnerte sich gut an die Zeit der herkömmlichen Modelle, deren Batterien grundsätzlich leer gewesen waren, wenn man sie nach Monaten endlich einmal benutzen wollte. Den banalen Gedanken beiseiteschiebend kletterte sie aus dem Wagen, um die von den Autoscheinwerfern angestrahlte Fassade des Bauernhauses in Augenschein zu nehmen. Mit Ausnahme der Dunkelheit wirkte alles normal. Trotzdem fühlte sie sich bei ihren ersten Schritten nicht sicher auf den Beinen. Ihre Knie wurden noch weicher, als ihr wieder die fehlende Begrüßung der Hunde einfiel. Trotzdem setzte sie tapfer einen Fuß vor den anderen. Wenn Helga ihre Hilfe brauchte, konnte sie nicht einfach tatenlos im Wagen sitzen und auf Unterstützung warten.
Entschlossen straffte sie ihren Rücken. Was hatte sie Torge heute Mittag vorgeworfen? Nun fing sie schon selbst an, hier ein Verbrechen zu vermuten. Das war ja alles Quatsch! Sie würde jetzt in das Haus gehen, um nachzuschauen, was da los war. Trotz der mutigen Gedanken wurde ihr mit jedem weiteren Schritt mulmiger zumute. Der Wind zerrte an ihrem Anorak, das Frösteln

war nicht nur der Situation, sondern auch dem Wetter geschuldet. Den Eingang erreichend griff sie forsch nach dem Öffner. Sofort klappte der obere Teil der hier so typischen Klönschnacktür auf.
Wie erwartet traf sie auf Dunkelheit und Stille.
Wieder wurden die Zweifel stärker. Sollte sie ihren Anruf bei der Kommissarin wiederholen, bevor sie das Haus betrat? Aber sie hatte ja eine Nachricht hinterlassen. Knud betonte oft genug, wie sehr er die Zuverlässigkeit sowie das Engagement seiner Kollegin schätzte. Sie würde sich bestimmt gleich melden. Es war besser, wenn Greta ihr dann schon sagen konnte, ob es sich wirklich um einen Notfall oder nur um falschen Alarm handelte.
Greta nahm ihren Mut zusammen, hakte den unteren Teil der Tür aus und betrat im Schein der Taschenlampe das Haus. Da sie damit bestens vertraut war, kam sie mit der mageren Lichtausbeute aus. Gleich rechts befand sich der Sicherungskasten. Helga hatte sich oft über das hässliche Ding ausgelassen, aber Wilfried sah nicht ein, für die Verlegung viel Geld auszugeben. Tatsächlich war die Hauptsicherung herausgesprungen! Doch wo waren die Bauersleute?
Beherzt legte Greta den Schalter wieder um. Sofort wurde es hell. Nur die gespenstische Stille ließ sich dadurch nicht vertreiben. Mit klopfendem Herzen wartete sie einen Moment, ob der Strom blieb, dann ging sie den langen Flur Richtung Küche. Durch das Licht fühlte sie sich sicherer, trotzdem nagte die Angst an ihr, etwas Schlimmes könnte passiert sein. Nur flüchtig registrierte sie in diesem Augenblick die originalen alten Schränke, die sie schon immer bewundert hatte. Die eingeschaltete Taschenlampe in der Hand erreichte sie schließlich die Tür zu Helgas heiligem Reich. Wie viele Stunden hatte die Freundin hier in den letzten Jahrzehnten mit Kochen

und Backen für die große Familie verbracht! Greta merkte selbst, wie sie sich mit Gedanken an häusliche Normalität ablenken wollte, falls sie in diesem Raum etwas Schreckliches erwartete.
Im gleichen Augenblick, in dem sie die Tür zur Küche aufstieß, klingelte ihr Mobiltelefon, doch sie war unfähig, sich zu rühren. Mitten im Raum lag ihre Freundin auf dem Rücken. Auch aus der Entfernung konnte Greta erkennen, dass hier jede Hilfe zu spät kommen würde. Der Blutverlust war einfach zu groß.

Torge in Husum | Samstag, den 31. Oktober

Wenn einer den Monat November mochte, dann war das Torge Trulsen. Und der Hausmeister der Ferienanlage *Weiße Düne* hatte auch unbestreitbar das Gefühl, dass dies auf Gegenseitigkeit beruhte.
Der November, der von den meisten Menschen nur als grau, regnerisch, stürmisch sowie als das ultimative Ende des Sommers wahrgenommen wurde, brachte für Torge Entspannung. Mit diesem Monat war die Saison an der Nordseeküste endgültig vorbei. Die Touristen verließen die Halbinsel, nur eingefleischte Fans, die Wind und Wetter trotzten, waren zu Gast. Der Betrieb wurde ruhiger, er hatte wieder Zeit für die Familie – also allen voran seine bessere Hälfte Annegret. Außerdem fasste er aufgrund des sommerlichen Dramas der verschwundenen Kinder den festen Entschluss, nicht nur seine Tochter, sondern auch die Enkel häufiger zu besuchen. Dafür würde der November ihm nun Gelegenheit bieten, weil

die größeren Reparaturen und Renovierungen der Bungalows der *Weißen Düne* erst im neuen Jahr anstanden. Traditionell war das erste Quartal hier in Sankt Peter-Ording das sogenannte Arbeitsquartal, in dem sich alle auf die neue Saison vorbereiteten.
So blieb Torge Zeit, sich um sein eigenes Haus zu kümmern. Die wunderschöne Reetkate von 1704 war seit Generationen im Besitz der Familie. Zusammen mit dem großen Garten hatte sich das Paar in Tating ein Kleinod geschaffen, das ihnen Ruhe sowie Entspannung abseits des Touristentrubels bot. Urlaub war damit praktisch überflüssig. Trotzdem träumte Annegret seit geraumer Zeit von einer Kreuzfahrt durch die Ägäis, was Torge bislang zu verhindern wusste. Ein Reiseziel im Winterhalbjahr war – wenn es denn überhaupt sein musste – eindeutig besser einzuplanen. Von einer Massenveranstaltung, eingepfercht auf einem Riesenpott, der über die Meere schipperte, hielt er überhaupt nichts: Essen in Schichten, möglichst mit einem farbigen Band am Handgelenk; das war nicht das Richtige für den Nordfriesen, der Individualität liebte. Warum sollte er auf einer Reise wieder zahlreiche Urlauber um sich scharen? Das hatte er ja das ganze Jahr. Was ihn reizen würde, wäre ein Landunter auf der Hallig Hooge zu erleben. Torge war mit Annegret bereits im Rahmen eines Tagesausfluges auf dem Eiland gewesen, allerdings bei bestem Wetter im September. Natürlich hatten sie sich neben dem Königspesel und dem wunderschönen Gotteshaus auf der Kirchwarft auch den Film in dem ursprünglichen, äußerst originellen Sturmflutkino angeschaut. Daran war seit ewigen Zeiten nichts modernisiert worden, was gerade den einzigartigen Charme ausmachte. Während das Naturereignis, welches die Nordsee quasi in die Vorgär-

ten der Halligbewohner spülte, den Hausmeister überaus faszinierte, saß Annegret verschreckt auf ihrem Stuhl. Die Vorstellung, diese Naturgewalten aus nächster Nähe zu erleben, ließ die friedliche Frau fast einen Streit anfangen, als Torge wagte, dies als Urlaubsalternative vorzuschlagen.
So waren sie bisher zu Hause geblieben, was für den Hausmeister absolut in Ordnung war. Wenn man dort wohnte, wo andere Urlaub machten, brauchte man schließlich nicht die Koffer zu packen, um sich zu erholen. Das galt insbesondere für den November. Er liebte die Herbststürme, die über das platte Land fegten, genauso wie das nordische Schietwetter mit Regen, der quasi waagerecht über die Halbinsel getrieben wurde. Wenn er dann bei Flut an die Kante der Nordsee fuhr, um die hohen Wellen zu beobachten, wie sie auf den Strand tobten, fühlte er Freiheit. Nichts pustete mögliche trübe Gedanken so perfekt aus dem Schädel wie das Rauschen dieser Wassergewalten.
Doch heute stand ein Ereignis anderer Art auf dem Programm: Hinnerk Liesenfeld, ein erfolgreicher Unternehmer aus Husum, der außerdem Vorsitzender der Schutzstation Wattenmeer war, wollte seinen fünfzigsten Geburtstag im großen Stil in dem Feuerwehrhaus der grauen Stadt feiern.
Torge gehörte nicht zu seinem engsten Kreis, doch Annegret und Juliane Liesenfeld waren gemeinsam bei den Landfrauen, wodurch sich über die Jahre eine Freundschaft entwickelt hatte. Im Fall Schwertfeger war es außerdem Torge gewesen, der Hinnerk die Nachricht vom Tod seines Mitarbeiters überbrachte, da waren sie einander ein wenig nähergekommen. Der Hausmeister kannte außerdem auf Eiderstedt jeden und war mit allen per Du. Eine große Feier ohne ihn war im Grunde undenkbar.

Gern hatte Hinnerk Liesenfeld Torges Angebot angenommen, bei der Vorbereitung zu helfen. Um das leibliche Wohl würden sich Profis kümmern, der erfolgreiche Unternehmer ließ sowohl einen Getränkewagen mit Fassbier als auch einen Caterer kommen. Den Aufbau der Tische und Stühle würden die privaten Helfer übernehmen. Knud hatte Torge abgeholt; Hannes Paulsen war mit seinem eigenen Wagen gekommen. Juliane und Hinnerk waren bereits an der Arbeit, als die Freunde eintrafen. Offensichtlich würde es eine große Party sowie gleichsam eine Werbeveranstaltung für die Schutzstation Wattenmeer werden. Knud vertraute ihm an, dass Liesenfeld den Vorsitz ehrenamtlich ausführte. Statt eines Geschenks zu seinem Geburtstag hatte er auf der Einladung um eine Spende für die Organisation gebeten, die sich mit großem Engagement für die Erhaltung des Weltnaturerbes einsetzte. Da aber nicht jeder der geladenen Gäste mit den Details dieser Arbeit vertraut war, kümmerte sich seine Gattin um entsprechende Informationen, die sie mit weiblichem Geschick in eine maritime Deko integrierte. Das Endergebnis war beeindruckend.
Um noch größere Aufmerksamkeit zu erlangen, hatte der Jubilar sogar die lokale Presse zu dem Ereignis eingeladen. Der Reporter vom *Husumer Tageblatt* ließ auf sich warten, aber das Fernsehteam von *N3 von der Küste* war bereits früh eingetroffen. Christiansen wollte offensichtlich keine Highlights verpassen, zu denen ebenfalls eine Rede gehörte, die der Kommissar vorbereitet hatte.
Torge wusste genau, wie sehr sein Freund die eigene Zurschaustellung in der Öffentlichkeit hasste. Insgeheim vermutete er, dass Knud ihn später bitten würde, den vorbereiteten Text an seiner Stelle vorzutragen.
Obwohl das Fest offiziell erst gegen achtzehn Uhr begann, trudelten die ersten Neugierigen bereits eine halbe

Stunde früher ein. Gerade baute die Band ihre Instrumente auf. Hinnerk hatte offensichtlich weder Kosten noch Mühen gescheut, um seine Gäste bestens zu unterhalten. Das Buffet wurde von nordischen Spezialitäten dominiert, allerdings gab es ebenfalls Alternativen für diejenigen, die nicht so gerne Fisch aßen.
Torge wusste von etlichen Bekannten, die einen Teil zum Rahmenprogramm beitragen würden. Es waren nicht nur Reden, sondern außerdem künstlerische Darbietungen aus den Bereichen Tanz, Musik und sogar Akrobatik vorbereitet worden. Es versprach, ein rauschendes Fest zu werden.
„Trulsen, wo haben Sie denn Ihre bessere Hälfte gelassen? Sie wird doch heute mit von der Partie sein, oder?" Christiansen von *N3 von der Küste* trat mit einem Glas Bier in der Hand auf ihn zu. „Selbst das Alkoholfreie schmeckt vom Fass besser als aus der Flasche", bemerkte er, bevor er sich nochmals nach Annegret erkundigte, die er im Sommer persönlich kennengelernt hatte.
Vermutlich erhoffte sich der Reporter von Torge weitere Informationen über den Ablauf. Die Nachfrage schien trotzdem ehrlich gemeint zu sein.
„Sie hat sich am Nachmittag mit Kopfschmerzen hingelegt. Wir hoffen, die Tablette wirkt in Verbindung mit der Ruhe, damit sie am Abend nachkommen kann. Die Landfrauen haben einen traditionellen Tanz eingeübt, den sie in Trachtenkleidung zeigen wollen. Wäre echt schade, wenn Annegret diesen Auftritt versäumt", gab er dem Journalisten bereitwillig Auskunft. Im Gegensatz zu Knud verpasste der Hausmeister keine Gelegenheit, seine Kontakte mit der Presse zu pflegen. Er stellte sich sogar gerne vor die Kamera, um ein Interview zu geben, wenn sich die Chance dazu bot.

„Sie beide sind wirklich sehr aktiv", schmeichelte Christiansen. „Das wird ja eine Augenweide. Ich drücke Ihrer Frau die Daumen. Sie wissen bestimmt, was sonst geplant ist, oder? Können Sie mir einen Zeitplan geben? Das würde unsere Vorbereitung entschieden erleichtern."

Da es nichts gab, was in Torges Augen dagegen sprach, weihte er den Reporter gerne in den voraussichtlichen Ablauf der Aktivitäten ein. Hinnerk selbst hatte das Team ja eingeladen, um möglichst große Aufmerksamkeit für seine Spendenaktion zu erlangen. Besser als eine ausführliche Reportage im lokalen Fernsehen ging es ja wohl nicht. Außerdem wusste der Nordfriese, wie häufig das *Hamburg Journal* die Berichte von *N3* übernahm. Das Wattenmeer war auch für die Zuschauer in der benachbarten Hansestadt ein interessantes Thema.

„Halten Sie ebenfalls eine Rede, Trulsen? Ich würde Sie gerne wieder vor die Kamera bekommen. Sie sind sehr telegen."

Einen Moment lang fragte sich Torge, ob Christiansen ihn veräppelte, doch dieser wehrte lachend ab, als er den skeptischen Blick des Hausmeisters richtig interpretierte: „Nein, ernsthaft. Die Eiderstedter lieben Sie – und auch bei den Urlaubern kommen Sie gut an."

„Kommissar Knud Petersen hat eine Rede vorbereitet. Es steht nicht fest, wer von uns beiden sie vortragen wird", gab er etwas ausweichend zur Antwort. „Lassen Sie sich überraschen. Es lohnt sich in jedem Fall, den gesamten Abend hier zu verbringen."

„Ja, davon bin ich überzeugt. Vielen Dank erst mal für die umfangreichen Infos. Wir sehen uns", verabschiedete sich der Reporter, bevor er mit einem Nicken in Richtung seiner Kollegen verschwand.

Als Torge eine Weile später eine SMS von Annegret erhielt, in der sie ihn von ihrem Losfahren unterrichtete, stürzte er sich endgültig bestens gelaunt ins Vergnügen. Ein letztes Mal scannte er die Umgebung: Alles war perfekt, der Raum hatte sich vielversprechend gefüllt.

An einem Stehtisch nahe des bereits eröffneten Buffets entdeckte er schließlich Knud, Hannes Paulsen sowie das Geburtstagskind. Nachdem Hinnerk ihn bemerkt hatte, winkte er Torge heran. Vermutlich bedankte er sich gerade bei seinen Helfern. Gern gesellte sich der Hausmeister zu dem Trio, das sich gutgelaunt unterhielt. Als er bei dem Tisch eintraf, verstummten sie, um Hinnerk das Wort zu überlassen.

„Männer, Ihr seid klasse! Ich möchte mich bei Euch ganz herzlich für die Unterstützung bedanken! Es ist großartig, meinen Geburtstag in so einem tollen Rahmen feiern zu dürfen. Wie Ihr wisst, ist mir die Arbeit für die Schutzstation ein besonderes Herzensprojekt. Ich glaube, wir sind bestens für eine erfolgreiche Spendenaktion vorbereitet."

„Die Deko war ja Julianes Werk", bemerkte Hannes, der heute ebenfalls einen gelösten Eindruck machte. Torge wusste, wie intensiv er auf dem Paulsen-Hof eingespannt war. Die Hauptarbeit lastete auf seinen Schultern, seit sich Helga und Wilfried immer mehr auf das Altenteil zurückzogen. Nach über vierzig Jahren körperlichem Einsatz waren sie nicht mehr in der Lage, kraftvoll zuzupacken. Ein Jammer, dass Hannes keine Frau fand, die ihn unterstützte. Allein konnte man einen landwirtschaftlichen Betrieb in dieser Größenordnung kaum stemmen.

Jetzt war jedoch Feiern angesagt. Alle hatten sich von ihren Verpflichtungen freigemacht, um gemeinsam einen vergnüglichen Abend zu verbringen. Knud würde sich an alkoholfreie Getränke halten, denn obwohl die Kommissarin heute Bereitschaft hatte, wollte er im Notfall zur Verfügung stehen. Noch immer waren sie auf der Polizeistation in Sankt Peter-Ording unterbesetzt. Fiete Nissen hatte seine alte Form zwar wiedererlangt, sollte heute aber ebenfalls unbeschwert mit den alten Kumpels einen heben dürfen. Torge wusste, dass es Knud nichts ausmachte, auf Alkohol zu verzichten, nur selten trank er mehr als ein oder zwei Bier.

„Ja, Juliane ist eine Künstlerin. In Sachen Gestaltung macht ihr so leicht keiner etwas vor“, antwortete Hinnerk in bester Laune. „Aber das Hereinschleppen der Tische und Stühle war eine echte Knochenarbeit, ohne Euch hätte ich es nicht geschafft. Dafür nochmals meinen herzlichen Dank! Ich weiß, Ihr seid in Euren Jobs alle sehr eingespannt.“

„Du kannst von Glück reden, Ende Oktober Geburtstag zu haben“, scherzte Hannes. „Da ist es bei uns allen ruhiger. Na ja, vielleicht einmal abgesehen von Knud. Eure Kundschaft arbeitet ja nicht saisonal, oder?“

„Mach bloß keine Witze darüber! Der Entführungsfall des Sommers steckt uns nach wie vor in den Knochen. Ich zumindest bin froh, es derzeit nur mit Kavaliersdelikten zu tun zu haben. Jetzt, wo die Touristen die Halbinsel verlassen, können wir vielleicht sogar ein paar Überstunden abbauen“, antwortete der Kommissar mit seinem typischen Grienen. „Wie zufrieden bist du denn mit dem Jahr?“, lenkte er schließlich vom Thema ab. „Die sommerliche Hitze hat bei dir doch sicherlich die Ernte beeinträchtigt, oder?“

„Du weißt ja, wie es ist: Wir Bauern klagen grundsätzlich“, blieb Hannes bei dem lockeren Ton. „Unser Vorteil ist die breite Aufstellung. Wir haben neben den Rindern und Schweinen ja auch noch Schafe sowie Ziegen mit der

eigenen Käserei. Meine Felder versuche ich ebenfalls möglichst variantenreich zu bewirtschaften. Die ersten Experimente mit Sorten, die mit der Hitze besser klarkommen, habe ich bereits durchgeführt. Die Ergebnisse sind vielversprechend. Aber lasst uns heute Abend nicht über die Arbeit sprechen! Knud, willst du nicht mal was Anständiges trinken? Stoßen wir lieber mit einem Klaren auf Hinnerk an! Einen verträgst du. Bis wir hier fertig sind, hast du den längst wieder abgebaut." Er winkte eine Kellnerin von der Catering-Firma heran und orderte vier Gläser mit Friesengeist, die umgehend serviert wurden. „Also Männer: Nich lang schnacken, Kopp in Nacken! Auf die nächsten fünfzig Jahre, Hinnerk!"
„Danke dir!" Der Angesprochene trank den Schnaps, wie geheißen, in einem Zug aus. „Sag mal, wie geht es denn eigentlich Leevke? Ist sie glücklich auf ihrer Hallig?"
„Ja, absolut. Sie hat mit dem Leben quasi mitten im Meer genau das gefunden, was sie glücklich macht. Du solltest sie bei Landunter erleben! Man könnte meinen, sie sei auf Hooge geboren und hätte es nie anders gekannt. Ich war einmal dabei, als die Nordsee bis an die Türschwelle toste. Zugegeben, es war eine besonders schlimme Sturmflut, aber das ist nichts für mich. Seitdem habe ich im Winterhalbjahr keinen Fuß mehr auf das Eiland gesetzt." Der breitschultrige Landwirt lachte etwas verlegen. „Tja, jetzt habe ich mich geoutet. Ein Schnaps und schon gebe ich meine Geheimnisse preis. Vielleicht sollte ich lieber alkoholfreies Bier wie Knud trinken."
„Aber auf Hooge ist ja wirklich nichts los", hakte Hinnerk nach, wobei sich Torge fragte, was das große Interesse an der Schwester von Hannes zu bedeuten hatte.
„Bei Leevke tobt das Leben sogar auf der Hallig. Wie du weißt, hat sie drei Kinder. Die bringen genug Tumult in die Bude. Dazu haben sie ebenfalls einige Tiere. Ragnar

arbeitet meist für mehrere Wochen auf dem Festland, da hat sie genug um die Ohren", gab Hannes bereitwillig Auskunft. „Besuch sie mal. Du wirst sehen, es ist alles andere als einsam. Im Grunde ist sie ein Arbeitstier wie ich. Vielleicht verstehen wir uns deshalb so gut."

„Ist sie mit Ragnar glücklich?"

„Na, du willst es ja genau wissen! Wisst Ihr", weihte Hannes Torge und Knud ein: „Hinnerk hat damals für Leevke geschwärmt."

„Ja, das ist aber schon eine Ewigkeit her!", ergänzte der Husumer verlegen.

„Du bist mal mit ihr zusammen gewesen?" Torges Neugier war geweckt.

„Nein, sie ist ja sechs Jahre jünger als ich. Sie war damals mit meiner Schwester befreundet und hat mit ihr zusammen für das Abi gepaukt. Dadurch haben wir uns öfter gesehen. Sie hatte aber überhaupt kein Interesse an mir", gab Hinnerk unumwunden zu. „Kerstin pflegt nach wie vor den Kontakt mit Leevke, auch wenn sie sich nicht mehr häufig sehen, seit sie in Süddeutschland lebt. Stimmt es, dass Leevke eine erfolgreiche Autorin ist? Ich habe sie mal gegoogelt, aber nichts dazu gefunden."

Hannes lachte. „Ja, das ist richtig. Sie schreibt erotische Liebesromane. Vor ein paar Jahren, als der Winter nicht enden wollte, hat sie sich echt gelangweilt. Nachdem sie von einer amerikanischen Hausfrau las, die mit ihren ebooks richtig Geld verdient, hat sie es auch versucht. Vielleicht erinnerst du dich an ihre Leidenschaft für Literatur. Sie hat sogar einen Online-Kurs im kreativen Schreiben absolviert. Nach der Familiengründung auf Hooge gab es dann andere Prioritäten. Auf jeden Fall schreibt sie jetzt seit Jahren diese Romane. Ich glaube, sie sichert damit das Familieneinkommen."

„Wow, wirklich? So viel lässt sich damit verdienen?“ Hinnerk war beeindruckt.
„Wenn man es richtig macht – ja, warum sollte sie lügen?“, nahm Hannes seine Schwester in Schutz.
„Nein, das meine ich nicht. Ich bin nur überrascht! Kennst du ihr Pseudonym?“, fragte Hinnerk interessiert weiter.
„Ob du es glaubst oder nicht, sie hat es nicht einmal mir verraten, auch wenn ich ihr Lieblingsbruder bin. Sie will auf keinen Fall, dass es bekannt wird. Wie ihr vorhin schon gemerkt habt, kann ich eine echte Plaudertasche sein.“ Hannes grinste verschmitzt vor sich hin. „Wenn du es kennen würdest, käme jetzt also ein erotischer Liebesroman auf deinen ebook-Reader?“
„Das würde vielleicht sogar mein Liebesleben bereichern, wer weiß?“, scherzte Hinnerk ein wenig verlegen.
„Was höre ich da? Kaum fünfzig und du gerätst auf Abwege? Das wird ja wohl nicht die Midlife-Crisis sein?“ Juliane trat mit einem Glas Weißwein in der Hand an den Tisch der Männer. Ebenfalls in bester Stimmung prostete sie ihrem Mann zu.
„Keine Sorge, wir reden gerade von Leevke“, erklärte Hannes lachend.
„Das soll mich beruhigen?“, fragte sie mit einem Augenzwinkern.
Torge wusste von Annegret, dass die beiden eine sehr harmonische Ehe führten. Juliane war kein bisschen eifersüchtig. Ausgelassen ließ sie sich auf das Geplänkel ein.
„Leevke war doch Hinnerks Jugendschwarm. Die erste Liebe lässt einen nie ganz los.“
„Du weißt davon?“ Torge war überrascht.
„Mein Mann kann keine Geheimnisse vor mir haben. Das macht ihn ja so liebenswert. Im Geschäft knallhart, aber

zu Hause lammfromm. Habt Ihr schon etwas gegessen? Das Buffet ist einfach umwerfend. Lasst es Euch nicht entgehen. Also viel Spaß! Ich gucke mal, ob Annegret bereits eingetroffen ist. Genießt den Abend!“ Sie hob das Glas zum Gruß, bevor sie in der Menge verschwand.

Die Männer bedienten sich bei den nordischen Köstlichkeiten und kehrten zu dem Stehtisch zurück, um einträchtig schweigend das Mahl zu genießen. Zwischendurch ließen sie ihre Blicke über die Menge schweifen. Alle schienen sich prächtig zu amüsieren. Als schließlich Knuds Telefon klingelte, bekam er es gar nicht mit.

„Hey, aus deiner Hosentasche kommt Musik. Willst du nicht rangehen?“, fragte Torge seinen Freund.

„Hhm, am liebsten nicht. Charlotte hat Bereitschaft, kann eigentlich nur was Privates sein“, brummelte der Kommissar, was für ihn allemal untypisch war.

„Überleg mal, wie viele Leute deine Nummer haben ...“

„Ja, eben!“ Widerwillig griff Knud nach dem Smartphone. „Meine Mutter!“, stellte er nach einem Blick auf das Display leicht verlegen fest, was ihm das Grinsen seiner Tischnachbarn einbrachte.

„Na, dann musst du wohl rangehen“, scherzte Hannes.

„Hhm, sie wollte heute zu Euch auf den Hof. Vielleicht springt ihr Auto nicht an ... obwohl, eigentlich müsste sie bereits da sein.“ Knud nahm das Gespräch an, bevor sich die Mailbox einschaltete, wobei er sich von dem Tisch in Richtung einer ruhigeren Ecke entfernte.

„Moin ...“, setzte er zu einer Begrüßung an, doch sie schien ihm sofort ins Wort zu fallen. Torge wollte sich gerade wieder seinem Teller widmen, als er sah, wie sein Freund blass wurde. Sein Gesicht versteinerte geradezu. Etwas Schlimmeres als das Nichtanspringen eines Autos musste passiert sein. Der Hausmeister kannte diese Mimik bei seinem Freund.

„Ich bin gleich wieder da“, rief er Hannes und Hinnerk zu, bevor er zu Knud eilte. Dieser ließ gerade das Handy sinken, als Torge neben ihn trat.
„Es ist etwas Schreckliches geschehen“, flüsterte der Kommissar im gleichen Moment. „Schon wieder!“
Der Hausmeister gab seinem Kumpel Zeit, sich zu sammeln. Erfahrungsgemäß hatte sich Knud selbst bei erschütternden Nachrichten schnell wieder im Griff. Das war auch in diesem Fall so.
„Greta hat Helga Paulsen tot in ihrer Küche gefunden“, informierte er Torge kurz darauf mit einem Zittern in der Stimme. „Kannst du bitte Hannes herholen? Sag noch nichts, ich möchte jetzt nicht die ganze Party sprengen. Außerdem lungert Christiansen hier herum. Nach Möglichkeit sollten wir gleich losfahren, ohne dass die Presse davon Wind bekommt. Ich gehe dort rüber.“ Knud deutete auf eine Nische. „Komm zusammen mit Hannes. Ich gebe Charlotte, Ansgar und der Spusi Bescheid.“
„Was ist mit Wilfried Paulsen?“, fragte Torge, der ebenfalls mit Fassungslosigkeit zu kämpfen hatte. Seine Knie wurden weich. Er hoffte, auf dem Weg zu Hannes nicht zu stolpern.
„Das weiß ich nicht. Meine Mutter war natürlich total aufgelöst und konnte kaum ein Wort herausbekommen. Sie war sich allerdings über Helgas Tod sicher. Hol Hannes! Ich muss telefonieren.“ Knud ließ den Freund stehen, um möglichst ungestört seine Telefonate zu tätigen, bevor er dem Landwirt gleich die schreckliche Nachricht überbringen musste.
Als Torge mit dem irritierten Hannes an seiner Seite zu Knud zurückkehrte, zeigte sich dieser gefasst. Auch wenn sie hier auf dem platten Land tätig waren, hielt der Hausmeister seinen Freund für einen echten Profi. Gern unterstützte er ihn in den Kriminalfällen, die ihn wirklich

faszinierten. Nun war er allerdings heilfroh, Hannes nicht mitteilen zu müssen, seine Mutter sei mutmaßlich ermordet worden. Knud sprach in ruhigen Worten, nachdem er den Bauern gebeten hatte, Platz zu nehmen. Den großen, kräftigen Mann schien es schier umzuhauen. Kraftlos sackte er auf dem Stuhl zusammen und brachte erst einmal kein Wort heraus.

Torge sah den Zwiespalt, in dem Knud steckte. Auf der einen Seite wollte er Hannes ein wenig Zeit lassen, die Hiobsbotschaft zu verdauen. Auf der anderen Seite drängte es ihn, loszufahren.

„Was ist mit meinem Vater?", kam die leise Frage von dem Gepeinigten.

„Das wissen wir noch nicht. Mama hat mich sofort angerufen, nachdem sie Helga gefunden hat. Sie steht unter Schock und hat Angst", fügte Knud hinzu. „Hannes, ich weiß, es ist eine Zumutung, aber ich muss dir diese Frage stellen: Wie steht es um die Ehe deiner Eltern?"

Damit kam Leben in Hannes. „Wie meinst du das? Verdächtigst du etwa meinen Vater?" Sein Tonfall ließ den aufflammenden Ärger deutlich werden.

„Nein, aber was ich glaube, spielt keine Rolle. Vergiss einen Moment, dass ich dein Freund bin."

Offensichtlich war der Landwirt mit der Situation überfordert. Mehr als ein Kopfschütteln brachte er nicht mehr zustande.

Also wandte sich Knud an Torge: „Sag bitte Fiete Bescheid. Ich möchte ihn dabei haben. Am besten fährt Else Nissen ebenfalls mit. Charlotte versucht, die Ärztin meiner Mutter zu erreichen, aber wenn das nicht klappt, kann sich Fietes Frau um sie kümmern. Versuch, keine Aufmerksamkeit zu erregen. Sie sollen den Raum unauffällig verlassen und sofort losfahren."

„Ich komme mit!“ Hannes stand abrupt von dem Stuhl auf, schwankte leicht, fing sich aber. „Ich muss wissen, was mit meinen Eltern passiert ist! Wir müssen meinen Vater suchen. Vielleicht ist er verletzt und braucht Hilfe. Hast du einen Krankenwagen gerufen?“
„Ja, das hat Kommissarin Wiesinger erledigt. Gut, dann komm. Machen wir uns auf den Weg.“

Charlie in SPO | Samstag, den 31. Oktober

Auf das gemeinsame Wochenende mit Anna hatte sich Charlie riesig gefreut. Obwohl sie nun bereits über ein Jahr auf Eiderstedt wohnte, war ihr Freundeskreis auf der Halbinsel überschaubar. Enge Vertraute hatte sie hier abgesehen von ihrem Kollegen Knud Petersen, bislang nicht gefunden. Umso kostbarer war die Zeit mit ihrer langjährigen Hamburger Freundin. Da sie sich längst nicht mehr so oft sahen und ein Telefonat einfach nicht das Gleiche war, hatte Charlie sich mit den Vorbereitungen besonders viel Mühe gegeben, damit es für die beruflich stark eingespannte Anna gleichzeitig eine kleine Auszeit vom stressigen Alltag wurde.
Bereits zum Brunch war sie in Charlies Haus im Ortsteil Dorf von St. Peter eingetroffen. Den Plan, einfach einen Tisch in der *Weißen Düne* zu reservieren, um dort das wirklich ausgezeichnete Buffet zu genießen, hatte die Kommissarin schnell wieder verworfen. Noch waren die

Herbstferien nicht in allen Bundesländern vorbei, also war die beliebte Ferienanlage vermutlich gut gebucht. Nachdem sie sich mehrere Monate nicht gesehen hatten, zog Charlie ein lauschiges Frühstück am flackernden Kaminfeuer vor, bei dem sie sich ungestört unterhalten konnten. Begeistert, als würde sie das heimelige kleine Haus zum ersten Mal betreten, war Anna direkt nach ihrer Ankunft erst einmal durch die Räume gewandelt und hatte insbesondere ihre Muschelbänke bewundert, wie Knud ihre ständig wachsende Sammlung etwas lästerlich bezeichnete.

„Charlie, wie oft bist du denn unterwegs, um diese Meeresschönheiten einzusammeln? Wenn du sie weiter so hortest, musst du bald in ein größeres Domizil umziehen“, betrachtete sie lachend ihre Schätze, die tatsächlich seit dem letzten Besuch deutlich an Umfang zugenommen hatten.

„Umziehen kommt auf keinen Fall in Frage“, fiel Charlie entspannt in das Lachen der Freundin ein. „Es war schwierig genug, hier überhaupt eine schöne Bleibe zum festen Mieten zu finden – außerdem fühle ich mich wirklich sehr wohl. Das Sammeln der Muscheln entspannt mich einfach. Eigentlich ist es das Laufen an der Wasserkante, den Wind in den offenen Haaren zu spüren ...“

„Klingt wie aus einem kitschigen Schlager“, stichelte die Freundin.

„Ja, du wirst es nachher selbst erleben. Jetzt wird es hier an der Küste richtig angenehm. Mit den Herbststürmen verschwinden die meisten Urlauber. Ein Strandspaziergang ist wie ein Kurzurlaub. Ich fange dann automatisch an, Muscheln und Treibholz aufzuheben, das ist wie ein Reflex. Vielleicht wird es dir ebenfalls so gehen.“

Skeptisch wiegte Anna ihren Kopf. „Als Nächstes steht also Bewegung an der frischen Luft auf dem Programm.“

„So ist es. Jetzt am Mittag haben wir Hochwasser. Du wirst den Stress der letzten Wochen schnell abschütteln. Es ist wie eine Kur. Lass dich darauf ein, es wirkt phantastisch." Charlies Locken unterstrichen wild tanzend ihre Begeisterung, ihr herzförmiges Gesicht glühte.

„Du bist ja wirklich schon ein richtiges Nordlicht geworden. Ich weiß noch genau, wie du dich gesträubt hast, überhaupt hierher zu fahren", kramte Anna die Erinnerungen an Charlies Start in St. Peter-Ording hervor.

„Immerhin bezeichnest du mich nicht als echtes Landei", gab sie gut gelaunt zurück.

„Das würde ich nicht wagen. Nein, als Landei sehe ich dich nicht, aber dass du dich hier so gut einleben und geradezu ein Fan der Nordsee werden würdest, hätte ich nicht gedacht." Anna nahm einen Schluck von dem bereits abgekühlten Milchcafé. „Und wie steht es mit der Liebe? Jedes Mal, wenn ich dich am Telefon danach frage, wechselst du schnell das Thema."

„Da gibt es nichts Neues zu berichten." Zu der knappen Antwort wich Charlie zusätzlich dem Blick ihrer Freundin aus.

„Wirklich? Gestehst du es nur mir nicht, oder auch dir selbst nicht ein? Die Trennung von Andreas ist doch schon eine Ewigkeit her. Da müsstest du langsam drüber weg sein", bohrte Anna tiefer.

„Erinnere mich bloß nicht daran! Das war wirklich demütigend!" Sofort schob sich wieder das Bild vor Charlies geistiges Auge, wie sie ihren Ex-Verlobten in flagranti mit seiner biegsamen Yoga-Trainerin erwischt hatte. Das war ungefähr eineinhalb Jahre her. Über den Treulosen war sie hinweg, aber mit dem Vertrauensverlust kämpfte sie nach wie vor.

„Aber dein Kommissar Knud Petersen ist bestimmt ein ganz anderes Kaliber“, versuchte Anna, sie aus der Reserve zu locken.
„Ja, das ist absolut richtig – aber wir sind Kollegen. Ab und zu gehen wir mal ein Bier oder einen Friesengeist zusammen trinken. Dabei schnacken wir meist über die Arbeit. Mehr ist da nicht“, ergänzte Charlie mit Nachdruck. Unter dem forschenden Blick fühlte sie allerdings eine Welle der Hitze über ihr Gesicht laufen. Vermutlich wurde sie jetzt auch noch rot!
„Ja, genau. Deshalb guckst du so schuldbewusst aus der Wäsche“, neckte Anna ihre Freundin weiter.
„Red´ mir bloß nichts ein“, antwortete Charlie mit einem schelmischen Grinsen. „Ja, ich finde ihn sehr sympathisch – vielleicht ist da ein bisschen mehr als das. Aber überleg einmal, was wir verlieren, wenn es dann nicht funktioniert. Außerdem weiß ich gar nicht, ob er mehr will.“ Einen Moment war Charlie in dem Gedanken gefangen. „Ach, was soll´s. Es ist prima, so wie es ist. Lass uns für einen langen Spaziergang ans Wasser fahren. Dann berichtest du mir etwas über dein Liebesleben“, forderte sie Anna im Gegenzuge heraus.
„Wenn es da nur was zu erzählen gäbe“, antwortete diese gespielt zerknirscht. „Ich hätte nichts gegen eine neue Beziehung einzuwenden. Vielleicht sollte ich mir deinen Knud schnappen“, ergänzte sie schmunzelnd, woraufhin Charlie eine Serviette nach ihr warf.
„Du brauchst dringend frische Luft!“

Der Wind hatte deutlich zugenommen und peitschte hohe Wellen auf den Ordinger Strand. Durch die Wolken brachen immer wieder Sonnenstrahlen, die die gesamte Umgebung in ein warmes Licht tauchten, welches Charlie den nahenden grauen November vergessen ließ. Wie üblich breitete sich das Gefühl von Freiheit aus, wenn sie das tosende Spiel des Wassers beobachtete. Anna schien sich ebenfalls merklich zu entspannen. Nicht nur das Naturschauspiel rief ihre Begeisterung hervor, sondern auch die für Sankt Peter-Ording so typischen Pfahlbauten, von denen aus man einen herrlichen Ausblick bis zum Leuchtturm von Westerhever hatte.

Den ganzen Nachmittag genossen die Freundinnen bei einem ausgiebigen Spaziergang die besondere Atmosphäre des Strandes mit seinen kreischenden Möwen, den angespülten Muscheln sowie dem Rauschen der Wellen, die sich langsam immer weiter zurückzogen. Glitzernd lag das Watt vor ihnen, als sie schließlich nach Stunden von ihrer Wanderung wieder an den Ausgangspunkt zurückkehrten.

„Du wirst es nicht glauben, ich habe jetzt einen Bärenhunger", unterbrach Anna das Schweigen, das sie auf ihrem Rückweg eine Weile begleitet hatte. „Eure Luft hier sorgt dafür, mich richtig lebendig zu fühlen. Herrlich! So langsam kann ich verstehen, wie gerne du mittlerweile hier wohnst. Gehen wir essen oder hast du zu Hause etwas vorbereitet?"

„Das freut mich! Ja, ich habe einen leckeren Auflauf im Ofen, der praktisch fertig ist. Wir machen uns jetzt einen gemütlichen Abend vor dem Kamin. Den haben wir uns nach diesem Gewaltmarsch allemal verdient. Du bist wirklich fit. Hätte gar nicht gedacht, dass du neben deinen ständigen Geschäftsreisen Zeit für Sport findest." Charlie war ehrlich beeindruckt von der Kondition ihrer Freundin.

„Jedes vernünftige Hotel hat mittlerweile einen Fitness-Bereich und meine Laufschuhe habe ich immer im Gepäck. Anders kannst du diesen Job nicht überleben."

In gelöster Stimmung fuhren sie zurück zu Charlies Haus im Dorf, um den Auflauf zu verspeisen.
„Trinkst du heute keinen Wein mit mir? So kenne ich dich gar nicht", beschwerte sich Anna schließlich, als Charlie sich auch nach dem Essen lediglich Wasser einschenkte.
„Ich habe Bereitschaft. Knud und Fiete feiern heute in Husum den Geburtstag eines Freundes", antwortete die Kommissarin gelassen.
„Ach, was soll denn schon passieren? Ein Glas Wein kannst du dir doch wenigstens gönnen", versuchte Anna, ihre Freundin zu überreden.
„Ja, vielleicht später. Man weiß nie, wann das Böse wieder zuschlägt. Ich hole uns jetzt erst einmal Kaminholz aus dem Schuppen. Genieß einfach deine Auszeit. Ich bin gleich wieder da."
Als Charlie nach einer Weile in das Wohnzimmer zurückkehrte, hatte Anna es sich auf ihrer Couch gemütlich gemacht. Fast liegend schien sie kurz davor zu sein, einzuschlummern. Charlie lächelte. Das raue Klima hier an der Küste haute wirklich jeden um.
„Dein Handy hat geklingelt, während du das Holz geholt hast", äußerte Anna leicht schläfrig und rappelte sich wieder auf. „Boah, ich wäre fast eingeschlafen."
„Macht doch nichts. Immerhin hast du dieses Wochenende einen Kurzurlaub ..."
„Den ich aber nicht verschlafen will. Wer weiß, wann wir uns wiedersehen", protestierte Anna.
„Setz dich damit nicht unter Druck", antwortete Charlie und stellte den schweren Korb neben dem Kaminofen ab. Bevor sie ihr Smartphone holte, warf sie noch zwei Scheite in die Glut. Sofort fingen die Flammen wieder an zu lodern.

Der Anruf war von einer ihr unbekannten Handynummer eingegangen. Ein wenig unwillig rief die Kommissarin ihre Mailbox ab. Hoffentlich wurde ihr jetzt nicht der Abend durch irgendeine Lappalie ruiniert!
„Frau Kommissarin Wiesinger, hier spricht Greta Petersen. Ich befinde mich kurz vor dem Paulsen-Hof in Neu-Augustenkoog, um meine Freundin zu besuchen. Hier stimmt etwas nicht. Können Sie bitte schnell herkommen? Es ist alles dunkel und die Wachhunde sind verschwunden. Die Adresse lautet Kömdiek. Bitte melden Sie sich bei mir, sonst muss ich bei Knud anrufen."
Erst als sie den Vornamen des Kollegen hörte, fiel ihr ein, dass es sich bei Greta um Knuds Mutter handelte. Charlie war ihr bisher nur flüchtig begegnet. Frau Petersen arbeitete als Assistentin der Geschäftsführung in der *Weißen Düne*. Knud verstand sich ausgezeichnet mit ihr. Er hatte sie als überaus selbständig beschrieben. Eine Frau, die mitten im Leben stand. Wenn sie also so einen Hilferuf absendete, handelte es sich wohl wirklich um einen Notfall. Mit diesem Gedanken kehrte wieder Leben in die Kommissarin zurück. Beherzt drückte sie die Rückruftaste, um sich anzuhören, ob Greta Petersen genauere Informationen für sie hatte. Das Freizeichen ertönte. Charlie war davon ausgegangen, Greta würde sofort herangehen, aber schließlich sprang die Mailbox an. Beunruhigt wandte sie sich an ihre Freundin.
„Tut mir leid, Anna. Es scheint sich um einen Notfall zu handeln. Ich muss los."
„Was gibt es denn? Sind ein paar Kühe abgehauen?"
„Nein, das wohl nicht. Ich weiß nichts Genaues, aber die Mutter von Knud scheint in Not zu sein – vielleicht sogar in Gefahr." Schon während des Wortwechsels zog Charlie ihre Schuhe an und schnappte sich ihre warme Jacke. Anna erfasste den Ernst der Situation.

„Tut mir leid. Kein guter Moment für schlechte Witze. Soll ich mitkommen?“
„Nein. Lieber nicht. Ich weiß nicht, was da vor Ort gerade passiert, aber ich muss jetzt los. Fühl dich wie zu Hause. Ich melde mich bei dir!“ Die aufkeimende Sorge ließ keinen Raum für weitere Erklärungen. Charlie ließ die Nachricht der Anruferin im Geiste Revue passieren. Ein verlassener Hof? Die Dunkelheit konnte einen Stromausfall als Ursache haben, aber wenn die Wachhunde nicht anschlugen, war bestimmt etwas faul. Was hatte es zu bedeuten, dass sie Knuds Mutter nun telefonisch nicht erreichen konnte? Befand sie sich dort in einem Funkloch? Die Gegend von Neu-Augustenkoog gehörte zu den einsamsten Orten auf Eiderstedt. Charlie war im letzten Sommer einmal dort gewesen. Um vor den Touristenscharen zu fliehen, war sie hervorragend geeignet – doch jetzt, bei dieser ewigen Dunkelheit konnte sie einem schon das Fürchten lehren.
Sobald die Kommissarin im Auto saß, wählte sie erneut Greta Petersens Nummer an. Dieses Mal nahm die Angerufene sofort beim ersten Klingeln ab.
„Greta Petersen.“
Eine erste Erleichterung durchströmte Charlie, als sie die Stimme vernahm. „Gott sei Dank! Moin Frau Petersen, hier ist Charlotte Wiesinger. Was ist passiert?“
„Frau Wiesinger! Es ist furchtbar. Bitte kommen Sie schnell her. Ich habe meine Freundin tot in ihrer Küche gefunden. Sie liegt in einer Blutlache.“
Eine Gänsehaut kribbelte von dem Nacken aus über beide Arme. Obwohl die Heizung im Wagen bereits warm wurde, fing Charlie an zu frieren.
„Was ist mit den anderen Bewohnern des Hofes?“, fragte sie Greta.

„Ich weiß nicht, was mit Wilfried ist. Hannes, der Sohn, ist auf der Feier in Husum. Ich habe Angst, Frau Wiesinger. Was, wenn der Täter weiterhin hier herumschleicht?“ Die Stimme der älteren Frau zitterte. Charlie überlegte fieberhaft, wie sie sie beruhigen konnte.
„Wo sind Sie jetzt?“
„Ich sitze auf dem Boden ... im Türrahmen zur Küche. Meine Beine haben einfach nachgegeben.“ Es war nur noch ein Flüstern zu hören. „Ich habe Angst“, wiederholte sie.
„Ich bin schon auf dem Weg zu Ihnen, Frau Petersen. Halten Sie durch!“ Charlie warf einen Blick auf ihr Navi. „In zwölf Minuten bin ich da. Sind Sie mit dem Auto dort?“
„Ja.“
„Wenn Sie es schaffen, setzen Sie sich in Ihren Wagen. Vielleicht gibt es Ihnen ein bisschen Sicherheit“, schlug Charlie vor. Sie konnte sich vorstellen, welche Ängste Knuds Mutter gerade ausstand. „Ist es in Ordnung, wenn ich jetzt auflege? Ich muss Knud informieren.“ Gleichzeitig dachte die Kommissarin an die Spurensicherung, den Gerichtsmediziner sowie eine Psychologin, aber sie wollte ihre Gesprächspartnerin nicht mit zu vielen Details überfordern.
Sie hörte, wie Greta einmal tief Luft holte. „Ich habe schon mit Knud gesprochen. Ich soll Ihnen sagen, er informiert die Spusi und Ansgar Johannsen. Können Sie wohl meine Ärztin anrufen? Sie heißt Femke Matthies. Ich glaube, ich brauche sie.“ Charlie vernahm ein Stöhnen. „Okay, vielleicht schaffe ich es bis zum Auto. Bitte beeilen Sie sich.“
Es versprechend gab Charlie Gas. Die Vorstellung, dass der Täter weiterhin auf dem Hof war und Greta in Gefahr

schwebte, ließ sie alle Vorsicht vergessen. In acht Minuten müsste sie ihr Ziel erreichen!

Auf dem Hof angekommen erfasste sie mit einem Blick Gretas leeren Wagen. Was hatte das zu bedeuten? War sie einfach zu schwach gewesen, sich aus der Küche bis hierher zu bewegen? Charlie wusste ja nicht einmal, wie weit dieser Weg war. Sie hoffte inständig, Knuds Mutter möge nicht das nächste Opfer sein. Schon im Sommer war das Verschwinden von Torge Trulsens kleiner Enkelin eine riesige Belastung für das Team gewesen. Greta als Opfer eines Verbrechens wagte sie sich gar nicht auszumalen.

Mit klopfendem Herzen und butterweichen Knien kletterte sie aus ihrem Wagen.

Alles wirkte still und verlassen. Zum ersten Mal, seit sie den Dienst auf dieser Halbinsel angetreten hatte, zog sie ihre Waffe aus dem Holster und konzentrierte sich auf die Geräusche der Umgebung. Lediglich eine Eule war zu hören. Mit der Konzentration kam die Sicherheit zurück. Lautlos bewegte sie sich auf den Eingang des Bauernhauses zu.

Beim Betreten des Gebäudes nahm sie sofort den Geruch des Blutes wahr. Der Tatort konnte nicht mehr weit sein. Als sie ein Stöhnen hörte, zuckte sie leicht zusammen. Hoffentlich war Greta nicht verletzt! Den Geräuschen folgend fand sie Knuds Mutter schließlich auf dem Boden sitzend.

„Frau Wiesinger – Gott sei Dank! Sie sind da. Ich habe es allein nicht geschafft, aufzustehen. Der Anblick meiner toten Freundin hat alle Kraft aus mir herausgesaugt."

Schnell war Charlie bei ihr, um ihr auf die Füße zu helfen. „Wollen Sie sich im Flur auf die Truhe setzen? Soll ich

Ihnen ein Glas Wasser bringen?“, fragte die Kommissarin in großer Sorge um das Wohlergehen der gepeinigten Frau.
„Nein, lassen Sie mich bitte nicht wieder allein. Ich fürchte mich, ehrlich gesagt, zu Tode.“
Charlie nickte, wusste aber trotzdem für einen Moment nicht, was sie mit der Frau anfangen sollte. „Ich dachte, es wäre Ihnen lieber, nicht hier in der Küche warten zu müssen“, antwortete sie ratlos.
„Haben Sie meine Ärztin erreicht?“, fragte Greta, ohne weiter darauf einzugehen.
„Nein, ich bin so schnell wie möglich hergefahren. Haben Sie die Nummer in Ihrem Handy? Kommen Sie, setzen Sie sich hier auf den Stuhl. Ich muss erst das Haus sichern. Schaffen Sie es, das Telefonat selbst zu führen und einen Augenblick auf mich zu verzichten? Knud wird mit den Kollegen sicherlich gleich eintreffen.“
Ihre innere Unruhe nahm mit jeder Sekunde zu. Charlie fühlte sich hin- und hergerissen. Auf der einen Seite wollte sie Greta hier nicht alleine sitzen lassen, auf der anderen Seite konnte der Täter nach wie vor in der Nähe sein.
Während sie noch überlegte, wie sie am besten vorgehen sollte, ertönte ein fröhliches *Moin* aus dem Flur, welches in dieser Umgebung völlig deplatziert wirkte. Nicht zum ersten Mal fühlte sich Charlie durch die scheinbar nicht endende gute Laune des Gerichtsmediziners provoziert. Trotzdem spürte sie zeitgleich Erleichterung, mit dem Eintreffen von Ansgar Johannsen Verstärkung zu bekommen. In der Hoffnung, er würde seinem peinlichen Verhalten nicht die Krone aufsetzen, indem er sie gleich wieder anbaggerte, erwiderte sie seinen Gruß. Kurz darauf erschien er im Türrahmen.

„Ah, unsere schöne Kommissarin. Moin! Wir haben uns lange nicht mehr gesehen. Muss ein halbes Jahr her sein“, plauderte er munter drauflos, als würde nicht ein paar Meter von ihm entfernt eine tote Frau liegen.
Charlie vermutete in seinem Verhalten einen Schutzschild, war sich aber trotzdem sicher, diese Art nicht ständig ertragen zu können.
„Ja, es war im Mai“, antwortete sie deshalb knapp. „Bitte kümmern Sie sich erst um Frau Petersen. Ich will eben die Umgebung sichern. Knud und die Spusi werden ebenfalls gleich eintreffen.“
„Kein Problem. Aber der Täter wird schon über alle Berge sein.“
Ihn ignorierend nickte Charlie Greta aufmunternd zu, bevor sie die Bauernküche verließ, um den Rest des Hauses zu durchsuchen. Alle Räume waren neben der rustikalen Einrichtung sehr gepflegt. Den Hausherrn Wilfried Paulsen fand die Kommissarin nicht.
War er durchgedreht und hatte seine eigene Frau umgebracht? Charlie war in einem unterprivilegierten Stadtteil von Hamburg aufgewachsen, wo sie viel Elend gesehen hatte, das nicht selten in häuslicher Gewalt mündete. Handelte es sich bei diesem Mord um ein Familiendrama? Vermutlich hatte der Landwirt Zugang zu einer Schusswaffe. War die Lösung so einfach? Ihr Instinkt sagte ihr, dass der Fall komplizierter sein würde.
Als sie das Haus verließ, um ihre Durchsuchung in den Nebengebäuden fortzusetzen, fuhren zwei weitere Fahrzeuge auf den Hof. Zeitgleich mit Knud und Fiete waren die Kriminaltechniker aus Heide eingetroffen. Sie grüßten nur kurz, um dann im Haus zu verschwinden.
„Moin Charlotte! Schön, Sie zu sehen. Ist meine Mutter allein im Haus?“ Knuds Freude über Charlies Anwesenheit wurde sofort von der Sorge um Greta überschattet.

„Nein, Ansgar ist bei ihr. Beruhigen Sie sich, Knud. Sie ist okay. Moin Fiete! Oh, Ihre Frau ist ebenfalls dabei“, bemerkte Charlie voller Erstaunen.
„Wir haben sie für Greta mitgebracht. Hol deine Mutter aus dem Haus, Knud. Dann befragen wir sie kurz, bevor die beiden Frauen nach Osterhever gefahren werden“, antwortete Fiete ruhig und besonnen.
„Ich komme mit.“ Ein weiterer Mann trat an Knuds Seite, um ihn in das Haus zu begleiten.
„Das solltest du dir nicht antun, Hannes“, widersprach dieser im gleichen Moment.
„Ich muss es mit eigenen Augen sehen, sonst kann ich es nicht glauben.“ Sein Gesicht wirkte starr. „Außerdem muss einer sie ja ohnehin identifizieren. Was ist mit meinem Vater?“, wandte er sich an Charlie. „Haben Sie ihn ebenfalls gefunden?“
„Nein, bislang nicht. Gehen Sie. Holen Sie erst einmal Greta Petersen aus dem Haus. Kraftlos wie sie ist, braucht sie jetzt Unterstützung. Vor allem muss sie von der … von dem Tatort weg. Danach will ich mit Ihnen sprechen, Herr Paulsen.“
Nickend ging er auf den Eingang des Hauses zu. Knud folgte ihm.
„Wo ist denn eigentlich Trulsen?“, wandte sich Charlie währenddessen an Fiete. „Ich kann gar nicht glauben, dass er nicht mitgekommen ist. So eine Gelegenheit, wieder den Hilfssheriff zu geben, lässt er sich doch sonst nicht entgehen.“
Ein flüchtiges Lächeln huschte über das Gesicht des erfahrenen Kommissars, bevor er schnell wieder ernst wurde. „Darauf ist auch dieses Mal Verlass, Charlotte. Er ist vorne am Anfang der Auffahrt, um sie zu blockieren. Die Presse, genauer gesagt ein Fernsehteam von *N3 von der Küste* war ebenfalls auf der Geburtstagsfeier. Wenn

die davon Wind bekommen, dass alle der Polizei angehörenden Gäste ganz plötzlich verschwunden sind, werden sie sicherlich folgen. Wir wissen nicht, ob sie uns beobachtet haben. Torge soll sie davon abhalten, hier ihre Kamera zu schwenken, bevor die Tote abtransportiert wurde."

„Trulsen empfängt das Kamerateam? Na, großartig! Was hält ihn davon ab, Christiansen wieder ein Interview zu geben?" Zum ersten Mal seit sie an diesem Tatort angekommen war, spürte sie Gereiztheit.

„Aber er weiß doch nichts", antwortete Fiete entspannt.

„Als ob ihn das hindern würde", setzte Charlie nach, fand es jedoch besser, als die Presse hier am Hals zu haben. „Okay. Kommen Sie mit mir, um die Nebengebäude zu durchsuchen? Wenn Wilfried Paulsen nicht selbst der Täter ist, braucht er vielleicht unsere Hilfe." Wenn er nicht ebenfalls tot ist, ergänzte sie in Gedanken. Dabei sah sie, wie Fiete das Gleiche durch den Kopf ging.

„Warte im Wagen", wandte sich dieser an seine Frau. „Knud und Greta werden gleich kommen."

Mit dem erfahrenen Fiete an ihrer Seite fühlte sich Charlie sicherer als alleine, denn im Haus war es möglich gewesen, das Licht in den Räumen einzuschalten. Außerhalb war es stockdunkel. An diese Dunkelheit auf dem Lande hatte sich die Kommissarin als eingefleischter Stadtmensch auch nach über einem Jahr noch nicht gewöhnt. Auf diesem Hof war es regelrecht schwarz. Kein Restlicht von außerhalb drang hierher. Nach wie vor war es still. Ohne die Ermordete wäre es friedlich gewesen, aber in diesem Szenario wirkte die Umgebung bedrohlich.

Seite an Seite steuerten sie den Stall an, aus dem jedoch keinerlei Geräusche drangen. Charlie fragte sich, ob er leer war. Mit Hilfe ihrer Taschenlampe den Lichtschalter betätigend sah sie allerdings reihenweise Milchkühe. Als ob sie sich der Bedrohung bewusst waren, standen sie schweigend zusammen, still wiederkäuend, ohne sonstigen Lärm zu verursachen. Wieder kribbelte eine Gänsehaut über ihre Arme. Sie wechselte einen kurzen Blick mit Fiete, dem die Atmosphäre ebenso wenig geheuer schien. Bisher hatte sie diese Tiere nicht für besonders intelligent gehalten, aber sie witterten spürbar die Gefahr. Was wusste sie schon über das Vieh?

Gemeinsam suchten sie den gesamten Stall ab. Kurz bevor sie sich den weiteren Nebengebäuden zuwenden wollten, stieß Fiete plötzlich einen undefinierbaren Laut aus. In einer dunklen Ecke hatte er den leblosen Körper eines Mannes in Cordhosen sowie einem groben Arbeitshemd entdeckt.

Leevke auf Hallig Hooge | Sonntag, den 01. November

Wenn Leevke Andresen gefragt wurde, wie es sie auf die Hallig Hooge verschlagen hatte, dann antwortete sie stets mit einem lächelnden Gesichtsausdruck: Der Liebe wegen. Die meisten bezogen diese Antwort auf ihren Mann Ragnar, da war sie sich sicher; aber sie lagen falsch. Ganz falsch natürlich nicht, doch es war nicht einmal die halbe Wahrheit. Ausschlaggebend für ihre Entscheidung, auf die Hallig zu ziehen, war die Hallig selbst. Leevke war sich bewusst, dass es für den Großteil der Menschen nicht vorstellbar war, auf ein Stück Land in der Nordsee zu ziehen, das nicht einmal sechs Quadratkilometer groß und bis zu vierzig Tagen im Jahr vom Meer überflutet war, doch sie hatte es von Anfang an geliebt.
Als sie Ragnar vor fast zwanzig Jahren auf dem Braruper Heiratsmarkt kennenlernte, wollte sie endlich weg vom

elterlichen Hof. Insgeheim hatte sie den Ausflug an die andere Küste Schleswig-Holsteins für eine Schnapsidee gehalten, aber ihre beste Freundin blieb hartnäckig. Immerhin kam sie für einen Tag mal weg.

Dass sich Paare im einundzwanzigsten Jahrhundert auf so einem Rummel kennenlernten, hielt Leevke für unwahrscheinlich. Sie genoss aber die Ausgelassenheit bei lauter Musik und den Duft nach gebrannten Mandeln sowie schrecklich süßer Zuckerwatte. Auch, ohne tanzen zu können, wurde es ein vergnüglicher Abend.

Tatsächlich rief Ragnar sie wieder an. Nach einigen Treffen lud er sie schließlich auf die Hallig ein. Das war für Leevke dann Liebe auf den ersten Blick gewesen – ein Gefühl, welches sie bei aller Sympathie dem Mann nicht entgegenbrachte.

Leevke erinnerte sich gut an diese Zeit. Mit vierundzwanzig immer noch auf dem Hof der Eltern festzusitzen, hatte sich damals wie eine Falle angefühlt – zumal das Familienleben alles andere als harmonisch war. Mit ihren jüngeren Brüdern Hannes und Domenick war sie ein Herz und eine Seele gewesen. Die glückliche Kindheit endete für Leevke, als der Nachzögling Smilla geboren wurde; da war sie selbst zwölf Jahre alt. Die Mutter liebte die kleine Prinzessin, wie sie sie nannte, abgöttisch – was dazu führte, dass sie ihr alle Zeit widmete, die sie neben der Arbeit auf dem Hof erübrigen konnte. Den Haushalt überließ sie ihrer älteren Tochter.

Während ihre Brüder studieren durften, war für Leevke nach der mittleren Reife Schluss. Nicht einmal eine Lehre wurde ihr erlaubt; hatte sie doch mit Haushalt, Vieh und Garten genug zu tun. Außerdem würde sie ja sowieso einmal heiraten, da sei viel Geld für eine Ausbildung Verschwendung. Es war schon kostspielig genug, den beiden Brüdern ein Studium zu finanzieren, und

gleichzeitig auf deren Arbeitskraft zu verzichten. Wie oft hatte sie davon geträumt, einfach abzuhauen, aber ohne einen Pfennig in der Tasche schließlich nicht den Mut dafür aufgebracht. Leidend blieb sie, wo sie war.
Der kleinen Smilla las die Mutter jeden Wunsch von den Augen ab, doch die Bedürfnisse ihrer älteren Tochter nahm sie gar nicht wahr. Leevke hatte das Gefühl, dass sie sie nicht einmal mehr sah. Dem Vater schien diese abgöttische Liebe ebenfalls zu viel zu sein, allerdings war er mit der Arbeit auf dem Hof genug beschäftigt. Ab und zu trank er einen über den Durst, was wohl seine Art war, aus dem Alltag zu fliehen.
Leevke hatte gelernt, ihm an diesen Tagen aus dem Weg zu gehen. Fühlte er sich durch irgendetwas provoziert, rutschte ihm die Hand aus. Das bekam nicht nur sie selbst, sondern auch ihre Brüder zu spüren. Einzig die zarte Smilla wurde von diesen Ausbrüchen verschont, was Leevkes Wut auf die kleine Schwester noch einmal vergrößerte. Als Hannes und Domenick den Hof für ihr Studium verließen, wurde es für sie selbst unerträglich. Für die beiden tat sich eine neue Welt auf, sie schufen eine Basis und eine Perspektive für ein eigenes unabhängiges Leben. Sie selbst saß fest, wobei sie keine Ahnung hatte, wie sie daran etwas ändern sollte.
Dann kam Ragnar: Ein großer, blonder Nordfriese, offen, ehrlich und mit einem eigenen Haus, das er, nachdem er es von seinen Eltern geerbt, selbst modernisiert hatte. Natürlich bejahte sie seine Frage, ob sie mit ihm leben wollte! Alles war besser, als weiterhin bei ihren Eltern zu stagnieren. Sie war nicht richtig verliebt, aber sie mochte ihn. Der Rest würde sich schon ergeben. Liebe musste wachsen, das wusste man doch! Ragnar war bereits zweiunddreißig, wollte eine Familie gründen und

zeigte sich großzügig. Sie durfte im Haus nach ihrem Geschmack Veränderungen vornehmen; er fuhr mit ihr aufs Festland, um für sie Kleidung zu kaufen, dazu erhielt sie sogar ein monatliches Budget zu ihrer freien Verfügung. Nachdem sie mit der Einrichtung soweit fertig war, dass sie sich wohlfühlte, kam ein wenig Langeweile auf. Die Arbeit in dem neuen Haushalt war nicht vergleichbar mit ihrem bisherigen Pensum, zumal Ragnar als Handwerker häufig die ganze Woche über mit Aufträgen fern der Hallig unterwegs war, wodurch er erst Freitagabend zu ihr zurückkehrte.

Schließlich entschied sie sich, die ihr verwehrte Bildung nachzuholen. Sie wünschten sich Kinder, doch bis es so weit war, konnte sie etwas für sich tun, was sie glücklich und unabhängig machte. Nach dem Fernabitur, das sie durch ihr Engagement in zwei Jahren schaffte, belegte sie einen Kurs in kreativem Schreiben. Seit jeher hatte sie viel gelesen. Vielleicht war sie ja in der Lage, selbst eines Tages ein Buch zu veröffentlichen.

Als schließlich ihr erster Sohn geboren wurde, trat alles andere in den Hintergrund. Die Glücksgefühle, die Ragnar selbst nach Jahren nicht in ihr hervorgerufen hatte, erzeugte dieser kleine Mensch. Er vervollständigte sie und gab ihrer Ehe einen neuen Sinn. Die Zweifel an der Verbindung, die in langen dunklen Wintertagen entstanden, an denen sie allein auf der Hallig saß, verschwanden. Wo sollte sie auch hin? Außerdem: Die Hallig zu verlassen, die ihr neues Zuhause geworden war, kam nicht in Frage. Die Geburt der Tochter und des zweiten Sohnes festigten nicht nur die Familie, sondern auch sie selbst. Hier gehörte sie hin – hier würde sie bleiben! Einzig das Geld wurde manchmal ein wenig knapp, seit sie zu fünft waren. Immer wieder überlegte Leevke, welche

Möglichkeiten sich ihr boten, selbst etwas zu dem Haushaltseinkommen beizutragen, auch wenn sich Ragnar nie beschwerte. Doch wie sollte sie mit drei Kindern, die sie zu versorgen hatte, auf einer Hallig mit nicht einmal einhundert Bewohnern nebenbei etwas verdienen?
Die Idee kam ihr in einer stürmischen Herbstnacht, als das Wasser in einem drohenden Landunter stieg und Ragnar sie wieder einmal allein gelassen hatte. Um nicht nur die emotionalen, sondern auch sexuellen Defizite ihrer Ehe zu kompensieren, las Leevke seit Jahren erotische Liebesromane, die sie in eine ferne Welt entführten. Eine Zeitlang hatte sie begeistert einen nach dem anderen geradezu verschlungen, doch seit geraumer Zeit fing es an, sie zu langweilen. In dieser Nacht warf sie frustriert ihren ebook-Reader in die Ecke und fragte sich, woran es lag, dass die Romane sie nicht mehr fesselten. Vermutlich hatte sie einfach zu viele davon gelesen. Genau genommen folgten sie alle dem gleichen Schema, was auf die Dauer eben öde wurde. Es müsste mehr Varianten geben, etwas Andersartiges, was sich aus der Masse heraushob. Eine wunderschöne Lovestory gewürzt mit erotischen Aspekten, raffiniert serviert.
Schließlich traf die Idee sie wie der Blitz! Sie selbst würde diesen Roman schreiben, den sie sich gerade gewünscht hatte. Ihre Romanschule hatte sie damals abgeschlossen. Gelesen hatte sie so viel wie kaum eine andere. Warum sollte sie es nicht versuchen? Zeit hatte sie genug, wenn die Kinder im Bett waren und Ragnar auf dem Festland weilte. Sie hatte nichts zu verlieren.
Statt weitere Liebesromane zu lesen, studierte sie Ratgeber über unabhängiges Veröffentlichen und dachte sich parallel dazu ihre erste eigene Geschichte aus. Das war spannender als die Storys anderer Autorinnen zu lesen. Natürlich brauchte sie ein Pseudonym. Niemand sollte

ihre ersten Gehversuche in diesem Bereich beobachten. Außerdem: Was würden die anderen Halligbewohner über sie denken, wenn sie wüssten, dass sie solche Romane schrieb! Leevke war sich nicht sicher, wie viel Persönliches sich in ihren Geschichten wiederfinden würde. Da schützte sie sich doch besser mit einem anderen Namen und behielt dieses Geheimnis für sich. Wenn es ein Misserfolg würde, brauchte sie sich außerdem keine dummen Sprüche anzuhören.

Am Ende des Winters hatte sie sich nicht nur in das Selfpublishing eingearbeitet, sondern den ersten Roman bei Amazon hochgeladen. Nach dem Schalten der Werbeanzeigen war sie gespannt, was passieren würde. Zu ihrer eigenen Überraschung wurde bereits die erste Veröffentlichung ein großer Erfolg. Vielleicht lag es daran, dass sie all ihre Träume und unerfüllten Sehnsüchte in ihre Schreibe packte. Vermutlich gab es viele Frauen mit den gleichen Wünschen sowie unbefriedigten Bedürfnissen. Leevke floh nicht nur beim Schreiben ihrer Geschichten aus der Realität, sondern auch, indem sie sich für ihr Pseudonym eine Persönlichkeit ausdachte, die in den sozialen Medien agierte.

Stolz präsentierte sie Ragnar ihre erste Tantiemenabrechnung, aber seine Reaktion fiel anders als erwartet aus.

„Du schreibst Romane, während ich nicht hier bin? Wer kümmert sich in dieser Zeit um die Kinder?“

„Den Kindern geht es großartig, sie bekommen alle Aufmerksamkeit, die sie brauchen. Ragnar! Ich dachte, du würdest dich freuen, oder es zumindest als Erleichterung empfinden. Ich trage etwas zum Haushaltseinkommen bei.“ Leevke verstand nicht, wo das Problem lag.

„Meine Frau braucht nicht zu arbeiten! Verdiene ich nicht genug? Kannst du dir nicht alles leisten, was du dir wünschst? Es fehlt uns doch an nichts.“ Mit hochrotem Kopf war er nicht nur aus der Küche, sondern gleich aus dem Haus marschiert.

Typisch Mann. Ganz so rosig wie er es darstellte, war es eben nicht. Aber wenn ihr Erfolg Ragnar überforderte, würde sie eben die Zahlen für sich behalten und von dem Geld nehmen, wenn es ansonsten knapp wurde. Den Rest konnte sie für schlechte Zeiten sparen. Wer wusste schon, wo seine Unzufriedenheit hinführte! In den letzten Monaten war er immer häufiger über das Wochenende auf dem Festland geblieben – angeblich, weil er so lukrative Aufträge hatte, die er vor dem Winter abarbeiten wollte. Doch an Leevke nagten die Zweifel. Hatte Ragnar eine Affäre? Polierte er sein angeknackstes Selbstbewusstsein mit einer Geliebten auf? Oder arbeitete er wirklich so hart, nur um ihr zu beweisen, dass er die Familie allein ernähren konnte? Schon mehrfach war sie kurz davor gewesen, einen Privatdetektiv zu engagieren, um Klarheit über sein Verhalten zu bekommen. Schließlich fand sie es doch zu übergriffig. Auch wenn ihnen das große gemeinsame Glück verwehrt blieb, waren sie doch ein stabiles Team, das in Freundschaft verbunden gemeinsam durchs Leben ging. Oder stimmte das gar nicht mehr? Hatte Ragnar eine Frau getroffen, mit der er glücklicher war? Leevke malte sich aus, was passierte, wenn er sie nicht mehr in seinem Leben haben wollte. Das Haus gehörte ihm. Ihr würde nichts anderes übrig bleiben, als zu gehen. Doch wohin?

Niemals könnte Leevke in der Stadt leben, doch auf dieser oder einer benachbarten Hallig wäre für sie kein Platz mehr, wenn Ragnar eine andere Frau an seiner Seite hätte. Im Grunde fiel ihr nur der elterliche Hof ein. Sich dort in der Einsamkeit verkriechen, um niemanden diese private Niederlage eingestehen zu müssen. Sie malte sich das Leben in Neu-Augustenkoog aus – nur für einen Moment, um diesen Gedanken sofort wieder zu verwerfen. Niemals könnte sie erneut mit den Eltern unter einem Dach wohnen.

Wo also war Ragnar, der bis zum heutigen Sonntag nicht nach Hause gekommen war? Wirklich beunruhigend fand Leevke, dass sie ihn seit Freitag nicht mehr telefonisch erreichen konnte. Oder war ihm etwa etwas zugestoßen?

Leevke warf einen Blick zur Uhr. Die Nachmittagsfähre würde in Kürze auf der Hallig eintreffen. Plante er, sie mit der heutigen Rückkehr zu überraschen? Vielleicht blieb er dafür bis in die nächste Woche. Früher war das immer mal vorgekommen, doch nun schon seit Monaten nicht mehr, gestand sie sich ein.

Mit dem Ertönen der Türglocke machte ihr Herz einen Sprung – um sie einen Moment später auszulachen. Als ob Ragnar klingelte, wenn er heimkam! Nicht einmal die Hooger benutzten die Glocke, wenn sie Leevke besuchten. Hier wurde kurz geklopft, bevor man dann direkt, ohne eine Antwort abzuwarten, mit einem zackigen *Moin* die gute Stube betrat.

Das erneute Klingeln holte sie aus ihren Überlegungen. Etwas angestrengt ging sie zur Tür. Davor stand eine kleine Frau mit wilden braunen Locken in Begleitung eines blonden Mannes, der sie schmerzhaft an Ragnar erinnerte.

„Moin, Kommissarin Charlotte Wiesinger! Das ist mein Kollege Knud Petersen. Sind Sie Leevke Andresen?", fragte die Frau in sachlichem Ton, ohne dass sich auf ihrem hübschen, herzförmigen Gesicht ein Lächeln bildete. Leevke war für einen Augenblick zu perplex, um antworten zu können. Die Polizisten mussten extra vom Festland auf die Hallig gekommen sein. Das hatte nichts

Gutes zu bedeuten. Vermutlich war ihrem treulosen Göttergatten doch etwas zugestoßen.
„Frau Andresen? Sind Sie Leevke Andresen? Dürfen wir hereinkommen?"
Die Salve der Fragen ließ endlich wieder Leben in ihren Körper kommen. „Ja, sicher. Was ist denn passiert? Hatte mein Mann einen Unfall?", fragte sie etwas atemlos.
Kurz schien die Kommissarin leicht irritiert zu sein, dann hatte sie sich wieder im Griff. „Nein, es geht nicht um Ihren Mann", antwortete sie. „Lassen Sie uns bitte eintreten. Es ist besser, wenn wir uns setzen."
Leevke überlegte fieberhaft, welchen Grund es sonst für das Auftauchen der Polizei geben konnte. Die Kinder betraf es nicht. Ergeben ließ sie die Besucher herein und bot ihnen Tee an, was diese höflich ablehnten.
„Frau Andresen", begann die Kommissarin schließlich in ruhigem Tonfall. „Wir haben leider sehr schlechte Nachrichten für Sie." Sie legte eine Pause ein. „Ihre Eltern sind gestern einem Verbrechen zum Opfer gefallen, bei dem beide tödlich verletzt wurden."
Der Teepott, den Leevke gerade in die Hand genommen hatte, traf erst die Tischkante, bevor er krachend zu Boden fiel, wo er auf dem Fliesenboden der gemütlich eingerichteten Wohnküche zerbrach.
„Ernsthaft? Es hat sie beide gleichzeitig erwischt? Da war ja jemand gründlich", antwortete sie nüchtern.
Ihre Aussage schien sowohl die kleine Frau als auch ihren bisher schweigsamen Begleiter zu schockieren.
„Tja, vermutlich erwarten Sie eine andere Reaktion, doch es tut mir nicht leid. Die Mutter war eine egoistische Sklaventreiberin, der Vater hat mich geschlagen, wenn ich nicht das tat, was ihm gerade in den Sinn kam – oder aber, wenn er getrunken hatte." Sie legte eine Pause ein.

„Sind Sie deshalb extra hergekommen? Da hätte auch ein Anruf genügt. Bah, schade um den schönen Becher."
Leevke erhob sich von der Eckbank, um die Scherben einzusammeln, wobei sie sich der direkten Beobachtung der Polizisten entzog. Es kostete sie erhebliche Selbstbeherrschung, nicht laut loszulachen. Hatten die Alten endlich ihre Strafe bekommen! Es schien doch eine ausgleichende Gerechtigkeit zu geben.
Nachdem sie den Boden gesäubert hatte, schienen die Kommissare ihre Fassung wiedergewonnen zu haben. Sie wirkten allerdings mit der Fortsetzung der Befragung leicht überfordert.
„Hören Sie, Sie werden es sowieso herausbekommen. Die Eltern waren keine netten Menschen. Mal mit Ausnahme meines Bruders Hannes, mit dem sie den Hof gemeinsam bewirtschafteten, hat niemand aus der Familie ein gutes Verhältnis mit ihnen gehabt. Letzten Endes konnte keiner von uns Geschwistern es ihnen recht machen. Sie haben sogar ihre kleine Prinzessin vergrault." Auf den fragenden Blick fügte sie hinzu: „Meine Schwester Smilla ist zwölf Jahre jünger als ich. Die Mutter hat sie abgöttisch geliebt – bis sie sich weigerte, eine Ausbildung zu absolvieren, die dem Hof nützlich war. Na ja, oder irgendwas Bodenständiges, zumindest kein nicht endendes Kunststudium, das nur Geld verschlingt." Einen Moment hing sie ihren Gedanken nach. „Wie hat Hannes es aufgenommen?"
„Er ist zusammengebrochen", schaltete sich erstmals der Kommissar in das Gespräch ein.
„Ja, er war der Einzige, der sich mit den Eltern arrangierte. Hannes hat das Beste aus ihnen herausgeholt, was sie geben konnten. Er wollte unbedingt den Hof bewirtschaften. Sie haben einen Weg gefunden, einander zu respektieren. Vermutlich war die harte Arbeit die Basis

dafür. Wer kümmert sich jetzt um die Tiere, wenn Hannes es nicht kann? Musste er ins Krankenhaus?“ Um ihren Bruder war Leevke wirklich besorgt.
„Nein, er wurde ambulant versorgt. Er hat sich strikt geweigert, den Hof zu verlassen. Ein Freund ist zur Unterstützung bei ihm geblieben. Allerdings war ihr Bruder nicht in der Lage, unsere Fragen zu beantworten. Auch deshalb sind wir jetzt hier“, antwortete Knud Petersen.
„Verstehe. Wollen Sie nicht doch etwas trinken? Ich setzte mal einen frischen Tee auf.“
Es tat gut sich mit der Zubereitung des Getränks zu beschäftigen, um erst einmal ihre Gedanken zu sortieren. Die Eltern waren ermordet worden! Bei aller Abneigung fragte sich Leevke, wer sie so sehr gehasst haben könnte, um ihnen das Leben zu nehmen.
Sie stellte Tassen, Milch und Kluntjes auf den Tisch. Als der Tee aufgebrüht war, setzte sie sich wieder zu den Besuchern.
„Also gut, was wollen Sie wissen?“, fragte sie ergeben, obwohl sie jetzt lieber allein gewesen wäre.
„Wo waren Sie gestern Abend?“ Die Frage kam nüchtern und routiniert. Die Kommissarin zeigte keinerlei Emotionen, ihren Blick empfand Leevke als durchdringend. Vermutlich wurde diese kleine Frau anfangs häufig unterschätzt, sie schien allerdings tough zu sein.
„Ich war hier. Sie verdächtigen doch nicht etwa mich, die Eltern getötet zu haben?“
„Wir müssen diese Frage stellen, da sie sicherlich wirtschaftlich von dem Tod Ihrer Eltern profitieren.“
„Blödsinn. Mein Mann ist auf dem Festland, aber zwei meiner Kinder können meine Anwesenheit hier auf der Hallig bestätigen – bis circa halb zehn war außerdem eine Freundin bei uns. Überzeugt Sie das?“

Die Kommissarin blieb von Leevkes Ungeduld völlig unbeeindruckt. „Sie haben zwei weitere Geschwister?“, führte sie die Befragung fort.

„Ja, Domenick und Smilla. Sie wohnen beide in Hamburg. Mein Bruder hat eine eigene PR-Agentur. Er liebt Luxus; schöne Frauen, die nur halb so alt sind wie er selbst und das Leben in der Großstadt. Smilla ist eine Träumerin. Sie studiert an der Kunsthochschule. Da sie sich mit Jobs über Wasser hält, wohnt sie mit zweiunddreißig immer noch in einer WG. Ich habe mit beiden kaum Kontakt, kann Ihnen also nicht sagen, wo sie gestern Abend waren.“

Leevke nahm selbst den zickigen Unterton in ihrer Aussage wahr, konnte ihn jedoch nicht kontrollieren. Die gesamte Situation nahm sie mehr mit, als sie zugegeben hätte.

„Ich glaube, ich brauche jetzt einen Schnaps. Sie dürfen wohl nicht, oder?“

Ohne eine Antwort abzuwarten, holte sie eine Flasche Köm von einer Anrichte, schenkte sich großzügig ein und trank das Glas in einem Zug leer. Der ungewohnte Alkohol brannte ihr in der Kehle. Sie war versucht, sich einen Zweiten zu genehmigen, ließ es jedoch bleiben, um ihre Konzentration nicht zu beeinträchtigen.

„Wie ist es passiert?“, fragte sie stattdessen leise, worauf sie einen langen schweigenden Blick von der Kommissarin erntete. „Sie können es mir ruhig sagen, ich halte es aus“, ergänzte sie schließlich.

Wieder ergriff ihr Kollege das Wort: „Ihre Eltern wurden beide erschossen. Eine Freundin ihrer Mutter hat sie gefunden. Es kam bereits jede Hilfe zu spät.“

Leevke ließ die Worte auf sich wirken, doch sie empfand nichts.

Keinen Schmerz. Kein Mitleid. Keinen Verlust.

Im Grunde waren die Eltern für sie schon seit Jahren tot gewesen. Sie konnte sich nicht erinnern, wann sie sie zuletzt gesehen hatte. Als sie die Blicke der Kommissare auf sich ruhen fühlte, sah sie wieder auf.
„Was wollen Sie sonst wissen?", fragte sie.
„Wir brauchen die Kontaktdaten Ihrer Geschwister. Außerdem würde uns interessieren, wie es um die Ehe Ihrer Eltern stand. Gab es Probleme? Wissen Sie etwas über den finanziellen Background?" Knud Petersen schob ihr ein Notizbuch über den Tisch.
„Ich kann Ihnen nicht sagen, ob sie glücklich waren – nicht einmal, wie es finanziell um den Hof stand. Hannes hat nie von Geldsorgen berichtet. Ich nehme an, dass er aufgrund seiner Größe rentabel ist, aber ich habe mich damit nicht beschäftigt." Leevke schrieb nebenbei die gewünschten Informationen auf.
„Sind Sie ausgezahlt worden?", hakte die Kommissarin nach.
„Nein, das hätte den Betrieb zu sehr geschwächt. Die Eltern vertraten den Standpunkt, nur derjenige, der mitarbeitete, hatte ein Anrecht auf die Früchte." Sie hob und senkte die Schultern. „Das war mir egal. Wir haben unser Auskommen."
„Womit?" Die Frage wurde geradezu abgeschossen.
Leevke zuckte unwillkürlich zusammen. „Was?"
„Womit erwirtschaften Sie hier Ihr Einkommen. Auf so einer Hallig sind die Möglichkeiten beschränkt, oder?" Charlotte Wiesinger ließ nicht locker.
Ein schwaches Lächeln zog über Leevkes Gesicht. „Ja, es gab tatsächlich eine Phase, in der wir etwas knapp waren. Mein Mann Ragnar ist Handwerker. Er nimmt Aufträge auf dem Festland an, die ihn die Woche über beschäftigen. Als unsere Familie immer größer wurde, musste ich

mir etwas einfallen lassen. Ich schreibe erfolgreich erotische Liebesromane – glauben Sie mir, ich bin auf das Geld der Eltern nicht angewiesen."
„Damit lässt sich ernsthaft etwas verdienen?" Beide schienen überrascht.
„Ich dachte, Schreiben wäre eine brotlose Kunst", fügte Knud Petersen hinzu.
„Ja, ich habe wohl einiges richtig gemacht. Oder einfach Glück gehabt. Wer weiß das schon? Auf jeden Fall verdiene ich genug, um die Familie zu ernähren."
Die Kommissare schienen echt beeindruckt zu sein, was Leevke ein weiteres Lächeln entlockte.
„Sie können das sicherlich belegen?", fragte die Kommissarin abschließend.
„Ja, ich schreibe Ihnen ebenfalls die Kontaktdaten meines Steuerberaters auf, der kann es bestätigen. Bitte bewahren Sie Stillschweigen über mein Pseudonym, es ist geschlossen und soll nicht bekannt werden."
„Hatten Ihre Eltern Feinde oder gab es Streit mit Nachbarn oder anderen Familienmitgliedern?", fragte die Kommissarin, nachdem sie Diskretion zugesichert hatte.
„Das kann ich Ihnen nicht sagen. Da müssen Sie mit Hannes sprechen. Ich habe mich seit circa zwanzig Jahren nicht mehr dafür interessiert. Mein Leben ist hier auf der Hallig, das ist mir wichtig."
„Ist das nicht sehr einsam? Es gibt nur wenig Ablenkung", stellte Charlotte Wiesinger fest.
„Ja, für die meisten ist es wohl unvorstellbar, hier zu leben, aber wir sind eine starke Gemeinschaft und nirgends sind Sie der Natur so nah wie hier", kam Leevke sofort ins Schwärmen.

„Gerade das erscheint mir eher bedrohlich als erstrebenswert. Haben Sie keine Angst, wenn die Hallig überflutet wird und Sie inmitten der tosenden Nordsee sitzen?“

„Landunter haben wir nur circa vierzig Tage im Jahr. Anfangs hatte ich wirklich Angst, aber in unseren Häusern sind wir sicher – na ja, noch jedenfalls. Kommen Sie mal im Sommer hierher, wenn der Halligflieder blüht. Ein lilafarbenes Blütenmeer. Das ist einfach wunderschön! Dazu diese Ruhe. Das müssen Sie wohl selbst erleben, um es nachvollziehen zu können.“ Leevke folgte für einen Moment verträumt den Bildern vor ihrem geistigen Auge. „Vielleicht auch nicht. Nicht jeder liebt es, das ist ja auch gut so.“

Greta in Osterhever | Sonntag, den 01. November

Greta war heilfroh, die Nacht nicht allein in ihrem Haus verbringen zu müssen. Else Nissen hatte sie nicht nur zurückbegleitet, sondern angeboten, bei ihr zu bleiben, was sie dankend annahm. Auch wenn sie den Abend schließlich gemeinsam bei dampfenden Teetassen in der gemütlichen Umgebung ihres eigenen Heims verbrachten, war Greta nicht in der Lage, die schrecklichen Bilder aus ihrem Gedächtnis zu verbannen.
Wer hatte ihren Freunden nur so etwas angetan? Sie war sich wohl der Konflikte in der Familie bewusst, doch in welcher größeren Sippschaft gab es die nicht? Das bedeutete ja nicht gleich Mord und Totschlag!
Schon bei dem Gedanken an diese Formulierung zuckte sie wieder zusammen. Zu präsent waren die Bilder – und der Geruch – ihrer erschossenen Freundin in der frisch gestrichenen Küche.

Greta versuchte, die wirren Gedanken zu verscheuchen, um sich auf das Gespräch mit Else zu konzentrieren, aber es gelang ihr nur mäßig, was ihre Besucherin bemerkte.
„Greta, hilft es dir, wenn du mir erzählst, was genau passiert ist? Ich sehe doch deine Unruhe. Oftmals wirkt es erleichternd, auszusprechen, was einen belastet. Vielleicht bekommst du dann die Bilder aus dem Kopf."
Wie empathisch sie war! Greta fühlte sich doppelt erleichtert, sie heute als Gesellschaft zu haben. Sollte sie ihr alles erzählen, was nach dem Eintreffen der Kommissarin passiert war? Einen Versuch war es wert – auch wenn sie die angstvollen Momente erneut durchleben musste. Im Grunde war es ihr schon ein bisschen besser gegangen, als der forsche Gerichtsmediziner Ansgar Johannsen auftauchte. Vielleicht sollten sie sich einfach darüber unterhalten, das würde sie auf jeden Fall ein wenig ablenken.
„Kennst du eigentlich den Pathologen?", fragte sie die Frau von Knuds Kollegen, mit der sie zwar keine enge Freundschaft verband, die sie jedoch schon lange kannte.
„Ansgar Johannsen? Ja, Fiete meint, der ist ein echter Schürzenjäger. Seine halbspanischen Gene kommen wohl bei den Frauen gut an. Na ja, schlecht sieht er nicht gerade aus", fügte sie lächelnd hinzu. Vermutlich hatte sie verstanden, warum Greta auf ihn zu sprechen kam.
„Das stimmt – obwohl er ziemlich salopp am Tatort auftritt. Anfangs dachte ich, er hätte keinen Respekt vor den Toten, aber so ist es nicht. Jedenfalls hat er sich rührend um mich gekümmert. Sogar bei einer Frau in unserem Alter versprüht er seinen Charme." Greta entspannte sich ein wenig, als sie sich an die Fürsorge des Arztes erinnerte. Einen Moment saßen sie schweigend zusammen, dann ergriff Else Nissen wieder das Wort.

„Wie hat es denn Hannes aufgenommen? Für ihn muss es ja einfach furchtbar sein, beide Elternteile an einem Abend auf so grausame Art und Weise zu verlieren." Fast entschuldigend senkte sie die Augen, als ihr bewusst wurde, wie sie Greta mit dieser Frage neu zusetzte, doch die winkte ab.

„Schon gut, vielleicht tut es wirklich gut, darüber zu reden. Für Hannes ist es ja viel schlimmer. Knud und Fiete konnten ihn nicht davon abhalten, in die Küche zu kommen, um sich ... um sich seine tote Mutter anzuschauen. Wäre besser gewesen, wenn sie erst hergerichtet worden wäre. Mit all dem Blut war das kein schöner Anblick. Er meinte, er sei dafür stark genug, hatte sich aber überschätzt. Wie eine gefällte Eiche ist er umgefallen. Du kennst ihn ja, er ist wirklich ein Schrank. Natürlich ist es kein Wunder. So etwas haut den stärksten Kerl um." Greta nahm einen großen Schluck von ihrem Tee. „Wir sollten uns mal was Stärkeres gönnen", schlug sie der Bekannten vor, die dazu nur abwesend nickte.

„Was ist dann passiert?", fragte Else, nicht ohne eine gewisse sensationslüsterne Neugier.

„Ansgar Johannsen hat sich um ihn gekümmert. Wir wurden erst einmal in die gute Stube verfrachtet – jeder auf seinem eigenen Sofa und mit einer Beruhigungsspritze versorgt", kommentierte Greta mit einem leicht ironischen Unterton.

„Hat er was gesagt?", fragte Else weiter.

„Ansgar?"

„Nein, Hannes natürlich!"

„Nein, er lag einfach da – zusammengerollt wie ein Baby. Erzähl es nicht weiter, aber er hat richtig gewimmert", vertraute Greta Else an.

„Das musst du Knud und Fiete berichten", forderte diese sofort.

„Nein, warum denn? Das stellt ihn nur bloß. Du weißt doch, wie die Männer sind. Wenn ein wenig Zeit vergangen ist, sitzen alle wieder im *Lütt Matten*, trinken einen über den Durst und dann kann sich Hannes das Geläster anhören – daran will ich keine Schuld haben“, verteidigte Greta ihren Gedanken.

„Ja, das ist natürlich ein Argument, aber denk doch mal daran, dass meist die Familienmitglieder unter Verdacht geraten. Immerhin ist der Hof groß, die Ländereien der Paulsens reichen im Norden bis an die Küste. Das sind echte Werte. Da werden mindestens die Kinder unter die Lupe genommen.“ Vor Aufregung fuchtelte Else mit ihrer Lesebrille herum.

„Ja, aber Hannes doch nicht“, widersprach Greta vehement. „Welchen Vorteil hätte er denn davon? Er verliert nur die Arbeitskräfte auf dem Hof. Auch wenn sie sich langsam zurückziehen ... zurückgezogen haben ...“ Greta schluckte. Es kostete sie Kraft, zu realisieren, dass ihre Freundin nicht mehr lebte. „Na ja, du weißt ja, was ich meine. Jetzt steht er mit all der Arbeit alleine da. Das ist ja wirklich kein Mordmotiv.“

„Tja, so sieht es zumindest aus.“ Else wiegte den Kopf.

„Du bist schon zu lange mit deinem Kommissar zusammen. So wie mich Torge heute Mittag gewarnt hat ...“ Den Satz noch nicht zu Ende gesprochen, fiel ihr auf, wie recht der Hausmeister der *Weißen Düne* mit seiner Befürchtung gehabt hatte.

„Was hat Torge damit zu tun?“, fragte Else interessiert.

„Er wollte wissen, ob ich mich nicht vor der Abgeschiedenheit und der Dunkelheit in Neu-Augustenkoog fürchte. Als ob er was geahnt hätte.“ Greta war nachdenklich geworden.

„Ach, das ist doch bloß Zufall. Oder willst du etwa behaupten, Torge hätte etwas damit zu tun? Also jetzt brauche ich wirklich einen Schnaps! Der kann einem ja den letzten Nerv rauben – sagt jedenfalls Fiete. Wahrscheinlich hat sich die Kommissarin Wiesinger so geäußert. Bah, ich fasele schon, als hätten wir uns bereits ein paar Klare gegönnt! Also, Torge hat auf keinen Fall was damit zu tun!" Sie unterstrich ihre Aussage mit einer energischen Geste, während sie sich mühsam aus dem weichen Sofa erhob, um die Flasche sowie zwei Gläser zu holen.
„So meinte ich das doch gar nicht. Ich kenne Torge eine halbe Ewigkeit. Er ist die gute Seele in der Ferienanlage – auch wenn manche Gäste das nicht kapieren." Sie nahm das randvoll geschenkte Glas entgegen und kippte den Friesengeist in einem Zug herunter. „Ja, das tut gut. Also zurück zu Hannes. Du meinst, ich sollte unseren Kommissaren erzählen, wie verzweifelt er war?"
„Auf jeden Fall. Die beiden sind doch keine Tratschtanten! Die behalten solche Informationen für sich. Wenn es zu den Ermittlungen gehört, bist du sogar dazu verpflichtet, von deinen Beobachtungen zu berichten."
Eine Weile hingen die Frauen schweigend ihren Gedanken nach. Greta griff erneut zu der Flasche, um beiden nachzuschenken. Schließlich brach Else das Schweigen.
„Bist du bei Hannes gewesen, als sie ihm mitteilten, sein Vater sei ebenfalls dem Mörder zum Opfer gefallen?"
„Ja, ich war da." Greta erinnerte sich an den Schock, den es bei ihr auslöste. Sie hatte so sehr angefangen zu schwitzen, dass ihr die Schweißtropfen salzig in die Augen liefen, was ein unangenehmes Brennen verursachte. Völlig auf sich selbst konzentriert war sie eine Weile gar nicht in der Lage gewesen, auf Hannes Reaktion zu achten. Als Knud sie dann aus dem Raum führte, lag der

Landwirt bewegungslos auf dem Sofa. Er schien überhaupt nicht ansprechbar gewesen zu sein, was Greta absolut verstehen konnte. „Ja, okay. Ich erzähle es morgen Knud. Er wird sicherlich vor seinem Dienst kurz vorbeischauen, um nach uns zu sehen."

„Hast du denn eine Ahnung, wer den beiden nach dem Leben getrachtet haben könnte? Du warst doch so lange mit Helga befreundet. Hat sie irgendwas gesagt? Wurden sie bedroht oder gab es einen ernsthaften Konflikt?", hakte Else nach.

„Darüber denke ich nach, seit ich sie gefunden habe. Mir gegenüber hat sie nichts geäußert – jedenfalls nichts Neues, Aktuelles. Es gab damals ein Drama mit den Nachbarn. Es handelte sich um einen Unfall, aber das ist fast dreißig Jahre her." Gretas Stirn runzelte sich in Falten. „Ach, nein! Da gibt es keinen Zusammenhang. Niemand rächt sich nach so langer Zeit!"

„Tatsächlich? Das klingt ja spannend!" Else war gleich Feuer und Flamme. „Erinnerst du dich an die Einzelheiten?"

„Es ging um ein totes Kind." Sie legte erschöpft eine Pause ein. „Es war eine sehr problematische Zeit für die ganze Familie. Else, ich kann jetzt nicht darüber reden. Das geht über meine Kraft."

Verständnisvoll nickend tätschelte Else der Freundin die Hand. „Schon gut. Mir brauchst du es jetzt nicht zu erzählen, aber Knud solltest du davon berichten. Gerade weil die Familie bestimmt in die erste Schusslinie gerät ... äh, das war jetzt unglücklich ausgedrückt. Also, wenn es Verdächtige außerhalb der Familie gibt, sollten die Männer es wissen." Wieder verlieh Else ihrer Aussage mit einer großen Geste Nachdruck, die Greta zum ersten Mal an diesem Abend ein kleines Lächeln auf die Lippen zauberte. Sie würde wohl die nächsten Tage damit verbringen, ihr Gedächtnis nach allen möglichen Verdachtsmomenten zu durchforsten, um den Kommissaren die Jagd nach dem Mörder von Helga und Wilfried zu erleichtern.

Als Knud am nächsten Morgen früh mit Brötchen auftauchte, fühlte sich Greta müde und zerschlagen. Die halbe Nacht hatte das Gedankenkarussell sie wach gehalten. Jedes Mal, wenn sie einschlummerte, schoben sich wieder die furchtbaren Bilder vor ihr geistiges Auge, die sie erneut hochschrecken ließen. Um sechs Uhr gab sie auf und stand auf. Die Dusche erfrischte sie ein wenig, aber erschöpft war sie trotzdem. Selbst der starke Kaffee brachte nicht die gewünschte Energie zurück.

Obwohl sie weiter über mögliche Verdächtige mit einem Motiv nachgedacht hatte, war ihr nichts Besonderes eingefallen. Vielleicht kam die Erinnerung zurück, wenn der Schock ein wenig nachließ oder sie mit Knud darüber sprach. Else schlief noch, was Greta die Ruhe am Morgen bescherte, die sie sehr schätzte – auch wenn sie sich heute wünschte, es würde draußen endlich hell werden. November! Nun war er da.

„Moin Mama, wie geht es dir. Konntest du schlafen?“, begrüßte Knud sie bei seinem Eintreffen, wobei seine Stimme besorgt klang. Insgeheim freute sie sich, dass er sie nach wie vor Mama nannte, und nicht Mutter oder Greta, so wie manche erwachsene Kinder es taten.

„Ehrlich gesagt, nicht besonders viel. Ich konnte die Gedanken nicht abschalten, fasse es nicht, warum Helga und Wilfried sowas angetan wurde“, antwortete sie. „Habt Ihr schon einen Verdacht?“

Knud schüttelte den Kopf. Auch er schien mitgenommen zu sein. Vermutlich hatte er selbst nicht viel geschlafen.

„Nein, dafür ist es zu früh. Hannes Paulsen war gestern nicht mehr vernehmungsfähig. Er hat den ganzen Abend auf dem Sofa gelegen, nicht fähig, ein Wort zu sagen."
„Es hat ihn regelrecht umgehauen", bestätige Greta. Nach kurzem Zögern fügte sie Elses Rat befolgend hinzu: „Er hat gewimmert."
Was ihren Sohn nicht überraschte. „Ja, ich habe es gehört. Ist ja kein Wunder. Beide Elternteile auf so eine Art an einem Abend zu verlieren. Da muss man ja aus Stein sein, wenn einen das nicht berührt."
Greta war erleichtert. Knud hatte es selbst bemerkt. Irgendwie erschien es ihr nicht richtig, jemanden bloß zu stellen, der sich so verwundbar zeigte.
„Charlotte hat mir von deinem Anruf sowie ihrem Eintreffen gestern erzählt. Wie es für dich war, auf den dunklen Hof zu kommen. Kannst du dich an irgendetwas erinnern, was sonst ungewöhnlich war?"
Sie sah, wie schwer es ihm fiel, diese Fragen zu stellen. Er war sich bewusst, wie intensiv sie den Abend dadurch nachempfinden musste.
„Nein, die Hunde kamen nicht. Deshalb habe ich schnell den Gedanken verworfen, es könnte sich einfach um einen Stromausfall handeln. Ich hatte zwar Angst, aber gleichzeitig das Gefühl, ich müsste Helga und Wilfried helfen. Sonst ist mir nichts Ungewöhnliches aufgefallen. Ich habe niemanden gesehen, nichts gerochen und auch kein Fahrzeug bemerkt. Der Mörder war bestimmt schon längst weg."
„Ja, das wird die Gerichtsmedizin ergeben. Habe ich dir zu oft von unseren Fällen erzählt? Ich brauche ja gar keine Fragen zu stellen. Du beantwortest alles in einem Satz." Sie tauschten ein kleines Lächeln aus. Greta grub in ihrem Gedächtnis, ob sie noch etwas wahrgenommen hatte, was der Ermittlung von Nutzen sein konnte.

„Helga war doch jahrzehntelang eine enge Freundin von dir“, holte Knud sie aus ihren Gedanken. „Kannst du mir ein wenig über die Familie erzählen? War die Ehe glücklich? Gab es Probleme? Wie war das Verhältnis zu den Kindern? Ich weiß, es sind viele Fragen auf einmal“, fügte er mit einem aufmunternden Nicken hinzu. Es war ungewohnt, ihren Sohn so ernst zu erleben.

„Ob die Ehe richtig glücklich war, kann ich dir nicht beantworten. Sie schien mir auf jeden Fall stabil zu sein. Helga hat nichts über Probleme geäußert, allerdings war sie kein übermäßig emotionaler Mensch.“ Sie legte eine kurze Pause ein. „Nein, das stimmt so nicht. Als die kleine Smilla geboren wurde, hat sie sie mit all ihrer Liebe überschüttet, fast schon erdrückt. Bis zu diesem Zeitpunkt war die Familie, glaube ich, glücklich – oder zumindest glücklicher. Bestimmt hat das die Ehe beeinflusst. Ach, das ist so lange her. So genau weiß ich das nicht mehr.“ Greta war selbst nicht zufrieden mit ihren Ausführungen. „Das klingt alles ziemlich vage, oder? Damit kannst du vermutlich nicht viel anfangen.“ Unglücklich schaute sie Knud direkt in die Augen, der sie beruhigte:

„Setz dich nicht unter Druck. Ich möchte nur deinen Eindruck hören, weil du sie so lange kennst. Wir werden mit den Kindern sprechen und ihnen die gleichen Fragen stellen.“

„Okay.“ Greta entspannte sich wieder ein wenig. „Ich hatte nicht den Eindruck, es würde echte Probleme geben – jedenfalls nicht zwischen Helga und Wilfried. Mit Hannes schienen sie ebenfalls gut auszukommen. Sie zogen ja an einem Strang. Natürlich stand der Hof im Vordergrund.“

„Gab es finanzielle Engpässe?“, hakte Knud nach.

„Ich glaube nicht." Greta überlegte einen Moment. „Über Geld haben wir nicht gesprochen. Helga hat sich allerdings nie beklagt, und sie haben ja regelmäßig in den Hof investiert, um ihn auf einem modernen Stand zu halten. Das Gleiche galt für das Wohnhaus. Eigentlich war ich ja gestern dort, um die frisch renovierte Küche zu bewundern." Wehmütig schaute Greta in ihren leeren Kaffeepott. „Willst du auch noch einen?", fragte sie ihren Sohn, indem sie darauf deutete.
„Ich mach schon, bleib sitzen", antwortete er sofort. „Und wie war das Verhältnis zu den anderen Kindern?"
„Nicht besonders. Leevke, die Älteste hat schon vor zwanzig Jahren den Kontakt abgebrochen. Mit Hannes telefoniert sie regelmäßig, aber sie sehen sich nur selten. Ist ja nicht so einfach. Leevke lebt auf der Hallig und hat soviel ich weiß, selbst eine große Familie. Hannes ist ständig mit der Arbeit auf dem Hof beschäftigt. Außerdem wird er leicht seekrank, sogar auf der ruhigen Strecke durch das Wattenmeer." Wieder erschien ein kleines Lächeln auf Gretas Lippen, das ihren Sohn zu beruhigen schien.
„Was weißt du über die anderen Kinder?"
„Domenick und Smilla wohnen beide in Hamburg und lassen sich kaum zu Hause blicken. Er kann dem Landleben überhaupt nichts abgewinnen. Wenn es nach ihm ginge, hätte die Familie schon vor Jahren die Landwirtschaft aufgegeben, um direkt an der Wasserlinie eine gigantische Ferienhaussiedlung zu bauen. Erschreckender Gedanke!", fügte sie erbost hinzu.
„Aber bestimmt wesentlich lukrativer als Ackerbau und Viehzucht", antwortete Knud interessiert.
„Das ist ja wohl nicht dein Ernst", regte sich Greta sofort auf, als hätte er sich für ein derartiges Bauprojekt ausgesprochen.

„Mama, beruhige dich!“ Zum ersten Mal, seit er hier war, erschien das vertraute Grienen auf seinem Gesicht, das sie so gerne mochte. „Ich habe nicht gesagt, dafür zu sein. Natürlich würde es die großartige Landschaft zerstören und zahlreichen Vögeln sowie Insekten den Lebensraum nehmen. Wenn aber die Chance auf eine Baugenehmigung bestünde, wäre es allemal ein starkes Mordmotiv. Ich halte es für unwahrscheinlich, dass Helga und Wilfried Paulsen dem zugestimmt hätten.“
„Bei Hannes kann ich mir das ebenfalls nicht vorstellen“, ergänzte Greta den Gedankengang. „Er liebt die Natur und seine Viecher über alles.“
Schlagartig verschwand das Grienen aus Knuds Gesicht. „Was, wenn der Mörder alle drei erschießen wollte? Hannes war ausnahmsweise nicht auf dem Hof – dann schwebt er jetzt vielleicht in Lebensgefahr.“ Während er die Befürchtung aussprach, nahm das Ausmaß seines Erschreckens zu.
„Du vermutest, Domenick könnte seine Eltern umgebracht haben und nun dem Bruder nach dem Leben trachten?“, fragte Greta erschüttert. „Ist das nicht ein bisschen zu weit hergeholt?“
„Bei den meisten Kapitalverbrechen liegen die Motive im nächsten Umfeld der Toten“, belehrte Knud seine Mutter. „Wir müssen das auf jeden Fall überprüfen. Warte, wir reden gleich weiter. Ich werde jetzt erst mal Personenschutz für Hannes organisieren, auch wenn ihm das bestimmt nicht gefällt. Außerdem ist Torge auf dem Hof. Er hat sich nicht davon abhalten lassen, seine Unterstützung für die ersten Tage anzubieten, bis Hannes ein paar Hilfskräfte organisiert hat. Na ja, du kennst ihn ja. Ich muss unbedingt verhindern, dass den beiden etwas passiert!“

„Ja, das fehlt noch!“, rief Greta erschrocken aus. „Es reicht wirklich so schon.“
„Gib mir einen Moment Zeit. Ich führe ein paar Telefonate, dann reden wir weiter. Hannes und Torge müssen gewarnt werden.“ Knud griff zu seinem Telefon. Greta nutzte die Zeit, um nochmals frischen Kaffee zu brühen. Schließlich setzten sie ihr Gespräch fort.
„Was ist denn Domenick Paulsen für ein Typ?“
„Ach, so genau weiß ich das nicht. Helga hat in den letzten Jahren wenig von den Kindern gesprochen. Ich glaube, es hat sie belastet, kaum Kontakt mit ihnen zu haben.“ Greta kramte in ihrem Gedächtnis. „Domenick hat eine eigene Firma – eine Werbeagentur oder so. Er scheint sehr erfolgreich zu sein. Bei einem seiner seltenen Besuche war ich gerade dort. Er fuhr mit einem teuren Sportwagen vor, begleitet von einer jungen Frau, die aussah, als sei sie seine Tochter. Domenick hat aber keine Kinder“, fügte sie mit einem Augenzwinkern hinzu. Die Konzentration auf die Familie entspannte sie. „Jedenfalls waren beide hochwertig, ja geradezu edel gekleidet und mit Schmuck behängt. Ich erinnere mich so genau daran, weil es in der Umgebung des Hofes einfach lächerlich aussah. Völlig deplatziert. Sie schienen sich nicht besonders wohl zu fühlen, wodurch sie den Besuch entsprechend kurz hielten. Die Esseneinladung lehnten sie ab, weil sie lieber bei Gosch speisen wollten. Das musst du dir mal vorstellen!“ Greta gab sich keine Mühe, ihre Entrüstung zu verbergen.
Nun musste Knud doch lachen. „Kann ich mir vorstellen, dass dich das fassungslos macht. Wie haben Helga und Wilfried darauf reagiert?“
„Sie haben sich ebenfalls geärgert, aber es war ja nichts Neues. So ging es schon seit Jahren. Alle haben ganz un-

terschiedliche Vorstellungen vom Leben. Hannes versteht es auch nicht. Als Kinder waren sich die Brüder ganz nah, aber sie haben sich in unterschiedliche Richtungen entwickelt. Das passiert eben.“ Resigniert seufzend legte Greta wieder eine Pause ein. „Wenigstens ist es bei uns anders“, fügte sie mit einem kleinen Lächeln hinzu. „Ich fürchte, viel mehr weiß ich nicht über Domenick.“

„Das ist ja schon eine ganze Menge. Ich werde mit Kommissarin Wiesinger sowieso nach Hamburg fahren müssen, um die beiden persönlich zu befragen“, antwortete Knud. Offensichtlich war er schon zufrieden, was er erfahren hatte. „Weißt du auch was über die andere Tochter? Wie hieß sie noch?“

„Smilla.“

„Ja, genau. Wie ist das Verhältnis der Familie zu ihr?“, wollte Knud wissen.

„Das ist im Grunde wirklich traurig“, antwortete Greta nachdenklich. „Sie war eigentlich gar nicht mehr geplant. Die Geburt von Hannes war kompliziert, deswegen wollte Helga keine weiteren Kinder, aber es kam anders. Ich weiß ehrlich gesagt nicht, warum sie sich so auf diese Tochter fixiert hat. Ich fand es schon in den ersten Jahren, als Smilla ein Kleinkind war, recht befremdlich. Alles drehte sich nur um diese kleine Person. Sie war wirklich niedlich, aber wurde so sehr verwöhnt, ... na ja, eigentlich wurde sie völlig verzogen. Dadurch entwickelte sie sich zu einer Rotzgöre, die nicht selten schwer zu ertragen war. Besonders für die Geschwister, die auf dem Hof richtig anpacken mussten. Erst haben die drei zusammengehalten. Als die Jungs dann studierten, wurde Leevke quasi zur Magd. Ich habe mehrmals versucht, mit Helga darüber zu sprechen, aber dafür war sie wirklich nicht empfänglich. Ah, ich schweife ab ... Smilla. Ja,

Helga hat sie mit ihrer Liebe erdrückt. Sie sollte dann natürlich etwas lernen, was sie an den Hof bindet. Ich glaube, sie hat es sogar versucht, aber nicht durchgehalten. Smilla ist zart, sensibel und künstlerisch begabt. Als sie nach Hamburg abgehauen ist, um zu studieren, hat Wilfried ihr den Geldhahn zugedreht. Die Enttäuschung war groß. Aus ihrer Hingabe waren einfach die falschen Erwartungen gewachsen. Zum Schluss haben sie sich kaum noch gesehen. Ich bin mir nicht einmal sicher, ob Smilla zu Weihnachten auf den Hof gekommen ist; würde mich nicht wundern, wenn nicht."

Nickend schien Knud über das Gehörte nachzudenken. Greta war froh über die Pause und schenkte beiden noch einmal Kaffee nach. Das Gespräch hatte ihr gutgetan. Langsam kehrten ihre Kräfte trotz der schlaflosen Nacht zurück. Knud ließ ihr eine Weile Zeit, um zu verschnaufen, dann brach er das Schweigen.

„Mama, weißt du auch, wie sich die Geschwister heute verstehen? Haben sie Kontakt untereinander?"

Greta ließ sich wieder ein wenig Zeit, bevor sie antwortete. „Viel kann ich dazu nicht sagen. Ich glaube, den engsten Kontakt haben Leevke und Hannes, aber ich fürchte, du musst sie selbst befragen."

„Kein Problem, machen wir. Du hast mir schon sehr weitergeholfen. Heute Nachmittag wollen Charlotte und ich nach Hooge, morgen fahren wir dann wohl nach Hamburg. Mal schauen, was dabei herauskommt. Pass du auf dich auf! Ich versuche, heute Abend noch einmal bei dir hereinzuschauen. Am besten lässt du dir weiterhin Gesellschaft von Else Nissen leisten. Mir ist nicht wohl, wenn du jetzt alleine bleibst."

Torge in Augustenkoog | Sonntag, den 01. November

Torge war von der Idee, allein am Anfang der Auffahrt auf das mögliche Eintreffen des Kamerateams zu warten, nicht mehr begeistert. Als er auf der Feier hörte, dass es auf dem Paulsen-Hof vermutlich einen Mord gegeben hatte, setzte erst einmal der Schock ein. Zitternd schaffte er es gerade so eben, sein Bierglas auf dem Stehtisch abzustellen, bevor es ihm aus der schweißnassen Hand rutschen konnte. Da er sich vom Alter her zwischen den Generationen der Paulsens befand, verstand er sich mit Hannes und Wilfried gleichermaßen gut. Sie waren nicht die dicksten Freunde, aber sie gingen schon mal einen zusammen heben. Außerdem sprang Torge gerne ein, wenn die Landwirte auf dem Hof Hilfe benötigten.
Während Knud sich mit Fiete über das weitere Vorgehen abstimmte, stand er schweigend daneben. Das Gespräch verschaffte ihm Zeit, sich wieder zu beruhigen. Gleichzeitig entstand natürlich der Wunsch, den Polizeieinsatz zu

verstärken, was ihm die beiden Kommissare sicherlich verwehren würden. Am besten ließ er sich ein paar schlagkräftige Argumente einfallen, mit denen er sie umstimmen konnte. Als sein Blick schließlich auf Christiansen von *N3 von der Küste* fiel, kam ihm die rettende Idee. Knud versuchte gerade, Hannes auszureden, mit ihnen zu dem Tatort zu fahren, doch das brachte diesen richtig auf.

„Was heißt hier Tatort! Das ist mein Zuhause! Wir wissen nicht, was mit meinem Vater los ist. Vielleicht braucht er Hilfe. Nein, Knud! Du kannst mir nicht verbieten, zu meinem eigenen Hof zu fahren."

Vermutlich um kein weiteres Aufsehen zu erregen, lenkte der Angesprochene schließlich ein. Torge überlegte gerade, mit welchem Wagen er seinen Plan durchführen sollte, da erschien Annegret in dem Raum. Nachdem sie ihn entdeckt hatte, steuerte sie sofort auf ihn zu.

Sie auf halbem Weg treffend erklärte er ihr kurz die Geschehnisse des Abends und bat sie, ihm ihr Auto zu überlassen.

„Ach, die kleine Kiste ist mal wieder nicht angesprungen. Ich habe deinen Kombi genommen. Willst du wirklich Hannes unterstützen oder wird gerade wieder der Hilfssheriff in dir aktiv?", fragte sie ihn mit dem Anflug eines Neckens. Ohne jedoch eine Antwort abzuwarten oder ihn wie sonst weiter damit aufzuziehen, wechselte sie sofort wieder das Thema. „Torge, das ist eine sehr ernste Situation. Was, wenn der Mörder dort noch herumläuft? Es wäre mir wirklich lieber, wenn du ausnahmsweise mal an dich denkst – und an mich. Bitte verzichte auf diesen Einsatz!" Sie griff nach seinen Händen. „Was soll ich denn machen, wenn dir etwas passiert? Nach allem, was wir im Sommer durchgemacht haben, könnte ich das nicht ertragen!"

„Annegret, min seute Deern! Mir wird nichts zustoßen. Bleib du bitte hier. Wir wollen möglichst kein Aufsehen erregen, damit die Presse uns nicht folgt. Es ist aber nicht sicher, ob wir das schaffen. Ich bleibe oben am Rande des Grundstücks stehen, um das Kamerateam abzufangen, falls sie uns doch folgen. Dafür brauche ich das Auto."
„Damit ist Knud einverstanden?" Annegret schien überrascht. „Ich sehe dir doch an, er weiß gar nichts von deinem Plan!"
Wie sie ihn durchschaute. Nach dreißig gemeinsamen Jahren konnte er ihr einfach nichts mehr vormachen.
„Ja, ich wollte ihn gerade davon überzeugen, als ich dich kommen sah. Ich muss jetzt los, bevor sie ohne mich fahren. Bitte, gib mir den Schlüssel." Er versuchte ein Lächeln, das allerdings misslang. „Es ist immerhin mein Wagen", fügte er hinzu.
Ergeben drückte Annegret ihm den Schlüssel in die Hand. „Versprich mir, gut auf dich aufzupassen! Ich will dich heil zurück."
Die Männer hatten den Raum bereits verlassen. Er holte sie auf dem Parkplatz ein. Da Knud so schnell wie möglich loswollte, hatte Torge keine Mühe, ihn von der Idee zu überzeugen.

Als er jetzt allein am Anfang der langen Auffahrt in der Dunkelheit stand, kamen ihm Zweifel an seinem Vorhaben. Vergeblich versuchte er, sich einzureden, keine Angst zu empfinden, doch bei jedem noch so kleinen Geräusch zuckte er unwillkürlich zusammen. Er hatte die Scheinwerfer seines Autos eingeschaltet gelassen. Was ihm ein Gefühl der Sicherheit vermitteln sollte, bewirkte das Gegenteil, weil es ihm lediglich in eine Richtung ein paar Meter der Umgebung beleuchtete, er selbst dadurch aber zur perfekten Zielscheibe wurde. Schaltete er das

Licht aus, versank er dermaßen in der Schwärze der einbrechenden Nacht, dass sich sein Unwohlsein erheblich vergrößerte.
Am liebsten wäre er zu den anderen auf den Hof gefahren, aber er hatte eine Aufgabe übernommen! Diese galt es mannhaft zu erfüllen, statt wie eine Memme zu Mami zu laufen – außerdem mit der Begründung, Angst zu haben. Er machte sich ja zum Gespött der Leute! Besonders vor der Kommissarin Wiesinger wollte er sich keine Blöße geben! Sie würde ihn dann in Zukunft bestimmt nicht mehr ernst nehmen.
Nein! Das musste er jetzt durchstehen.
Trotzdem hoffte er mittlerweile inständig, das Kamerateam würde auftauchen, damit er endlich Gesellschaft bekam. Ihnen den Weg zu versperren und sie hinzuhalten, das traute er sich zu. Sein Draht zu Christiansen war gut genug, um ihn davon zu überzeugen, die ersten Informationen nach der Freigabe durch die Polizei zu erhalten.
Doch es blieb stockdunkel. Kein weiteres Auto kam die einsame Straße in seine Richtung gefahren. Selbst die Entfernung zu dem Paulsen-Hof war zu groß, um etwas von dem Suchscheinwerferlicht der Einsatzkräfte zu der Stelle dringen zu lassen, an der Torge mit ständig steigender Nervosität stand. Hätte er bloß einmal auf Annegret gehört! Er könnte jetzt in seiner schönen Reetkate in Tating in seinem weichen, flauschigen Bett liegen! Stattdessen fröstelte er hier ängstlich vor sich hin, wobei er auf jedes kleine Geräusch lauschte. Etliche Male, wenn er meinte, in der Dunkelheit eine Bewegung wahrzunehmen, war er kurz davor, wieder in sein Auto zu steigen, um das Weite zu suchen.
Ob das Fernsehteam überhaupt kommen würde? Torge hatte jedes Zeitgefühl verloren. Nur, um die Uhrzeit zu

checken, nahm er das Handy aus der Tasche, kam dabei aber auf eine Idee, die ihn mitten in der Bewegung innehalten ließ.
Sollte er selbst den Reporter informieren? Das würde seinem einsamen Warten vermutlich ein schnelles Ende setzen. Wenn sich Christiansen allerdings bei der Kommissarin verplapperte, würde er einige Bonuspunkte einbüßen. Außerdem: Was konnte er dem Reporter schon berichten? Auf dem Paulsen-Hof war ein Mord geschehen. Bestimmt wollte der Reporter es sich dann selbst anschauen und natürlich auch filmen – genau das sollte er ja verhindern! Mit einem Schnack hier an der Grenze zum Grundstück gab sich der Journalist bestimmt nicht zufrieden!
Unschlüssig starrte Torge auf das schwach leuchtende Display, als würde er dort die Antwort auf seine Frage finden. Während die Überzeugung wuchs, der Versuchung eines Anrufs nicht widerstehen zu können, sah er ein Licht in der Ferne blitzen. Wie es aussah, war ein Auto in die Straße Kömdiek eingebogen und näherte sich zügig. Noch konnte Torge nicht erkennen, ob es sich um den Übertragungswagen des Senders handelte. Lediglich die Scheinwerfer waren zu sehen. Er beschloss, erst einmal zu schauen, ob es sich tatsächlich um Christiansen handelte. Direkt gefolgt war er ihnen offensichtlich nicht - dafür war zu viel Zeit vergangen. Hatte es sich auf der Feier bereits herumgesprochen, was heute Abend auf dem Paulsen-Hof passiert war? Oder war dem Reporter einfach aufgefallen, dass alle der Polizei angehörenden Gäste verschwunden waren? Vermutlich war es für ihn ein Leichtes, die richtigen Fragen zu stellen, um die gewünschten Informationen zu erhalten.
Torge überlegte, wer sonst diesen einsamen Weg nutzte. Anwohner gab es hier nur wenige. Gerade einmal zu drei

oder vier Höfen gelangte man über diese Straße. Für den Durchgangsverkehr wurde sie bei Dunkelheit so gut wie gar nicht genutzt, weil sie sehr schmal war. Die Fahrer mussten bei Gegenverkehr halb auf den Grasstreifen daneben ausweichen. Und der Mörder würde ja wohl kaum ein paar Stunden später mit eingeschalteter Beleuchtung zurückkehren! Trotzdem kribbelte ihm bei diesem Gedanken eine Gänsehaut über den Rücken. Wieder wurde er sich bewusst, wie schutzlos ausgeliefert er hier in der Gegend herumstand.

Der Wagen kam unaufhaltsam näher. Torge schaute direkt in die Scheinwerfer und dann geblendet zur Seite. Großartig! Für einen Moment sah er nur imaginäre Kreise vor den Augen tanzen. Seine Nervosität stieg. Noch einmal verfluchte er sich selbst, sich auf diese Aktion eingelassen zu haben. Er presste die Lider kräftig zusammen, um wieder klar sehen zu können. Als er die Augen erneut öffnete, wurde der nahende Wagen langsamer.

Tatsächlich handelte es sich um den Reporter von *N3 von der Küste*. Erleichtert atmete Torge aus. Erst jetzt fiel ihm auf, wie er vor lauter Anspannung die Luft angehalten hatte. Während Christiansen ausstieg, brachte er sich automatisch in Stellung.

„Moin Trulsen. Haben wir also richtig gehört! Hier auf dem Paulsen-Hof ist etwas Schreckliches passiert“, begrüßte ihn der Journalist. Eine gewisse Sensationsgier war dem Mann anzumerken, die Torge innerlich auf Abstand gehen ließ. Dieses Mal sollte er wirklich vorsichtig sein, was er Christiansen anvertraute – zumal er selbst ja nur über sehr vage Informationen verfügte.

„Moin Christiansen“, grüßte er verhalten zurück. Am besten, er hörte sich einfach an, was dem Team bereits bekannt war. Auch wenn es sehr verlockend war, wieder einmal ein Interview zu geben – und Christiansen würde ihn bestimmt damit ködern wollen – in diesem Fall sollte er das lieber den Kommissaren überlassen. Oder zumindest den richtigen Zeitpunkt abwarten, bis er selbst Genaueres wusste. Torge straffte sich, um größer als 1,75m zu erscheinen, womit er sich wappnete, eine menschliche Sperre zu sein.

„Hindern Sie uns daran, auf den Hof zu fahren, Trulsen?", versuchte Christiansen es auf die lockere Art.

„So isses", stimmte Torge zu.

„Ah, kommen Sie, Trulsen. Sie wollen doch nicht einem Mitglied der Presse bei der Ausübung seiner Pflicht den Weg versperren! Wie lange kennen wir uns jetzt?!" Der Reporter war davon überzeugt, Torge belatschern zu können, das war deutlich.

„Ich fürchte, das spielt heute keine Rolle. Ich bekomme nämlich mächtigen Ärger mit Kommissarin Wiesinger und Knud Petersen, wenn ich Sie jetzt hier durchlasse." Torge versuchte es mit der Abgabe der Verantwortung.

„Das nehmen Sie doch sonst nicht so genau! Was sollen die schon machen? Sie können Sie ja schließlich nicht feuern." Christiansen lachte herzhaft über seinen eigenen Witz, ohne zu ahnen, wie sehr er den Nagel auf den Kopf traf.

Torge wollte es sich auf keinen Fall mit den Kommissaren verscherzen und von den Ermittlungen ausgeschlossen werden. Er kannte auf Eiderstedt so gut wie jeden. Mit Unterstützung dieses Netzwerks hatte er schon häufiger wertvolle Informationen beigetragen. Außerdem war seine Akzeptanz bei der ursprünglich aus Hamburg stammenden Polizistin im letzten Jahr erheblich gestiegen. Das wollte er sich nicht wieder verscherzen – schon gar nicht mit einem Interview, bei dem er im Grunde gar keine Informationen zu bieten hatte. Darüber hinaus

empfand er die forsche Ansprache des Reporters schon ein wenig beleidigend. Von wegen, er würde es sonst nicht so genau nehmen! So ein Urteil stand dem Presseheini nicht zu! So überredete er ihn jedenfalls nicht, etwas preiszugeben.
„Also, Trulsen. Wie sieht es aus?“, holte Christiansen ihn aus seinen Gedanken.
„An mir kommen Sie hier und heute nicht vorbei! Keine Chance!“, verteidigte er mit Nachdruck seinen Posten.
„Sie können uns nicht daran hindern, zu dem Hof zu fahren!“, versuchte der Reporter, Torge einzuschüchtern, aber der zuckte nur gelassen mit den Schultern.
„Versuchen Sie es. Sie müssen schon meinen Kombi beiseiteschieben, um hier durchzukommen. Aber links der Auffahrt befindet sich ein Stacheldrahtzaun und rechts ein Entwässerungsgraben. Das wird schwierig, wenn Sie mich fragen.“
Einen Moment war der Journalist verunsichert. Auch ihm schien die Dunkelheit zuzusetzen. Anscheinend überlegte er, ob das Team den Weg über die bestimmt vierhundert Meter lange Auffahrt zu Fuß zurücklegen sollte.
„Kann sein, dass der Mörder das Gelände noch nicht verlassen hat“, versuchte Torge, die Unsicherheit seines Gegenübers weiter zu schüren. „Ich an Ihrer Stelle würde lieber wieder zu der Feier fahren. Dort gibt es sicherlich mehr zu berichten. Sie kennen doch Kommissar Petersen. Er wird sie bestimmt vorrangig mit Informationen versorgen beziehungsweise Sie in Kenntnis setzen, wenn die Polizei Mitteilungen an die Presse gibt. Das wird voraussichtlich schon morgen der Fall sein.“
Christiansen warf einen weiteren prüfenden Blick auf die Zufahrt, die komplett im Dunkeln lag. Er schien wenig

Lust zu verspüren, den Weg zu Fuß zurückzulegen – zumal der Wind gerade aufzufrischen begann. Vermutlich würde es in Kürze regnen, so wie die Wettervorhersage es prophezeit hatte.

„Ich lass dieses Mal einen Schein springen, wenn Sie uns mit dem Wagen passieren lassen“, startete er einen letzten Versuch, Torge zu überzeugen, den Weg für sie freizumachen.

Doch der grinste nur breit: „Nicht für Geld und gute Worte! Dieses Mal nicht, Christiansen. Das sind keine Bilder, die ins Fernsehen sollen. Nehmen Sie Rücksicht auf die Familie“, appellierte er an die Empathie des Reporters.

Als die ersten Regentropfen fielen, gab Christiansen auf. Mit einer entsprechenden Geste forderte er sein Team auf, wieder in den Wagen zu steigen. Alle hatten interessiert das Wortgefecht der beiden verfolgt. Torge guckte befriedigt den Rücklichtern des Wagens hinterher, die langsam immer kleiner wurden. Der leichte Regen störte ihn nicht im Geringsten. Erst mit dem kompletten Verschwinden der roten Punkte in der Dunkelheit wandte er sich wieder dem Hof zu. Einen Moment kostete er den Erfolg aus, bevor er überlegte, wie er weiter vorgehen sollte. Jetzt war er frei, selbst zum Tatort zu fahren, was er umgehend in die Tat umsetzen wollte, doch ihm kam ein Auto auf der Auffahrt entgegen. Ein Kriminaltechniker war auf dem Weg, Greta in Begleitung von Else nach Hause zu bringen. Er nickte Torge nur kurz zu, bevor er die Fahrt zügig fortsetzte.

Torges Spannung bezüglich der Geschehnisse auf dem Hof stieg. Jetzt konnte er sich nicht mehr zurückhalten. Schnell kletterte er in seinen alten Kombi, um endlich loszufahren. Er redete sich ein, Hannes und möglicherweise die Kommissare unterstützen zu wollen, aber natürlich ging es in erster Linie um die Befriedigung seiner Neugierde.

Nach der einsamen Stunde in der Dunkelheit traf ihn die Geschäftigkeit auf dem Hof wie ein kleiner Schock. Von Weitem war trotz der spätherbstlichen Jahreszeit wenig von dem Licht sichtbar gewesen. Immergrüne Bäume und Büsche hatten es weitgehend abgeschirmt. Erst als er das Wohnhaus erreichte, erkannte er, wie viele Polizisten den gesamten Hof nach Spuren absuchten. Erschüttert wurde er von Knud informiert, dass Wilfried Paulsen ebenfalls erschossen aufgefunden worden war. Außerdem hatten sie die Hunde gefunden – vermutlich vergiftet. Sein Kumpel zeigte sich nicht begeistert, Torge auf dem Hof anzutreffen. Er beruhigte den Kommissar jedoch mit seinem Vorsatz, sich um Hannes kümmern zu wollen. Als Ansgar Johannsens Mitarbeiter erschienen, um die Toten abzuholen, verschwand er im Haus, um den Landwirt zu suchen. Was für eine Tragödie! Wie sollte es jetzt bloß mit dem Hof weitergehen? Wie immer kam Torge nicht umhin, sich über solche praktischen Dinge Gedanken zu machen – auch wenn es vielleicht ein wenig pietätlos klang. Trotzdem beschloss er spontan, dem Freund seine Hilfe anzubieten. Sicherlich bestand die Möglichkeit, ein paar Tage Urlaub zu nehmen, sein Überstundenkonto war prall gefüllt. Zuerst schaute er in die Küche, weil das der Raum war, in dem sich die Familie meistens aufgehalten hatte. Dort traf er allerdings nur einen Techniker an, der ihn gleich wieder verscheuchte. Selbst der lediglich kurze Blick auf die Blutlache im Raum, ließ seinen Magen rebellieren. Schnell wandte er sich ab.

Ob Hannes sich ins Bett gelegt hatte? Das konnte er sich beim besten Willen nicht vorstellen! Der Landwirt hatte

stets einen sehr stabilen und unerschütterlichen Eindruck auf ihn gemacht. Nach dem kurzen Blick in die Wohnstube wollte er sich schon abwenden, als er ihn eingerollt auf dem Sofa entdeckte. Hannes sah so verletzlich aus, dass eine Störung unangemessen schien.
„Torge“, flüsterte er. „Komm rein.“ Als der Hausmeister zögerte, fügte Hannes hinzu: „Ist schon okay. Ich denke, ich kann einen Freund gebrauchen.“ Er versuchte, sich vom Sofa aufzurappeln, sackte aber wieder in sich zusammen.
„Bleib einfach liegen.“ Mit ein paar Schritten war Torge bei ihm. „Kann ich dir etwas bringen? Ein Glas Wasser? Etwas zu essen? Oder sonst irgendwas?“
„Ja, Wasser wäre gut. Ansonsten brauche ich nichts – außer ein wenig Gesellschaft. Ich bin völlig von der Rolle, kann keinen klaren Gedanken fassen“, antwortete Hannes.
„Geht klar, bin gleich wieder da. Warte hier“, fügte er überflüssigerweise hinzu und lachte dann verlegen, als es ihm selbst auffiel. „Äh, du weißt schon, wie ich es meine.“
Obwohl sich Hannes ausdrücklich Gesellschaft gewünscht hatte, brachte er an diesem Abend so gut wie kein Wort heraus. Gern nahm er Torges Angebot an, über Nacht zu bleiben. Selbst nachdem Ruhe auf dem Hof eingekehrt war, redete der Landwirt über nichts anderes als das Notwendigste für die Arbeit. Das war für Torge kein Problem. Daran gewöhnt, dass Nordfriesen sowieso nur dann schnackten, wenn ihnen danach war, bedrängte er Hannes nicht. So eng waren sie ja ohnehin nicht befreundet.
Nachdem der Hausherr sich schließlich erschöpft ins Bett gelegt hatte, reinigte Torge die von der Kriminaltechnik freigegebene Küche. Zum Abschluss des Abends

genehmigte er sich, während er mit Annegret telefonierte, ein Bier.

Bei dem frühmorgendlichen Treffen der Männer in der Küche sah Hannes schon wesentlich besser als am Vorabend aus. Die Blässe seines Gesichts war der gesunden Farbe eines Mannes gewichen, der viel draußen an der frischen Luft arbeitete. Torge war erleichtert. Viel hatte er in der Nacht nicht geschlafen, vermutlich sah er selbst an diesem Morgen ein wenig käsig aus.
„Moin Torge. Du hast ja den Küchenboden gefeudelt! Mann, ich danke dir für deinen Einsatz! Du bist wirklich ein klasse Kumpel. Komm, wir trinken erst mal einen starken Kaffee. Ich glaub, ich brauche sogar ein Frühstück, um bei Kräften zu bleiben."
„Moin Hannes, das hab ich doch gerne getan. Frühstück klingt gut. Ich kann mir sicher ein paar Tage freinehmen, um dich hier zu unterstützen, bis du einen Helfer gefunden hast", bot Torge an.
„Wenn du morgens und abends für ein paar Stunden herkommen könntest, würde das schon reichen. Der Hof ist modern ausgestattet. Jetzt Anfang November ist auf den Feldern nicht viel zu tun. Damit komme ich alleine klar. Ich muss mich sowieso in die Arbeit stürzen, sonst werde ich bekloppt."
Eine Weile saßen sie schweigend bei der Brotzeit zusammen. Torge überlegte fieberhaft, wie er ein Gespräch über die Geschehnisse des gestrigen Abends anfangen konnte, ohne Hannes zu verschrecken. Natürlich würde er gerne von dem Landwirt erfahren, wer seiner Vermutung nach, den Eltern nach dem Leben getrachtet hatte. Gab es so extreme Probleme in der Familie? Knud sagte ja immer, das Motiv würde meistens in der nächsten Umgebung der Opfer zu finden sein. Hatten Helga und

Wilfried Streit mit Nachbarn oder Geschäftspartnern gehabt? Ging es um etwas Persönliches oder einfach um Geld? Viele Fragen, die Torge Hannes gerne gestellt hätte, aber jede Formulierung kam ihm platt oder sogar vorwurfsvoll vor. Gedankenverloren rührte er in seinem Kaffeepott, als sein Handy klingelte.

„Moin Knud, du bist ja früh dran! Gibt es schon etwas Neues?", fragte er seinen Freund, mit dessen Anruf er um diese Uhrzeit nicht gerechnet hatte.

„Torge! Moin! Bist du bei Hannes?" Knud schien ein wenig aufgeregt.

„Jo, wir sitzen gerade beim Frühstück. Ist was passiert?", fragte er erschrocken, weil Knud sonst stets sehr ruhig und ausgeglichen war. Torge hörte den Kommissar kräftig ausatmen.

„Na, Gott sei Dank!", antwortete dieser schließlich erleichtert. Bevor er weitersprach, legte er eine Pause ein. „Ich habe es schon auf Hannes Mobilnummer sowie auf dem Festnetz der Familie versucht. Auf beiden Anschlüssen war niemand erreichbar. Jetzt habe ich mir aber wirklich Sorgen gemacht!"

Torge verstand nicht, worauf sein Kumpel hinauswollte. „Verstehe ich nicht! Nun erzähl schon", bedrängte er ihn schließlich.

„Niemand hat gestern darüber nachgedacht, dass Hannes jetzt vielleicht in Lebensgefahr schwebt. Wir wissen bisher nichts über das Motiv der Tat. Möglicherweise hatte der Mörder es auf die gesamte Familie abgesehen – oder zumindest auf die, die auf dem Hof leben."

Obwohl Knud weiterredete, hörte Torge nichts mehr. Seine Hand begann zu zittern, die Umgebung schien in einem Nebel zu verschwinden. Die Vorstellung, der Täter könnte zurückkehren, war also doch nicht so abwegig gewesen! Mit seiner Anwesenheit hier hatte er sich erneut selbst in Gefahr gebracht. Wenn er Annegret davon erzählte, würde sie ihm aber ordentlich die Leviten lesen. Mit den Stimmen sowohl von Knud als auch von Hannes in seinen Ohren, kehrte er langsam in die wohnliche Küche des Bauernhauses zurück.

„Was ist denn los Torge?“

„Kannst du solange noch dortbleiben?“

Die Fragen beider Männer prasselten parallel auf ihn ein.

„Einen Moment, Hannes. Ich erzähle es dir gleich. Knud, ich höre dich wieder. Kannst du die letzten Sätze wiederholen?“ Das Zittern seiner Hände ließ nur langsam nach. Torge verstärkte den Griff um sein Handy, damit es ihm nicht herunterfiel.

„Ich habe Personenschutz für Hannes angefordert. Sie kommen aus Heide und müssten in einer guten halben Stunde bei Euch sein. Bleibt in Deckung“, forderte Knud ihn auf.

„Bleibt in Deckung? Was soll das denn bedeuten?“ Torges Zittern verstärkte sich wieder.

„Hat Hannes eine Waffe im Haus?“, fragte Knud, statt eine Antwort darauf zu geben.

„Eine Waffe?“ Entgeistert starrte der Hausmeister Hannes an, der zwar versuchte, dem Gespräch zu folgen, aber nicht den Eindruck erweckte, zu verstehen, worum es gerade ging.

„Hast du eine Waffe?“, gab er Knuds Frage an den Landwirt weiter.

„Nein, ich besitze keine. Aber mein Vater. Eine Schrotflinte. Was ist damit?“ Zeitgleich mit der Frage schien er die Fassung zu verlieren.

Ohne darauf zu antworten, wandte sich Torge wieder an Knud, um die Information weiterzugeben.

„Kann Hannes damit umgehen? Gib ihn mir am besten einmal selbst an den Apparat. Ich würde zu Euch kommen, aber du weißt ja, wie schlecht ich als Schütze bin." Der Kommissar lachte einmal unfroh auf. „Vielleicht sollte ich das für die Zukunft ändern. Also pass auf dich auf, Torge, und reich´ das Telefon jetzt einmal weiter." Das verabschiedende *Moin* des Hausmeisters war nicht lauter als ein Flüstern. Während Hannes sich dann mit Knud besprach, starrte Torge bewegungsunfähig auf die Tischplatte. Wo hatte er sich da nur wieder hineingeritten? Je länger er über das Gespräch mit seinem Kumpel nachdachte, desto deutlicher wurde ihm die Gefahr, in der sie vielleicht in diesem Moment schwebten.

Charlie in Hamburg | Montag, den 02. November

Schon als Charlie mit Knud am frühen Abend des Sonntags wieder auf die Fähre stieg, um die Rückfahrt über Nordstrand nach Sankt Peter-Ording anzutreten, hatte sie sich überhaupt nicht wohl gefühlt. Trotz der bereits herrschenden Dunkelheit war sie jedoch so fasziniert von der Schifffahrt durch das Wattenmeer gewesen, wodurch sie das Kratzen im Hals für eine Weile vergaß. Das Frösteln schob sie auf das Wetter beziehungsweise die Jahreszeit. Mit leuchtenden Augen entdeckte sie immer wieder Lichter in der Schwärze der Nordsee, dort wo die anderen Halligen oder nordfriesischen Inseln lediglich zu erahnen waren. Während sie kurz zu Knud schaute, bemerkte sie den grienenden Gesichtsausdruck, mit dem er sie ohne Scham beobachtete.
„Machen Sie sich über mich lustig?“, fragte sie ihn lächelnd, weil es ihr heute tatsächlich egal gewesen wäre.

„Das würde ich nie wagen“, antwortete er prompt, wobei sie sich nicht sicher war, ob er sie veräppelte.
„Das ist wirklich ein großartiger Anblick. Allein schon dieses undurchdringliche Schwarz, das sehen Sie in der Stadt niemals. Dort gibt es sogar nachts immer einen Lichtkegel. Diese einzelnen Lichtpunkte ... schauen Sie nur, dort!“ Sie zeigte aufgeregt mit dem Finger in die entsprechende Richtung, obwohl er es auch ohne diesen expliziten Hinweis gesehen hätte. „Die Lichter sehen aus, wie aufgezogene Perlen einer Kette.“
„Das sind die Halligen“, erklärte er ihr.
„Ja, ist das nicht wunderschön? Stellen Sie sich vor: Ich habe fast mein gesamtes Leben in Hamburg verbracht, aber ich war nie zuvor auf einer Hallig, geschweige denn bin ich bei Dunkelheit durch das Wattenmeer geschippert.“ Charlie warf Knud einen weiteren Blick zu. „Ah, Sie machen sich doch über mich lustig“, bemerkte sie, als sie sein noch breiteres Grienen sah.
„Nein, ich freue mich einfach, wie sehr Sie mittlerweile angekommen sind und die Schönheit unserer Natur zu schätzen wissen. Das war vor einem Jahr ganz anders. Auf Anhieb hat Ihnen hier nichts gefallen.“
Damit hatte er absolut recht. Nach ihrer Ankunft hätte sie alles dafür gegeben, so schnell wie möglich zurück in die Großstadt flüchten zu können. Den Gedanken beiseiteschiebend wandte sie sich wieder der vorbeigleitenden Kulisse zu. Sie war sicher, dass sie gleich über das Gespräch mit Leevke Andresen schnacken würden; aber einen Moment lang wollte sie gerne abschalten, um sich dem besonderen Anblick hinzugeben. Knud schien das zu spüren. Er ließ ihr den Augenblick, ohne ihn durch Gesabbel zu verderben.

„Boah, mir ist wirklich kalt!", brach sie schließlich selbst das Schweigen. „Ist es hier kalt oder liegt es an mir?" Mit dieser Frage schaffte sie es, ihn zum Lachen zu bringen.
„Eigentlich wollte ich Sie gerade fragen, ob Sie nicht Ihre Jacke ausziehen wollen, die Überfahrt dauert immerhin eine Stunde – aber das erübrigt sich wohl. Sie sehen wirklich ziemlich mitgenommen aus." Sofort klang Besorgnis in Knuds Stimme mit.
„Hmm, ja, mir geht es nicht besonders. Vielleicht habe ich mir eine Erkältung eingefangen. Es kratzt in meinem Hals", antwortete sie. Es sollte sachlich klingen, hörte sich jedoch sogar in ihren Ohren etwas wehleidig an.
„Tja, da hilft nur eins: Ich besorge Ihnen einen Pharisäer. Der wärmt Sie von innen", verordnete Knud ihr die Kaffeespezialität mit Schuss.
„Solange es kein Fischbrötchen ist. Fietes nordisches Allheilmittel würde ich jetzt nicht herunterbekommen."
„Keine Sorge, das nehme ich." Lächelnd stand er auf, um ihr das versprochene Getränk zu holen. Matt schaute Charlie wieder aus dem Fenster, sah aber lediglich ihr eigenes Spiegelbild. Sie sah tatsächlich blass aus. Für einen Moment legte sie den Kopf auf den Tisch. Die Kunststoffoberfläche kühlte ihre Wange, was spontan angenehm war, dann aber das Frieren verstärkte. Unzufrieden hob sie ihn wieder.
Erst war das gemeinsame Wochenende mit Anna ruiniert worden und nun machte sie zu Beginn einer Mordermittlung schlapp. Das waren ja tolle Aussichten! Viel lieber säße sie jetzt zusammen mit ihrer Freundin vor dem häuslichen Kamin, doch Anna war nach dem Frühstück abgereist. Auf sie selbst wartete ein umfangreicher Aufgabenkatalog.
Kurz darauf stellte Knud einen riesigen Becher mit einer imposanten Sahnehaube vor sie auf den Tisch. Den Duft

einsaugend gab sie, den negativen Gedanken zum Trotz, einen wohligen Laut von sich.
„Also Kaffee wirkt bei Ihnen wirklich immer", kommentierte Knud amüsiert. „Schon bei dem Anblick einer Tasse erwachen Ihre Lebensgeister."
„Oh, ich danke Ihnen. Der sieht ja großartig aus. Ist das ein Doppelter?"
„So ist es. Ich dachte, ich fahre mal gleich die schweren Geschütze auf", antwortete Knud weiterhin bestens gelaunt, was sie an diesem Abend ein kleines bisschen überforderte.
„Ich fürchte, so viel Kaffee können Sie mir heute gar nicht bringen, aber es ist trotzdem lieb von Ihnen – auch wenn ich dann vermutlich auf der Fahrt nach St. Peter in Ihrem Wagen einschlafen werde, da ist sicherlich eine anständige Menge Rum drin."
„So ist es", wiederholte ihr gut gelaunter Kollege. „Trinken Sie erst einmal in Ruhe. Ich werde in Gedanken das Gespräch mit Leevke Andresen Revue passieren lassen, damit ich mir dazu ein paar Notizen machen kann. Darüber können wir dann gleich schnacken, bevor Sie sich gesund schlafen."
Erschöpft nickend konzentrierte Charlie sich auf die Köstlichkeit. Ein wahres Kunstwerk! Neben dem herrlichen Duft schmeckte er auch richtig lecker.
„Und? Sind Sie noch in der Lage zu denken?", fragte Knud, nachdem er ein Blatt vollgeschrieben hatte.
„Schwer zu sagen", ließ sie sich auf seinen leichten Ton ein, allerdings unsicher, ob sie hundertprozentig leistungsfähig war. „Reden Sie einfach", forderte sie Knud schließlich auf. „Vielleicht genügt es ja, wenn ich zustimmend nicke."

„Das bringt mich jetzt aus meinem Konzept. Eigentlich wollte ich Sie fragen, was Sie von Leevke Andresen halten. War ein skurriler Auftritt."
Charlie nahm einen weiteren Schluck aus dem Pott, der seinem Namen wirklich alle Ehre machte, bevor sie seufzend erwiderte: „Okay, ich sehe schon: Die Schonfrist ist vorbei. Klar, war das skurril! Allerdings lieben nicht alle Menschen ihre Eltern so sehr, wie Sie Ihre Mutter."
Sie sah ihm offen ins Gesicht. Für einen Moment wirkte er verunsichert, schien dann jedoch zu verstehen, wie sie es meinte. Charlie hatte ihm nicht viel von ihrer Herkunft erzählt. Er wusste aber zumindest, dass es eher schwierig gewesen war. Natürlich fragte er nicht nach, auch wenn ihm eine entsprechende Erwiderung auf der Zunge zu liegen schien.
„Immerhin hat sie nicht versucht, uns etwas vorzuspielen, was nicht der Wahrheit entspricht. Sie hätte ja auch die trauende Tochter mimen können", sprach Charlie weiter, um von ihrer eigenen Geschichte abzulenken.
Knud nickte: „Sie hatte ein hieb- und stichfestes Alibi, da brauchte sie sich nicht zu verstellen. -Hätten Sie das gedacht?"
„Knud, Sie kennen mich doch. Über sowas mache ich mir keine Gedanken. Wollen Sie umsatteln? Den Polizeijob an den Nagel hängen und Schriftsteller werden?", neckte sie ihn.
„Ehrlich gesagt, wüsste ich nicht einmal, worüber ich schreiben sollte. Für mich sind ja schon die Berichte eine Qual", gestand er ihr, was sie ohnehin wusste.
„Warum zerbrechen Sie sich dann darüber den Kopf? Wir werden uns das von dem Steuerberater bestätigen lassen, aber ich nehme an, sie sagt die Wahrheit." Charlie konzentrierte sich kurz auf den Pharisäer, bevor sie weiterredete. „Sie sollten meine Kraft nicht mit sinnlosen

Überlegungen verschwenden. Ich kann Ihnen nicht sagen, wie lange ich durchhalte“, fügte sie hinzu, weil sie sich am liebsten auf der Bank eingerollt hätte. „Konzentrieren Sie sich stattdessen auf den Ehemann. Wie heißt der noch?“
„Ragnar.“
„Ja genau. Was ist mit dem? Was könnte sein Motiv sein?“, fragte Charlie, während sie selbst abwog, ob sie ihn für verdächtig halten sollte. „Wir müssen auf jeden Fall mehr über ihn in Erfahrung bringen.“
„Immerhin war er auf dem Festland. Damit hatte er die Gelegenheit“, stellte Knud fest. „Was ist das Motiv?“
„Na, Geld.“ Charlies Antwort kam wie aus der Pistole geschossen.
„Geld? Aber wenn seine Frau so viel verdient, warum dann Geld?“
„Sie unterfordern mich, Knud. Sie haben es doch selbst gesagt“, antwortete Charlie leicht gereizt, was ihrem mangelnden Wohlbefinden geschuldet war.
„Verstehe ich nicht.“ Knud schaute sie hilflos an.
„Ist nicht Ihr Ernst! Na, weil sie es verdient!“
„Ist das in einer Ehe nicht egal, wer das Geld nach Hause bringt?“, fragte Knud weiterhin irritiert.
„Zeigen Sie mir mal die Männer, denen das egal ist. Die können Sie aber für ganz Nordfriesland an einer Hand abzählen!“ Trotz ihres Unwohlseins echauffierte sich Charlie bei dem Thema, wobei ihre Locken einen wilden Tanz aufführten. Knud musterte sie mit einem Gesichtsausdruck, den sie nicht zu deuten wusste. Offensichtlich war er mit seinen Gedanken plötzlich woanders. „Knud, Sie hören ja gar nicht mehr zu!“
„Doch, doch!“
„Ah, und was habe ich gesagt?“, stellte sie ihn auf die Probe.

„Sie halten uns Nordfriesen für altmodische Chauvis." Knud griente schon wieder.
„Ja, so kann man es auch ausdrücken – allerdings betrifft es wohl nicht nur die Nordfriesen!" Charlie verlieh ihrer Aussage mit einer ausladenden Geste Nachdruck, wobei sie beinahe den Kaffeepott vom Tisch gefegt hätte.
„Der Kaffee wirkt ja vorzüglich", zog Knud sie weiter auf.
„Sie schweifen vom Thema ab", versuchte sie, ihre Verlegenheit zu überspielen. „Sie verdient anscheinend mehr Geld als er. Außerdem hörte es sich für mich so an, als würde sein Einkommen für die Familie nicht ausreichen. Das nagt vermutlich an seinem Ego."
„Und deshalb bringt er ihre Eltern um? Also wenn das zu solchen Gedankengängen führt, bekommen Sie zukünftig bei der Arbeit keinen Pharisäer mehr." Es machte Knud ganz offensichtlich Spaß, sich auf ihre Kosten zu amüsieren.
„Okay, dann melde ich mich hiermit krank." Um ihre Aussage zu bekräftigen, sackte sie zur Seite und rollte sich schließlich auf der Bank ein, was durch ihre Körpergröße von lediglich 1,58m ohne Probleme möglich war.
Knud steckte seinen Kopf lachend unter die Tischplatte.
„Abgelehnt!", verkündete er mit Nachdruck. „Wie soll ich denn ohne Sie einen Mordfall aufklären?"
„Machen Sie es wie beim letzten Mal. Fordern Sie einfach Verstärkung aus Hamburg an", erwiderte sie schlagfertig.
„Das meinen Sie nicht im Ernst. Sie legen sich dann ins Bett und warten ab? Ich glaube nicht, dass Sie das durchhalten."
Charlie rappelte sich wieder auf. „Sie sind ein Quälgeist. Nicht einmal krank darf ich sein. Also gut, ich erkläre es Ihnen. Natürlich hat Ragnar, wenn er denn der Täter

war, Leevkes Eltern wegen des Geldes umgebracht. Der Hof ist bestimmt ein kleines Vermögen wert."
„Möglich. Trotzdem verstehe ich den Zusammenhang nicht. Die Erbin ist doch seine Frau. Wieder hat sie mehr Kohle als er." Knud blickte sie ratlos an und schien es wirklich nicht zu verstehen.
„Nun strengen Sie sich mal ein bisschen an!", rief Charlie aus. „Das ist doch nun wirklich klar. Sie ist die Erbin, aber er hat dafür gesorgt. Bestimmt haben sie eine gemeinsame Kasse."
„Bis auf ihre Buchtantiemen, mit denen er nichts zu tun haben will, weil sie sein Ego belasten", antwortete Knud ein wenig provokativ, worauf sie sich aber nicht einließ.
„Ja, genau. Jetzt haben Sie es verstanden!" Charlie schenkte ihm ein breites Lächeln. „Darf ich mich nun ausruhen?"
„Ja, tun Sie das, bevor Sie weitere Fieberwahntheorien entwickeln." Knud vertiefte sich erneut in seine Notizen.
„Also gut", überlegte die Kommissarin weiter. „Vielleicht haben die beiden aber gemeinsame Sache gemacht. Sie jammert uns etwas von einer Geliebten vor, was den Anschein erweckt, die Ehe sei nicht mehr so toll. Ist nicht gerade ein Alibi, aber immerhin ein Ablenkungsmanöver. Möglicherweise haben sie gemeinsam einen Plan geschmiedet, wie sie die Eltern um die Ecke bringen." Die Idee ließ Charlie ihre letzten Energien mobilisieren, aber Knud guckte skeptisch, während er sich endlich seinem Fischbrötchen widmete.
„Klingt nicht logisch", antwortete er mit vollem Mund, was er mit einer verlegenen Geste quittierte. Charlie musste sich eine Weile gedulden, bis er weitersprach. „Warum soll sie ihre Eltern wegen des Vermögens um die Ecke bringen, wenn sie selbst so gut verdient?"

„Dann eben nicht wegen des Geldes, sondern aus Rache“, hielt Charlie an ihrer Theorie fest. Knud hatte gerade den nächsten Bissen genommen, was seine Antwort erneut verzögerte.

„Nun lassen Sie doch mal das blöde Fischbrötchen!“, forderte sie ihn energisch auf.

„Aber ich habe Hunger!“, verteidigte er sich und schien über das neue Motiv nachzudenken. „Das halte ich schon für wahrscheinlicher, auch wenn sie damit ihrem Bruder schadet, mit dem sie sich ja angeblich so gut versteht.“

„Wer weiß, was bei der Familie noch zu Tage kommt. Denken Sie mal an die beiden Sippschaften mit der Beinahe-Hochzeit aus dem Mai. Da können sich weitere Abgründe auftun. Vielleicht steckt der Bruder Hannes ja mit seiner Schwester und dem Schwager unter einer Decke.“

„Sie laufen ja zu Hochform auf, Charlotte. Eben war ich drauf und dran, den Schiffsarzt für Sie zu rufen.“

„Als ob dieser Kahn damit aufwarten kann. Jetzt hören Sie auf, mich zu veräppeln, sonst melde ich mich morgen wirklich krank. Dann müssen Sie alleine nach Hamburg fahren. Ich weiß, wie wenig Spaß Ihnen das macht.“ Charlie forderte ihn heraus, doch er parierte.

„Dann kann ich mir dort gleich eine neue Kollegin aussuchen“, konterte er.

„Das Thema haben wir bereits abgehakt. Also: Rache. Es ist alles nicht so harmonisch auf dem Hof, wie es den Anschein hat. Vielleicht wollten beide Geschwister sich rächen“, führte Charlie ihren Gedanken weiter aus.

„Oder alle.“

„Oder alle vier“, bestätigte sie. „Eher unwahrscheinlich, aber möglich.“

„Da haben wir ja morgen etwas vor uns. Gut! Ruhen Sie sich jetzt aus. Ich besorge mir ein weiteres Fischbrötchen. Wollen Sie auch was?"
Als sie verneinte, stand er mit einem Nicken auf, um sein Anliegen in die Tat umzusetzen.

Am nächsten Morgen fühlte sich Charlie richtig miserabel. Kurz überlegte sie tatsächlich, ob sie sich krank melden sollte. Die Vorstellung, einfach die flauschige Decke über den Kopf zu ziehen und liegen zu bleiben, war so verlockend, dass sie all ihre Kraft zusammennehmen musste, um aufzustehen. Begleitet von leichtem Schwindel taumelte sie durch ihr kleines Haus. Die Dunkelheit zog sie wie ein Magnet zurück zum Bett. Als sie schließlich das helle Licht im Bad einschaltete, schienen tausende kleiner Nadeln in ihre Kopfhaut zu stechen. Erschrocken knipste sie es wieder aus. Sie brauchte Kaffee und Aspirin. Es war erst Viertel nach sechs. Wenn sie sich in einer halben Stunde nicht besser fühlte, konnte sie bei Knud anrufen, um ihn zu bitten, mit Fiete oder allein nach Hamburg zu fahren.
Da diese Vorstellung sie wenig begeisterte, schluckte sie gleich eine zweite Tablette, die sie mit einem doppelten Espresso herunterspülte. Koffein wirkte eigentlich immer bei Kopfschmerzen.
Langsam schlurfte sie zurück ins Badezimmer, stellte sich unter die Dusche und ließ nahezu kaltes Wasser auf ihren Kopf prasseln, um möglichst wieder klar zu werden. Eine Banane sowie einen großen Pott Kaffee später beschloss sie, sich den Herausforderungen des Tages zu stellen. Nur im Bett herumzukugeln würde sie noch vor dem Mittag unzufrieden machen. Da war der aktive Kampf gegen die Erkältung die bessere Alternative. Solange sie kein Fieber bekam, konnte sie zur Arbeit fahren

– immerhin hatten sie einen Mordfall aufzuklären. Damit wollte sie Knud nicht alleinlassen.
Auf dem Polizeirevier angekommen, wappnete sie sich gegen seinen Protest, der aber überraschenderweise ausblieb. Vermutlich kannte er sie gut genug, um zu wissen, dass sie sich nicht davon abbringen lassen würde, ihn nach Hamburg zu begleiten.
Die Fahrt war anstrengend, aber Charlie gab sich alle Mühe, sich nichts anmerken zu lassen. Trotzdem nahm sie die besorgten Blicke wahr, die Knud ihr von Zeit zu Zeit zuwarf.
Das Büro von Domenick Paulsens PR-Agentur befand sich in der HafenCity in unmittelbarer Nachbarschaft zur Elbphilharmonie. Obwohl Knud den jüngsten Stadtteil der Hansestadt nicht zum ersten Mal sah, zeigte er sich wieder entsetzt, wie dicht die neuen, zum Teil sehr luxuriösen Gebäude zusammenstanden.
„Mal ehrlich Charlotte, würden Sie Ihr schönes kleines Haus im Dorf gegen eine Wohnung hier im sechsten Stock eintauschen? Wenn Sie davon absehen, dass die für die Reichen und Schönen gebaut wurden ..."
„Und ich weder zu der einen noch zu der anderen Kategorie gehöre", ließ Charlie vernehmen. Der kräftige Wind, der zwischen den massiven Gebäuden hindurchwehte, vertrieb den letzten Rest der Kopfschmerzen, was sie wieder angriffslustiger machte.
„Ihrem Tonfall nach zu urteilen, geht es Ihnen wieder besser, auch wenn Sie heute wirklich keine Augenweide sind", konterte Knud, was ihm einen erbosten Blick einbrachte.
„Das ist also der Dank für meinen aufopfernden Einsatz an Ihrer Seite hier in der großen Stadt. Das wirkt nicht gerade aufbauend." Charlie tat beleidigt.

„Ja, da haben Sie recht. Tut mir leid. Konzentrieren wir uns lieber auf unseren Besuch bei Domenick Paulsen. Was wissen wir bisher über ihn?“, wechselte Knud das Thema. Vielleicht war ihm bewusst geworden, wie uncharmant er sich gab. Charlie ließ sich darauf ein.
„Im Grunde wissen wir nicht viel. Er ist zwei Jahre jünger als Leevke, also zweiundvierzig. Studiert hat er in Hamburg. Welches Fach hat sie uns nicht gesagt. Ich bin gespannt, wie er sich über den Tod der Eltern äußert. Mal schauen, ob er genauso abgebrüht wie seine Schwester ist.“
Die Schweigsamkeit des restlichen kurzen Weges schlug bei Betreten des edlen Gebäudes in Sprachlosigkeit um. Domenick Paulsen residierte mit seiner PR-Agentur auf der gesamten fünften Etage. Während Knud beeindruckt war, fand Charlie es einfach nur protzig.
„Was für eine Verschwendung“, murmelte sie missgelaunt vor sich hin, als sie im Wartebereich in einer Couch versank. Selbst der freundlich servierte Cappuccino mit dem hochwertig aussehenden Gebäck stimmte sie nicht milde, zumal Paulsen sie bereits zwanzig Minuten warten ließ. Wäre es ihr besser gegangen, hätte sie vermutlich lautstark protestiert, aber so ließ sie die eloquente Erklärung der liebenswürdigen Assistentin mit einem grimmigen Gesichtsausdruck über sich ergehen. Knud ließ sich seine Laune nicht verhageln, was sie an diesem Tag nahezu als Provokation empfand.
„Wenn er doch in einer Videokonferenz ist. Trinken Sie den Cappuccino und knabbern Sie einen Keks. Die sind wirklich köstlich. Sonst lassen Sie sich doch keinen Kaffee entgehen, Charlotte.“
Insgeheim stimmte sie ihm zu, war aber nicht in der Stimmung, sich schnell besänftigen zu lassen. Endlich

wurden sie in das große Eckbüro geführt, von dem sie einen atemberaubenden Blick über die Elbe hatten.
„Guten Tag! Ah, ich sehe, Sie sind von der Aussicht beeindruckt. Ja, das geht eigentlich jedem so, der dieses Büro zum ersten Mal betritt", wurden sie von Domenick Paulsen begrüßt. Sofort war klar, wie sehr er auf die Zurschaustellung von Erfolg und Geld fixiert war.
Charlie ärgerte sich insgeheim, so einen unprofessionellen Auftritt hinzulegen. Knud konnte sich tatsächlich nicht von dem Anblick des betriebsamen Hafens losreißen. Sogar die großartige Elbphilharmonie war von hier aus zu sehen.
„Kommissarin Charlotte Wiesinger, das ist mein Kollege Knud Petersen. Wir kommen aus Sankt Peter-Ording und haben leider schlechte Nachrichten für Sie. Wollen Sie sich setzen?", begann Charlie das Gespräch, während sie den Unternehmer unverhohlen musterte. Domenick Paulsen war mittelgroß und schlank. Sein glatt rasiertes Gesicht wurde von einer schwarzen Hornbrille dominiert, die ihn wohl intelligenter aussehen lassen sollte. Charlie wurde weder davon, noch von dem stechenden Blick eingeschüchtert. Das dunkle Haar trug er gegelt nach hinten gekämmt. Charlie konnte es an nichts Besonderem festmachen, aber er wirkte auf Anhieb nicht nur arrogant, sondern regelrecht unangenehm. Vielleicht lag es an dem überheblichen Gesichtsausdruck sowie der Umgebung, in der er sich stolz wie ein Pfau präsentierte.
„Na, habe ich die Prüfung bestanden?", holte er sie aus ihren Gedanken.
„Kann ich noch nicht sagen", antwortete sie schlagfertig und nicht im Mindesten verlegen. „Setzen Sie sich bitte", forderte sie ihn erneut auf.

„Ich weiß schon Bescheid, Frau Kommissarin. Wie war Ihr Name?“, fragte er, obwohl Charlie sich sicher war, dass er ihn sehr wohl verstanden hatte.
„Wiesinger“, antwortete sie knapp.
„Leevke hat mich bereits informiert“, teilte er ihnen mit, ohne auf das vorher Gesagte einzugehen. „Darüber scheinen Sie verwundert zu sein. Vermutlich hat sie Ihnen erzählt, wie schlecht unser Verhältnis ist. Ja, das stimmt, aber sie ist eine kleine Glucke und das macht auch vor uns jüngeren Geschwistern nicht Halt. Sie dachte, ich würde es lieber von ihr als von der Polizei erfahren.“
Was ihm die Zeit verschafft hatte, sich auf mögliche Fragen vorzubereiten, fügte Charlie in Gedanken hinzu, schwieg jedoch abwartend, was er ihr außerdem ungefragt erzählen würde.
„Leevke und ich sind einfach total unterschiedlich. Unsere Prioritäten sind anders, daraus haben wir differenzierte Lebensmodelle entwickelt. Sie waren ja bei ihr – auf Hooge. Hier sehen Sie, wie ich lebe. Nie und nimmer könnte ich in diesem alten Haus auf einem Fetzen Land inmitten der Nordsee leben, der ständig droht, ganz unterzugehen. Noch dazu mit einer Familie, Hunden sowie Katzen. Aber für Leevke scheint es das große Glück zu sein.“
Aufgrund der abwertenden Formulierung war Charlie kurz davor, Leevkes Art zu leben zu verteidigen, obwohl sie es sich selbst nicht vorstellen konnte. Einen Moment fragte sie sich, ob Domenick Paulsen wusste, wie viel seine Schwester mit dem Schreiben der Liebesromane verdiente. Die Zahlen, die der Steuerberater am Morgen telefonisch nannte, hatten sogar die Kommissarin beeindruckt. Trotzdem verzichtete Charlie darauf, das Thema zu vertiefen.

„Wie war Ihr Verhältnis zu Ihren Eltern?“, fragte sie stattdessen.
„Hat Leevke Ihnen das nicht schon berichtet?“, stellte Paulsen die Gegenfrage, was in Charlie eine gewisse Gereiztheit aufwallen ließ.
„Beantworten Sie einfach meine Fragen“, fuhr sie ihn an, woraufhin er die Spannungen in der Familie bestätigte. So wie er sie beschrieb, lag es ausschließlich an den Eltern, dass sich ihr Verhältnis im Laufe der letzten Jahre immer weiter verschlechtert hatte. Charlie fand ihn durchweg unsympathisch.
„Wie viel Schmiergeld hätte es Sie gekostet, auf den Ländereien eine luxuriöse Ferienanlage mit Golfplatz zu errichten?“, schoss sie den nächsten Pfeil ab, um ihn aus der wohleinstudierten Reserve zu locken.
Die unerwartete Frage verfehlte ihre Wirkung nicht. Bei Domenick Paulsen schien für einen Moment die Atmung auszusetzen. Er wurde erst blass, dann rot. An seiner Schläfe begann eine Ader zu pochen. Ganz offensichtlich hatte die Kommissarin die Schwachstelle in der aalglatten Fassade gefunden. Ein kurzer Blickwechsel mit Knud zollte ihr Anerkennung.
„Was erlauben Sie sich eigentlich?“, fuhr ihr Gastgeber sie an. „Ich werde mich bei Ihrem Vorgesetzten beschweren!“
„Ja, tun Sie das“, gab Charlie ungerührt zurück, wurde jedoch gleich wieder von Paulsen unterbrochen.
„Ich fasse es nicht! Sie marschieren hier herein und statt mir empathisch die Todesnachricht meiner Eltern zu überbringen, unterstellen Sie mir, es auf ihr Land abgesehen zu haben, um es in rechtlich unsauberer Form einem neuen Verwendungszweck zuführen zu wollen!“ Mit der wiedergewonnenen Sicherheit kam die geschwollene Ausdrucksweise zurück.

„Herr Paulsen, wir ermitteln in einem Mordfall …“, setzte Charlie zu dem nächsten Satz an, wurde aber sofort wieder unterbrochen.
„Ach, jetzt wollen Sie mich auch noch des Mordes an meinen Eltern verdächtigen? Ja, das passt natürlich wunderbar zusammen. Aufgrund unseres schlechten Verhältnisses habe ich ein unbestreitbares Motiv, meine Eltern zu erschießen, um mir dann ihr Land einzuverleiben. Da ich reich bin, investiere ich samt Bestechungsgeldern in eine Ferienanlage.“ Das Pochen der Ader nahm zu, der Blick wurde stechender.
„Ist es so gewesen?“, fragte Charlie sachlich, was ihn weiter aufbrachte.
„Das ist wirklich eine Frechheit!“ Domenick Paulsen wandte sich ab und ließ den Blick über die Kulisse des Hafens schweifen, was ihn offensichtlich wieder beruhigte. „Nein, Frau Kommissarin, so war es nicht! Ich war Samstagabend mit meiner Freundin zusammen, wir haben einen romantischen Abend zelebriert.“
„Gut, wir brauchen dann die Kontaktdaten Ihrer Lebensgefährtin. Leben Sie in einem Haushalt?“, schaltete sich Knud erstmals in die Befragung ein.
„Nein, wir haben jeder eine eigene Wohnung, Samstagabend waren wir bei ihr. Sie kann Ihnen das bestätigen, wenn sie zurück ist“, antwortete Paulsen in leicht genervten Tonfall.
„Zurück?“, hakte Charlie nach.
„Ja, zurück. Sie ist Model und heute Morgen für einen Job auf die Kanaren geflogen. Sie ist voraussichtlich Mittwochabend wieder in Hamburg. Wie kommen Sie darauf, dass ich dort eine Ferienanlage bauen will?“, fragte er schließlich nach. Offensichtlich schien es ihn zu besänftigen, mit einem Alibi aufwarten zu können. Viel-

leicht wollte er einen besseren Eindruck bei den ermittelnden Beamten hinterlassen, erklärte sich die Kommissarin die plötzliche Wende im Gespräch.
„Nun ja, Sie sind Geschäftsmann. Da kann ich mir gut vorstellen, wie dieses traumhaft gelegene Land ihre Fantasie anregt“, versuchte Charlie ihm ein wenig subtil, weitere Informationen zu entlocken.
Das Schmeicheln verfehlte seine Wirkung nicht. Etwas bemüht lächelnd antwortete Paulsen: „Wir hatten gerade einen schlechten Start. Natürlich weiß ich es zu schätzen, dass Sie extra aus Sankt Peter-Ording hierhergekommen sind – obwohl ein Ausflug in die Stadt ja für Sie bestimmt eine willkommene Abwechslung ist.“
Charlie nahm all ihre Selbstbeherrschung zusammen, um nicht mit den Augen zu rollen.
„Natürlich soll der Mörder meiner Eltern so schnell wie möglich gefasst werden. Ich lasse Ihnen gerne die nötige Unterstützung zukommen.“
„Das wissen wir zu schätzen. Sie wollten etwas zu dem Bau der Ferienanlage hinzufügen“, kommentierte die Kommissarin die unerwartete Aussage.
„Schauen Sie.“ Paulsen schlug wieder seinen überheblichen Tonfall an, als müsste er ihr erst einmal die Zusammenhänge erklären. „Aufgrund des breiten Ordinger Strandes mit den Pfahlbauten ist Eiderstedt ein attraktiver Standort für den Familientourismus. Ich meine, ansonsten ist da natürlich nicht viel los. Keine schicken Geschäfte, kein Nachtleben. Wer will da schon wohnen ...?“
„Wir wohnen dort“, unterbrach Charlie den Redefluss des aufgeblasenen Wichtigtuers, weil sie sich über diese Aussage ärgerte. Ihr lag eine weitere Bemerkung auf der Zunge, die sie jedoch herunterschluckte. Einen Moment war er aus dem Konzept geraten, dann fing er sich wieder.

„Ja, nichts für ungut. Sie kennen es eben nicht anders. Wenn Sie mal in Hamburg gelebt hätten, könnten Sie verstehen, was ich meine. Wie dem auch sei. Ich habe mich tatsächlich vor einiger Zeit mit dem Thema befasst und versucht, es meiner Familie schmackhaft zu machen, aber niemand wollte etwas davon wissen." Er legte eine nachdenkliche Pause ein. Charlies Lust, sich mehr von ihm anzuhören, war auf den Nullpunkt gesunken. Aus den Augenwinkeln sah sie, dass sich Knud in seiner ausgeglichenen Art keineswegs über das Gesagte ärgerte. Natürlich nicht! Er liebte Nordfriesland und war froh, sich dort nicht mit solchen blasierten Kerlen auseinandersetzen zu müssen.

„Überlegen Sie einmal, welches Potenzial das Land bietet. Sie kennen ja sicherlich die *Weiße Düne*. Wenn wir in der Qualität der Premium-Bungalows dort im Norden eine Ferienhaussiedlung bauen würden, ... damit könnte meine Familie richtig Geld verdienen – wesentlich mehr, als die Landwirtschaft jemals abwerfen kann. Wenn man auf Deichhöhe ein Plateau für die erste Reihe aufschüttet, könnten diese Häuser mit einem sagenhaften Blick über das Wattenmeer ausgestattet werden. Stellen Sie sich das einmal vor! Bei klarem Wetter sehen Sie von dort Pellworm und die Halligen." Domenick Paulsen war ins Schwärmen geraten, wobei er offensichtlich vergaß, wen er vor sich hatte.

„Aber neben der Absage Ihrer Familie gab es auch keine Baugenehmigung", holte die Kommissarin ihn wieder in die Realität zurück.

„Noch nicht. Die Zeit war noch nicht reif", antwortete er nüchtern.

„Sie meinen, es war nicht die richtige Partei an der Führung", provozierte Charlie ihn weiter.

„Haben Sie sich jemals mit diesem Thema beschäftigt? Vermutlich nicht“, beantwortete er seine Frage selbst und redete sofort weiter. „Naturschutz in allen Ehren, aber es gibt ja nachhaltige Bauweisen, die weder Flora noch Fauna schaden. Zwischen den Ferienhäusern können kleine Biotope eingerichtet werden. Das ist ja nicht vergleichbar mit einem Autobahnbau, der ebenfalls immer wieder umgesetzt wird. So ein Tourismus-Zentrum würde enorm viele Arbeitsplätze schaffen.“
Charlies Geduld neigte sich dem Ende. Wenn nichts mehr half, folgte das Arbeitsplatzargument. Knud schien es ebenso zu empfinden.
„Gut, aber nach derzeitiger Rechtslage gibt es keine Genehmigung, auch wenn Sie es sich gewünscht hätten“, fasste er die Ausführungen zusammen. „Hat niemand aus Ihrer Familie Interesse an der Idee geäußert?“
„Nein. Für Hannes gibt es nichts Wichtigeres als die Landwirtschaft. Meine Eltern sahen in einem Ferienhausprojekt neben der Zerstörung der Natur viel zu viel Arbeit, die sie in ihrem Alter nicht mehr leisten wollten. In ihren Augen überkompensierte dies die finanziellen Möglichkeiten – selbst wenn ich mich komplett um die Beauftragung der Bauleitung, sowie später das Management der fertigen Anlage gekümmert hätte. Leevke liebt die Hallig und Smilla ihre Kunst. Ich habe immer den Eindruck, die beiden Frauen wollen mit dem Hof nichts mehr zu tun haben. Sie scheinen nicht daran interessiert zu sein, in irgendeiner Form Geld daraus zu ziehen.“
„Und das sehen Sie anders?“, hakte Knud nach.
„Na ja, es ist unser Erbe. Nach allem, was wir mit unseren Eltern durchgemacht haben, ist eine gewisse Entschädigung nur recht und billig.“

Leevke auf Hallig Hooge | Montag, den 02. November

Als die Kommissare sie wieder verließen, blieb Leevke in der Küche vor ihrem kalten Tee sitzen und starrte auf die Tischplatte, ohne sie wirklich wahrzunehmen. Längst war es dunkel geworden. Stille umgab sie. Ausgerechnet an diesem Tag war sie allein im Haus, in dem es jahrelang kaum eine ruhige Minute gegeben hatte. Ihre Kinder brachten ständig Freunde mit, wodurch sie nicht selten mit sechs bis acht Personen am Tisch gesessen hatten, um gemeinsam zu essen.
Nun war ihr Ältester schon über ein Jahr auf dem Festland im Internat. Leevke hatte ihn nur ungern gehen lassen, aber auf der Hallig war es nicht möglich, ihm eine höhere Schulbildung zu ermöglichen. Trotzdem war es ein schmerzhafter Moment gewesen, ihn schon mit fünfzehn ausziehen zu sehen. Noch ein Jahr, dann war es bei ihrer Tochter ebenfalls so weit. Sie mochte gar nicht daran denken! Immerhin blieb ihr mit dem Jüngsten noch

ein wenig mehr Zeit. Heute waren sie beide zur Probe der Theater-AG, die für Weihnachten ein Stück einstudierte. Womit Leevkes Gedanken wieder zu den Morden zurückkehrten. Noch immer konnte sie es nicht fassen!
Allerdings löste der Tod der Eltern keine großen Emotionen in ihr aus. Sie fühlte weder Schmerz noch Erleichterung. Das wäre vor zwanzig oder fünfundzwanzig Jahren anders gewesen. Ja, da hatte es Momente gegeben, in denen sie ihnen den Tod an den Hals wünschte. Das war alles so lange her. Auch wenn sie nicht das große Glück gefunden hatte, so war sie doch zufrieden. Die Eltern waren ihr in den letzten Jahren allenfalls egal gewesen.
Wie sah das bei ihren Geschwistern aus? Sie war davon ausgegangen, dass alle mittlerweile ihr eigenes Leben lebten – bis auf Hannes natürlich, der mit ihnen seinen Frieden gefunden hatte. Täuschte sie sich in ihrer Einschätzung? Steckte eins ihrer Geschwister hinter dem Mord? Obwohl sie mit den beiden Wahlhamburgern keinen Kontakt pflegte, konnte sie sich das beim besten Willen nicht vorstellen.
Doch wer hatte sonst ein Motiv die Eltern umzubringen? Spontan fiel Leevke niemand ein, aber natürlich wusste sie nicht genug von ihrem Leben, um sich ein klares Bild zu machen. Gab es außer dem Land Vermögen? Die Mutter hatte zeit ihres Lebens nie viel Wert auf Schmuck oder ausgefallene Kleidung gelegt. Es gab außerdem keine Anzeichen für einen Raubmord. Trotzdem konnten sie natürlich etwas zurückgelegt haben. Leevke hatte sich nie für die Wirtschaftlichkeit des Hofes interessiert – seit sie weg war, erst recht nicht mehr. Oder ging es gar nicht um Geld?
Das Gedankenkarussell verursachte ihr Kopfschmerzen. Sie wünschte sich, Ragnar würde mit ihren Kindern

plötzlich in der Tür stehen, um die Normalität des Alltags zurückzubringen.
Ragnar! Der Besuch der Kommissare mit der Todesnachricht hatte sie den Verbleib ihres Mannes völlig vergessen lassen. Gab es etwa einen Zusammenhang zwischen seinem Verschwinden und dem Mord an den Eltern? Das war ein absurder Gedanke, aber in den letzten Monaten waren Zweifel an seiner Loyalität entstanden. Auch wenn ihnen nicht das große Liebesglück beschert worden war, hatte Leevke sie doch über die Jahre als starkes Team und stabile Einheit wahrgenommen. Sie überlegte, wann sich das verändert hatte. Gab es ein ausschlaggebendes Moment für seine Verhaltensänderung? Etwas, das sie hätte bemerken müssen? Wieder spekulierte sie darüber, ob er auf dem Festland vielleicht einer anderen Frau begegnet war, zu der er sich mehr hingezogen fühlte als zu ihr.
Oder lag sie damit komplett falsch? War es tatsächlich möglich, dass Ragnar hinter den Morden steckte? Was konnte seine Motivation dafür sein? Litt er ebenfalls unter der Distanz, die seit Monaten zwischen ihnen herrschte? Wollte er sich ihr womöglich mit dieser Tat wieder annähern? In den Jahren nach ihrem Kennenlernen hatte sich Leevke ihm gegenüber nach und nach geöffnet, wobei sie ihm offenbarte, wie sehr sie unter der Behandlung der Eltern gelitten hatte. Auch der Wunsch nach ihrer späten Ausbildung war dadurch sehr plausibel gewesen. Ragnar hatte sie in all ihren Anliegen vorbehaltlos unterstützt. Vermutlich spürte er, wie viel tiefer seine Gefühle zu ihr waren als umgekehrt. Konnte es sich bei dieser Tat um eine späte Rache an ihren Eltern handeln, mit der er sie für sich gewinnen wollte? Auf den ersten Blick hörte sich das wirklich schräg an, aber ausschließen konnte sie es nicht. Ragnar war ein typischer

wortkarger Nordfriese, der nicht über seine Gefühle sprach – nicht einmal mit ihr. Vielleicht gerade nicht mit ihr!

Trotzdem musste sie ihn wohl dazu zwingen, wenn er endlich auf die Hallig zurückkehrte. Ein klärendes Gespräch war genau genommen schon eine Weile überfällig. Um sich von diesen belastenden Gedanken abzulenken, konzentrierte sie sich wieder auf ihre Geschwister. Auch wenn sie kein gutes Verhältnis pflegten, fühlte sich Leevke verpflichtet, bei Domenick und Smilla anzurufen, um sie über den Tod der Eltern zu unterrichten. Sicherlich würden die Kommissare den morgigen Tag dafür nutzen, um nach Hamburg zu fahren. Domenick war von der Nachricht vermutlich nicht besonders erschüttert, doch bei ihrer Schwester war sich Leevke nicht sicher. Am liebsten hätte sie selbst einen Ausflug in die Hansestadt unternommen, um es ihnen persönlich zu sagen, aber das war durch Ragnars Abwesenheit nicht möglich. Die Kinder mussten zur Schule, die Tiere wollten versorgt werden.

Sie beschloss, zuerst bei ihrem Bruder anzurufen. Der Anruf würde ihr vermutlich leichter fallen. Smilla litt immer noch darunter, aufgrund ihrer Berufswahl fallengelassen worden zu sein. Zu gern wollte sie den Eltern beweisen, wie sie mit ihrer Kunst erfolgreich sein konnte. Das war nun nicht mehr möglich.

Bei Domenick war Leevke sich nicht sicher, ob er von den Eltern so unabhängig war, wie er immer vorgab. Sie hatte sich einfach in den letzten Jahren – von Hannes einmal abgesehen – nicht für die Familie interessiert. Die Nummer des Bruders war trotzdem in ihrem Telefon gespeichert. Sollte sie ihn wirklich anrufen? Ihr letztes Zusammentreffen endete im Streit, ausgerechnet zu Weihnachten. Wie viele Jahre war das jetzt schon her? Bestimmt würde Domenick nicht mit ihr reden wollen. Trotzdem fühlte sie die Verantwortung, die ihre Mutter ihr damals für die Brüder aufgebürdet hatte, als sie sich ausschließlich um die Prinzessin kümmerte. Ohne weiter zu überlegen, tippte sie auf die Nummer. Nach dem zweiten Freizeichen sprang die Mailbox an. Domenick hatte sie weggedrückt! Obwohl es keine Überraschung war, ärgerte sich Leevke darüber. Es war doch anzunehmen, dass etwas passiert war, wenn sie sich bei ihm meldete! Wütend legte sie auf und starrte das Smartphone an, als würde sie dadurch die Lösung für ihr weiteres Vorgehen finden. Mit dem Blick auf die Uhrzeit schüttelte sie ihren Ärger ab. Sie wollte die Anrufe auf jeden Fall hinter sich bringen, bevor die Kinder nach Hause kamen. Nach Betätigung der Wahlwiederholung dauerte es länger, bis sie erneut seine Stimme von dem Anrufbeantworter hörte. Die Kopfschmerzen verstärkten sich, was ihre Ungeduld vergrößerte. Als der Piep ertönte, war es mit ihrer Selbstbeherrschung vorbei.

„Domenick, was soll das Theater? Glaubst du wirklich, ich rufe dich an, weil mir so langweilig ist und ich mit dir plaudern möchte? Melde dich! Es ist wichtig!“ Sie drückte die entsprechende Taste, um die Leitung zu schließen. Dabei dachte sie mit Bedauern an die alten Wählscheibentelefone zurück, auf die man den Hörer mit solcher Wucht schmeißen konnte, dass sie herrlich schepperten. Sie war gespannt, ob Domenick sie zurückrufen würde.

Ihre Schwester erreichte sie ebenfalls nicht, doch da gab es wohl andere Gründe. Smilla stand vermutlich mit ihrer Kunst kämpfend vor der Staffelei. Wie Leevke aus einem Gespräch, das einige Monate zurücklag, wusste, war

sie immer noch unsicher, weil sie ihren Stil nicht gefunden hatte. Trotzdem vergaß Smilla Zeit und Raum, wenn sie mit ihren Farben experimentierte.
Leevke hinterließ eine weitaus sanftere Nachricht, in der sie freundlich um zeitnahen Rückruf bat. Erschöpft legte sie erst das Telefon und anschließend ihren Kopf auf den Tisch.

Als ihr Handy klingelte, schreckte sie auf. Für einen Moment wusste sie nicht, wo sie sich befand. Sie war tatsächlich eingeschlummert. Es waren gerade erst zwanzig Minuten vergangen, trotzdem fühlte sie sich gerädert. Domenick rief zurück – das war schnell. Ausgelaugt überlegte sie, ob sie ihn nun ebenfalls auf ihre Mailbox laufen lassen sollte, kam sich dabei aber kindisch vor.
„Domenick", meldete sie sich stattdessen ohne einen weiteren Gruß.
„Leevke. Na, wo brennt es denn? Lange nichts von dir gehört. Nach deiner Ansage scheint es ja echt wichtig zu sein." Der Unwillen überhaupt anrufen zu müssen, war deutlich zu hören.
„Die Eltern sind tot", fiel sie mit der Tür ins Haus, obwohl sie vorher schonendere Formulierungen geprobt hatte.
„Welche Eltern?", fragte er begriffsstutzig.
„Unsere Eltern!" Leevke brachte nicht mehr heraus. Es auszusprechen verdeutlichte ihr erst die Tragweite der Geschehnisse. Am anderen Ende der Leitung war Domenick ebenfalls nicht in der Lage, etwas zu sagen. An seinem unregelmäßigen Atem erkannte sie, wie er mit den Worten rang.
„Was ist passiert?", flüsterte er schließlich. „Hatten sie einen Unfall?"

„Nein, ... es ist schlimmer." Nun brauchte auch Leevke eine Pause. „Sie sind ermordet worden, Domenick. Erschossen", fügte sie hinzu, indem sie das Wort geradezu ausspie.
„Oh, mein Gott! Leevke, bitte entschuldige. Wenn ich so etwas geahnt hätte, wäre ich gleich ans Telefon gegangen. Wann ist es passiert?" Er schien ernsthaft schockiert zu sein.
„Gestern – vermutlich am Nachmittag. Die Ergebnisse aus der Gerichtsmedizin liegen bisher nicht vor. Eine Freundin von Mutter hat sie gefunden. Ich glaube, das war gegen sieben."
„Sie sind auf dem Hof erschossen worden?"
„Ja."
„Was ist mit Hannes?", fragte Domenick weiter.
„Er war nicht da, sondern auf einer Geburtstagsfeier." Leevke gab die Informationen an ihren Bruder weiter, die sie von den Kommissaren erhalten hatte.
„Kein Wunder, dass der Kleine zusammengebrochen ist. Er war der Einzige, der es mit ihnen ausgehalten hat. Fährst du rüber?"
„Im Moment kann ich hier nicht weg. Ragnar ist auf dem Festland."
„Hhm. Hannes braucht dich bestimmt." Die Äußerung wurde ganz sachlich vorgetragen, trotzdem barg sie eine so massive Forderung, die Leevke schon wieder aufbrachte.
„Du könntest ebenfalls hinfahren", antwortete sie in ruhigem Ton. „Deine Firma funktioniert bestimmt ein paar Tage ohne dich."
„Leevke, davon verstehst du nichts. Ich habe wichtige Termine mit wichtigen Kunden. Die kann ich nicht einfach so verschieben. Da bist du viel unabhängiger."

Wenn sie etwas nicht ausstehen konnte, dann war es Domenicks arrogantes Getue. Seit er mit seiner Agentur erfolgreich war und in der HafenCity lebte, kannte seine Überheblichkeit kaum noch Grenzen. Vermutlich hatte er außerdem vergessen, wie Gummistiefel und Mistforke aussahen. Das wäre ohnehin keine Hilfe für Hannes.

„Ja, natürlich. Meine Arbeit ist nicht so wichtig wie deine. Schon klar! Es ist für mich kein Problem mit zwei Kindern, drei Hunden und vier Katzen mal eben nach Neu-Augustenkoog zu fahren, um unserem Bruder unter die Arme zu greifen."

„Er wollte ja unbedingt den Hof. Ich bin da schon lange raus. Und ich will auch nicht mehr zurück. Mein Leben ist jetzt hier in der Stadt. Ich trage Anzüge – damit fühle ich mich wohl."

Ganz offensichtlich hatte er den Schock der Todesnachricht schnell überwunden. Jetzt ging es wieder nur um seine Interessen.

„Ich bin da auch schon lange raus, Domenick!" Leevkes Ärger schwoll an. „Kannst du denn wenigstens Smilla informieren? Ich möchte es ihr nicht so gerne am Telefon sagen. Für sie wird es weit schmerzhafter sein als für uns."

„Ich soll zu ihr fahren?", empörte sich ihr Bruder.

„Von der HafenCity nach Altona ist es doch nicht weit. Du weißt genau, wie sehr sie an Mutter hängt ... hing."

„Und du glaubst, ich wäre der Richtige, um es ihr schonend beizubringen?", fragte Domenick mit leicht ironischem Unterton.

„Na ja, reden kannst du ja. Als PR-Mann bist du doch ein Meister der Worte." Am liebsten hätte sie gesagt ‚der leeren Worthülsen', was natürlich nicht zielführend war.

„Seit wann ist es dir denn wichtig, dass sie rücksichtsvoll behandelt wird?", fragte Domenick ausweichend nach.

„Du warst doch immer sauer, wie sehr sie bevorzugt wurde."
„Ja, das stimmt. Aber sie kann ja nichts dafür. Guck sie dir doch an. Selbst mit zweiunddreißig kommt sie nicht wirklich aus dem Quark", versuchte Leevke, ihn umzustimmen.
„Ist nicht mein Problem. Ruf sie einfach an. Ich habe keine Zeit dafür. Ein sehr wichtiges Projekt bindet im Moment alle meine Ressourcen."
Leevke seufzte. Wie zu erwarten war, gab es von Domenick keine Unterstützung. Vermutlich würde er erst auftauchen, wenn der Nachlass verteilt wurde.
„Gibt es schon einen Verdächtigen?", fragte er schließlich in ihre Gedanken hinein. „Wer hatte denn eigentlich ein Motiv, die beiden umzubringen?"
Sofort musste sie wieder an Ragnar denken, was sie insgeheim wurmte. War ihre Ehe mittlerweile wirklich so zerrüttet?
„Tja, das ist die große Frage. Ich kann mir keins vorstellen. Die Polizei von Sankt Peter-Ording wird sich um die Aufklärung bemühen. Die Kommissare werden dich zeitnah aufsuchen, vielleicht schon morgen."
„Klingt so, als müsste ich mich darauf vorbereiten", ärgerte sich Domenick am anderen Ende der Leitung.
„So war es zwar nicht gemeint, aber jedem der Schuh, der ihm passt. Du, nichts für ungut, die Kinder kommen gleich von der Theaterprobe. Ich muss das Essen vorbereiten. Wir telefonieren die Tage noch einmal. Mach´s gut, Domenick."
Als sie aufgelegt hatte, fühlte sie sich erschöpft wie nach einer Halligumrundung. Sie brauchte dringend ein bisschen frische Luft. Schließlich musste sie es ihren Sprösslingen beim Abendessen ebenfalls erzählen. Wäre blöd, wenn sie es aus dem Fernsehen erfuhren, auch wenn der

Kontakt zu den Großeltern nicht eng war. Insgeheim hoffte sie, Smilla würde erst am nächsten Tag zurückrufen, so langsam ging es über ihre Kraft.

Als sie Stunden später die Kinder endlich im Bett hatte, war ihre innere Unruhe weiter gewachsen. Smilla hatte sich nicht bei ihr gemeldet, was ihr ein zusätzliches anstrengendes Gespräch ersparte. Sie war sicher, es würde bei ihrer Schwester nicht ohne Tränen abgehen. Grund für ihre Nervosität war allerdings das komplette Abtauchen ihres Mannes. Leevke erinnerte sich nicht daran, wann sie zuletzt miteinander gesprochen hatten. War das am Donnerstag gewesen oder am Freitag? Im Winterhalbjahr zogen die Tage oftmals so gleichförmig an ihr vorüber. Dabei verlor sie jedes Zeitgefühl. Irgendwann würde sie vermutlich an einem Sonntag einkaufen gehen oder die Kinder zur Schule schicken.
Ragnar rief nicht jeden Tag an, wenn er auf dem Festland tätig war, aber an eine Funkstille dieser Art war sie nicht gewöhnt. Gern hätte sie sich jetzt mit ihm unterhalten, um ein paar Gedanken loszuwerden, die sie weder ihren Geschwistern noch den Kindern anvertrauen wollte. Ihr Mann war immer ihr bester Freund gewesen. Was hatte sich bloß geändert? Sie wusste nicht einmal, wo genau sich die aktuelle Baustelle befand, auf der er jetzt tätig war. Daneben nagten die Zweifel an ihr: Gab es eine andere Frau in seinem Leben? Oder hatte er gar etwas mit dem Mord an den Eltern zu tun?
Was sie auch tat, sie würde heute Nacht keinen Schlaf finden, so viel war sicher. Nie hatte sie bisher in Ragnars Sachen herumgestöbert, schon den Gedanken daran empfand sie als Vertrauensbruch. Trotzdem ließ er sie nicht los. Wenn ihm nun etwas passiert war? Vielleicht

lag er in einem Krankenhaus, unfähig sie anzurufen. Sofort wurde eine Gegenstimme laut, die sie verhöhnte: Ragnar war nie ohne seine Papiere unterwegs. Auch sein Handy hatte er grundsätzlich dabei. Sie würde informiert werden, wenn er nicht selbst anrufen konnte.
Doch sein Telefon schien nicht eingeschaltet zu sein. Wann immer sie es in den letzten Tagen versucht hatte, ihn zu erreichen, war sofort die Mailbox angesprungen. Da stimmte doch etwas nicht! Warum rief er sie nicht zurück?
Vor sich selbst damit rechtfertigend, sie müsse als seine Ehefrau doch wissen, wo er sich befände – vielleicht sei er wirklich in Not – bewegte sie sich langsam zu dem kleinen Raum, den Ragnar als Büro nutzte. Mit jedem Schritt musste sie sich selbst davon überzeugen, dass es richtig war, was sie vorhatte. Im Grunde war es ein Übergriff auf seine Privatsphäre. Es hätte sie in großem Maße verletzt, wenn er ihre Sachen durchkramen würde. Unschlüssig blieb sie vor der Tür stehen.
Notfall oder Neugierde?
Ihre letzten Skrupel über Bord werfend betrat sie den Raum. Ragnar war kein Technik-Freak. Er benutzte für seine Auftragsverwaltung einen relativ alten Computer. Die Rechnungen schrieb er selbst, den Rest erledigte ihr gemeinsamer Steuerberater. Der wuchtige Schreibtisch stand hier vermutlich schon immer. Genau genommen wirkte er so, als sei das Haus um ihn herumgebaut worden. Er dominierte das Zimmer, wobei er lediglich Platz für eine Regalwand auf der linken Seite ließ, die überwiegend mit Ordnern sowie einigen Pappschachteln vollgestellt war. Insgesamt wirkte der Raum eng und düster, nie hätte Leevke in dieser Umgebung schreiben können, aber Ragnar verkroch sich gerne hier, wenn er auf Ruhe aus war.

Keine der Schubladen war abgeschlossen, der Computer startete, ohne ein Passwort abzufragen. Auf den ersten Blick schien ihr Mann nichts verbergen zu wollen. Aber vielleicht war genau das sein System. Leevke schaute zuerst in den digitalen Kalender, der allerdings keinerlei Einträge aufwies. Seine Aufträge und Termine pflegte Ragnar woanders. Auch der Posteingang des eMail-Programms hielt nichts Verdächtiges bereit, weder in Bezug auf eine Geliebte noch auf einen Mordanschlag. Wieder kam sie sich albern vor. Das Gefühl, einen elementaren Vertrauensbruch zu begehen, wurde stärker. Da sie aber angefangen hatte, konnte sie nicht mehr aufhören. Wahllos und unstrukturiert blätterte sie in Ordnern, durchwühlte Schubladen sowie Kartons – ohne nur irgendeinen Hinweis zu finden, ob Ragnar sich auf Abwegen befand. Schließlich übermannte sie die Erschöpfung. Es war ihr völlig egal, wie spät es war. Mit letzter Kraft schleppte sie sich in ihr Schlafzimmer. Vollständig bekleidet fiel sie auf ihr Bett, wo sie sofort einschlief.

Am nächsten Morgen klingelte der Wecker sie zur gewohnten Zeit um 6.30 Uhr aus dem Schlaf. Für einen Moment konnte sie sich nicht erinnern, warum sie auf dem Bett lag und sich nicht einmal ausgezogen hatte, doch nach und nach sickerten die Geschehnisse des Vortages wieder in ihr Bewusstsein.
Die Eltern waren tot! Jemand hatte sie genug gehasst, um sie aus dem Weg zu räumen. Oder ging es dabei um Geld? Sofort setzte das Gedankenkarussell, welches ihr schon am Vortag Kopfschmerzen beschert hatte, wieder ein.
Ragnar war verschwunden! Gab es dabei einen Zusammenhang? Als ihr die Schnüffelei in seinem Büro wieder ins Gedächtnis kam, stieg heiß die Schamesröte in ihr

Gesicht. Trotzdem war sie sich sicher, die Durchsuchung fortzusetzen, wenn die Kinder das Haus in Richtung Schule verlassen würden. Ein kurzer Blick auf ihr Handy bestätigte ihr, dass ihr Mann sich nicht bei ihr gemeldet hatte.

Die Ruhe der Nacht war nicht ausreichend erholsam gewesen. Leevke fühlte sich ausgelaugt. Sie hoffte, die kurze Dusche würde ihr neben der Erfrischung ausreichend Energie für den Tag liefern. Auch wenn die Kinder Bescheid wussten, wollte sie sich vor ihnen nicht hängen lassen.

Wieder allein im Haus übte Ragnars Raum eine magische Anziehungskraft aus, der sie nicht widerstehen konnte. Sie musste einfach wissen, was hinter seiner Abwesenheit steckte! Sofort!

Dieses Mal ging sie strukturierter vor. Auch wenn es wehtat, glaubte sie mehr an die Variante mit der Geliebten oder noch schmerzhafter: Der neuen Liebe. Also beschloss sie, die Zeiträume, die ihr Mann seinen Kunden in Rechnung gestellt hatte, mit ihren eigenen Aufzeichnungen abzugleichen. Der Verdacht gärte seit einigen Monaten in ihr. Sie hatte Buch geführt. Über seine Abwesenheiten an den Wochenenden; versprochene, aber nicht erfolgte Anrufe sowie Nichterreichbarkeiten. Die Liste war recht lang. Sie musste überprüfen, ob es tatsächlich so viele Überstunden gegeben hatte, wie er in letzter Zeit behauptete. Die Klarheit über Ragnars Handeln wuchs leider nicht in dem Ausmaß wie Leevkes Tabelle, in der sie alle Informationen zusammenfasste. Nicht selten gab es Arbeiten, die nach einem Pauschalpreis abgerechnet wurden. In diesen Fällen war es nicht nachvollziehbar, ob er am Wochenende gearbeitet hatte oder nicht. Häufig war er in den letzten Monaten in

Husum tätig gewesen, einige Aufträge hatte er sogar in Hamburg angenommen – und davon nie etwas erzählt! Hamburg! War das ein Zufall, dass Domenick und Smilla ausgerechnet auch in der Hansestadt an der Elbe lebten? Konnte Ragnar mit einem von ihnen gemeinsame Sache gemacht haben? Den Mord an den Eltern geplant?
Immer deutlicher wurde Leevke, wie wenig Vertrauen in ihrer Familie herrschte. All die Jahre hatte sie das in Bezug auf ihre Geschwister latent wahrgenommen, sich aber nie ausführlich damit auseinandergesetzt. Erst mit dieser Tragödie bekam sie es in aller Härte vor Augen geführt – und nun gehörte Ragnar ebenfalls dazu. War sie diejenige, die hier den ersten Schritt zum Vertrauensbruch tat, oder war es für ihn schon lange Routine, sie zu belügen?
Die Zweifel, ob diese Schnüffelei zu irgendetwas führte, wurden wieder größer. Das Arbeitszimmer hatte sie in ein Schlachtfeld verwandelt. Sollte Ragnar gleich in der Tür stehen, konnte sie froh sein, wenn nicht das nächste Unglück geschah. Ihr Gatte war ein sehr geduldiger Mensch, doch wenn sie ihn zu sehr reizte, bekam er cholerische Wutanfälle. In diesem Fall war das nicht auszuschließen.
Sollte sie abbrechen? Lieber einige Krankenhäuser in der Hoffnung anrufen, ihn ausfindig zu machen, ohne eine zu schlimme Nachricht zu erhalten?
Hin- und hergerissen betrachtete sie die verstreuten Dokumente. Sie brauchte dringend ein bisschen Luft, um besser denken zu können. Als sie das kleine Fenster öffnete, wirbelte ein frisches Lüftchen, das die Flut mitbrachte, einige Bogen von dem Tisch. Wie hypnotisiert folgten ihre Augen dem trägen Flug des Papiers. Unfähig sich danach zu bücken, weil es einfach zu viel Kraft gekostet hätte, konzentrierte sie ihren Blick auf die kahlen

Sträucher, die unweit des Hauses Wind und Wetter trotzten. Sie sog die salzige Luft tief in ihre Lungen. Die Frische schien ihr ein wenig Energie zurückzugeben. Als sie sich schließlich bückte, um die Zettel aufzuheben, entdeckte sie an der Unterseite der Tischplatte einen kleinen Riegel, der bei einem flüchtigen Blick leicht übersehen wurde. Die Frage, ob es sich dabei um ein Geheimfach handelte, wurde von einem Kribbeln in der Magengegend begleitet.

Charlie in Hamburg | Montag, den 02. November

Charlie fand es widerlich, wie selbstverständlich Domenick Anspruch auf das Vermögen seiner Eltern erhob. Auch wenn es Konflikte gegeben hatte – immerhin schienen sie ihm das Studium ermöglicht zu haben, das nun die Basis seines Wohlstandes bildete. Oder sah es gar nicht so rosig mit seinen Finanzen aus? War diese Zurschaustellung in Hamburgs neuem Stadtteil direkt an der Elbe mehr Schein als Sein? Hatte er sich vielleicht übernommen und brauchte eine Finanzspritze um diesen Lebensstandard zu halten?
„Haben Sie finanzielle Probleme?“, feuerte sie die nächste unerwartete Frage ab.
„Wie bitte?“ Domenick schien irritiert.
„Sie haben mich schon verstanden“, antwortete Charlie, indem sie ihm direkt in die Augen sah und dabei ihren durchdringenden Blick zum Einsatz brachte.

„Nein, ich habe keine finanziellen Probleme!“ Domenick Paulsen betonte jedes einzelne Wort. „Wie kommen Sie darauf?“
„Sie sind sehr schnell dabei, über das Erbe Ihrer Eltern zu reden …“, versuchte sich Charlie in einer Erklärung, doch er schnitt ihr das Wort ab.
„Hören Sie. Ich brauche das Geld meiner Eltern nicht. Ich wollte im Gegenteil ihr Vermögen vergrößern. Das haben sie abgelehnt. Aber wenn sie tot sind, steht mir ein Teil davon zu, so ist es eben.“
„Gewähren Sie uns Einblick in Ihre Buchhaltung oder müssen wir einen Durchsuchungsbeschluss beantragen?“, fragte Charlie weiter, ohne auf seine Ausführungen einzugehen.
„Stehe ich unter Verdacht?“ Domenick schien überrascht. „Ich habe ein Alibi.“
„Ja, das werden wir überprüfen.“ Charlie blieb ungerührt.
„Von mir aus. Ich habe nichts zu verbergen. Meine Firma ist erfolgreich, aber wenn Sie das unbedingt mit eigenen Augen sehen müssen, sage ich meinem Buchhalter Bescheid.“ Domenick schien wenig begeistert, erinnerte sich aber vermutlich wieder daran, den Kommissaren Unterstützung zugesagt zu haben. „Ist das dann alles? Ich habe gleich ein wichtiges Meeting.“
Sie verließen das Büro vor dem Mittag mit der Information, dass auch Domenick nicht auf das Geld seiner Eltern angewiesen war. Die Agentur florierte. Natürlich konnte es trotzdem ein Motiv sein, die Geldgier war ihm deutlich anzumerken gewesen.
Charlie war gespannt, was sie bei der jüngeren Schwester Smilla erwartete.
„Wollen wir mit der Lebensgefährtin von Paulsen Kontakt aufnehmen oder das auf später verschieben?“,

meldete sich Knud zu Wort, als sie den Wagen fast erreicht hatten und er sich von der Betrachtung der Umgebung losriss.

„Ah, Domenick Paulsen ist zwar ein unsympathischer und arroganter Fatzke, aber nicht ganz oben auf der Liste der Verdächtigen ..."

„Sie haben eine Liste der Verdächtigen?", hakte Knud sofort ein.

Charlie warf ihm einen Blick zu. „Ja, ich weiß. Bisher ist es alles dünn. Wir haben nichts Konkretes, aber die Modelfreundin werden wir jetzt sowieso nicht erreichen. Lassen Sie uns zu Smilla Paulsen fahren. Über sie wissen wir so gut wie gar nichts." Während Knud zustimmend nickte, ergänzte die Kommissarin: „Sie studiert an der Hochschule für bildende Künste – nach der Aussage von Leevke Andresen schon eine ganze Weile. Es ist also fraglich, ob sie in einer Vorlesung sitzt. Wir sollten es trotzdem erst dort probieren. Es sind nur knapp sechs Kilometer. Vielleicht gibt es ja Workshops, in denen gemeinsam gemalt wird oder so."

Die Straßen waren ausnahmsweise frei, wodurch sie nur eine Viertelstunde brauchten. Der massive Backsteinbau wirkte einladend, scheinbar handelte es sich nicht wie bei anderen Fachbereichen um einen Massenstudiengang. In der Hoffnung, weitere Informationen zu erhalten, steuerten die Kommissare das Sekretariat der Hochschule an. Hinter dem wuchtigen Tresen saß eine spindeldürre Frau, die sehr konzentriert auf ihren Bildschirm starrte. Charlie schätze sie auf Anfang zwanzig. Sie war gepierct und kaute mit Hingabe auf einem Kaugummi herum. Irgendwie wirkte sie in dieser Umgebung deplatziert. Ob sie das Eintreten der Polizisten bemerkt hatte, war nicht zu erkennen. Zumindest reagierte sie nicht darauf.

„Guten Tag. Können Sie uns weiterhelfen?“, versuchte Charlie die Aufmerksamkeit der Beschäftigten auf sich zu ziehen.
„Moment“, gab diese knapp als Antwort, ohne den Blick von dem Monitor zu nehmen.
Da Charlie es grundsätzlich hasste, warten zu müssen, kribbelte sofort die Ungeduld durch ihren Körper. Knud, der es zu bemerken schien, versuchte sie mit einer beruhigenden Geste zu besänftigen. Die Sekretärin hämmerte auf der Tastatur herum, als ginge es um ihr Leben. Schließlich hob sie den Kopf.
„Ja?“, fragte sie genauso knapp, bevor sie sich wieder ihrem Kaugummi widmete. Die Blase, die kurz darauf aus ihrem Mund erschien, blieb abrupt auf einer mittleren Größe stehen, während Charlie sich vorstellte. Die Dürre hielt den Atem an. Als sie schließlich reagierte, zerplatzte das rosafarbene Gebilde, was den Blick auf ihr Gesicht wieder freigab.
„Im Ernst? Polizei? Ist etwas passiert?“
„Ja“, antwortete Charlie, ohne weitere Erklärungen abzugeben. „Wir sind auf der Suche nach Smilla Paulsen. Können Sie uns sagen, welche Kurse sie in diesem Semester belegt hat?“
„Hat sie was ausgefressen?“ Die Dürre hatte sich wieder gefangen und kaute weiter, wobei sie sich keine Mühe gab, ihre Neugierde zu verbergen. Der Computer schien vergessen, sie trat an den Tresen.
„Nein, hat sie nicht“, schaltete sich Knud in das Gespräch ein. Mit einem gewinnenden Lächeln, zu dem Charlie in ihrer Ungeduld vermutlich nicht in der Lage gewesen wäre, wiederholte er die Bitte der Kollegin. „Sie wollen die Polizei doch bestimmt gerne in ihrer Arbeit unterstützen, oder?“

Charlie warf Knud einen verwunderten Blick zu. Diese leicht subtile Suggestion entsprach nicht seiner üblichen Vorgehensweise. Die Dürre schien nicht überzeugt. Anscheinend war es ihr egal, solange sie nicht einmal wusste, worum es ging. Charlie wartete einen Moment ab, sie wollte Knud nun nicht die Strategie vermasseln. Nachdem er den Druck erhöhte, gab die Sekretärin nach und widmete sich wieder ihrem Computer.

„Smilla Paulsen hat heute nur einen Workshop", gab sie Auskunft. „Er beginnt um vierzehn Uhr."

„Drucken Sie uns bitte den vollständigen Plan aus", forderte Charlie, worauf sie einen skeptischen Blick erntete.

„Können Sie sich ausweisen? Das sind schon Informationen, die dem Datenschutz unterliegen. Eigentlich darf ich da gar keine Auskunft geben", fiel es ihr etwas spät ein. Die Ausweise schienen sie allerdings zu beruhigen.

„Wow, Sie kommen aus St. Peter-Ording?! Da kann man wirklich geil kiten. Ein sagenhafter Wind und tolle Wellen. Wow!", wiederholte sie, bevor sie die gewünschte Studienübersicht zum Drucker schickte. „Dann ist dort in St. Peter-Ording was passiert? Ist es was Schlimmes?"

Mittlerweile war Charlie mehr amüsiert als genervt. „Ja, es ist was Schlimmes, aber wir dürfen nicht darüber reden. Es handelt sich um eine laufende Ermittlung, die der Schweigepflicht unterliegt", antwortete sie mit verschwörerischer Miene.

Die Dürre nickte ehrfurchtsvoll, wobei sie wieder voll konzentriert wirkte. Als Charlie und Knud das Sekretariat verließen, zerplatzte geräuschvoll die nächste Blase.

Bis zum Beginn des Workshops hatten die Kommissare eine gute Stunde Zeit. Den ganzen Vormittag über war Charlies Erkältung in den Hintergrund getreten, die Tabletten hatten gewirkt. Jetzt auf dem Weg zu dem Einkaufszentrum *Hamburger Meile*, in dem sie sich ein schnelles Mittagessen genehmigen wollten, merkte die Kommissarin, wie viel Kraft sie der Vormittag gekostet hatte. Auf butterweichen Knien taumelte sie an Knuds Seite durch die Straße *Lerchenfeld*. Weil sie sicher gewesen war, ihr täte ein bisschen frische Luft gut – auch wenn sie lange nicht so frisch wie an der Nordsee war – hatten sie den Wagen stehengelassen, um das kurze Stück des Weges zu Fuß zurückzulegen. Erschöpft sank sie auf eine Bank, als sie schließlich ihr Ziel erreichten.

„Kann es sein, dass Sie sich heute Morgen etwas überschätzt haben?", fragte Knud mit seinem typischen Grienen, bei dem sie ihm einfach nicht böse sein konnte, auch wenn er Dinge sagte, die ihr nicht in den Kram passten. „Ich werte Ihr Schweigen mal als Zustimmung. Wollen Sie hier sitzenbleiben, während ich Ihnen etwas zu essen und einen Eimer Kaffee besorge?"

Unwillkürlich musste sie lachen. „Eigentlich würde mir der Kaffee reichen ..."

„Kommt nicht in Frage. Sie müssen etwas essen! Wie wollen Sie sonst Kraft tanken?", protestierte Knud ungewohnt heftig.

„Ist mir egal, bringen Sie mir irgendwas", stimmte Charlie zu, weil sie für weitere Gegenargumente viel zu groggy war.

„Also gut: Einmal EGAL mit Kaffee. Warten Sie hier, ich bin gleich wieder da", antwortete Knud fröhlich, bevor er in der Menge verschwand. Wie am Vortag auf der Fähre hätte sie sich am liebsten auf der Bank eingerollt und ein Nickerchen gemacht, aber das wäre wohl zu aufsehenerregend gewesen.

Schneller als erwartet kehrte Knud mit einem Burger und Pommes zurück. Nachdem sie nur ihm zuliebe hineingebissen hatte, merkte sie erst, wie hungrig sie war. Sie verputzte die gesamte Mahlzeit, was ihr einen zufriedenen Blick von ihrem Kollegen einbrachte.
„Na, das scheint Ihnen ja geschmeckt zu haben“, freute er sich ehrlich. „Hinter uns gibt es übrigens eine Apotheke. Wollen Sie Ihr Doping auffrischen, um den Nachmittag besser zu überstehen?“
Charlie freute sich, wie besorgt er grundsätzlich um sie war. Da sie es auch schon ganz anders erlebt hatte, wusste sie die freundschaftliche Fürsorge zu schätzen.
„Gute Idee“, antwortete sie lächelnd, bevor sie den letzten Schluck von dem Kaffee nahm. „Soll ich Ihnen dieses Mal etwas mitbringen?“

Die Rückkehr zu der Hochschule hielt eine Enttäuschung bereit. Smilla Paulsen tauchte nicht auf. Gern hätten die Kommissare sich mit dem Professor unterhalten, der den Kurs leitete, doch der war natürlich zu beschäftigt. Außerdem hielt Charlie es für angemessener, erst mit der Kunststudentin zu sprechen. Unverrichteter Dinge stiegen sie wieder ins Auto.
„Na gut, also auf nach Altona“, seufzte Charlie. „Dann lernen wir immerhin ihr Wohnumfeld kennen.“
„Ja, wenn wir sie dort antreffen. Vielleicht ist sie ja gar nicht zu Hause“, widersprach Knud.
„Das Risiko ist überschaubar, weil wir für die Rückfahrt sowieso wieder in den Westen von Hamburg müssen, um dort auf die Autobahn zu fahren. Also schützen Sie keine Müdigkeit vor. Das ist eigentlich mein Part heute.“
„Ja, wenn das so ist, dann bin ich ganz begeistert.“ Nachdem Knud sich hinter das Steuer gesetzt hatte, gab er die *Max-Brauer-Allee* in das Navi ein. Wieder brauchten sie

lediglich eine Viertelstunde bis zu ihrem nächsten Ziel. Charlies Doping begann zu wirken. Nun war sie gespannt – sowohl auf die Frau als auch auf die Umgebung, in der sie lebte.

Das Haus wirkte leicht heruntergekommen: Die Fassade hätte einen Anstrich benötigt, das fahrstuhllose Treppenhaus war komplett sanierungsbedürftig. Mit leichter Atemnot kämpfte sie sich in den sechsten Stock, dabei hoffend, nicht nur einen von Smillas Mitbewohnern anzutreffen. Zumindest stand im Türrahmen ein Mann. Da Charlie nach Luft rang, übernahm Knud die Vorstellung.

„Wir möchten zu Frau Smilla Paulsen", ergänzte er die Begrüßung um sein Anliegen.

„SMIIIIILLLLLAAAAA!" Sich umdrehend brüllte der Bärtige in einer Lautstärke in die Wohnung hinein, die der Kommissarin spontan eine neue Kopfschmerzwelle bescherte.

„Danke", murmelte sie in ironischem Tonfall, als er sich ihnen wieder zuwandte.

„Oh, sorry, Mann. Sie sehen ein bisschen fertig aus. Schwere Nacht gehabt? Sind wohl zum ersten Mal in der Stadt ... ja, hier gibt´s echt geile Kneipen. Nichts für ungut, da ist sie schon. Ich verzieh mich dann mal." Nachdem er sich bereits den halben Flur entfernt hatte, rief er ihr zu: „Saurer Hering! Ein saurer Hering hilft immer. Ist das Geheimrezept meiner Oma."

„Tut mir leid. Viktor raucht gerne mal einen Joint. Wenn er high ist, kann er seine eigene Lautstärke nicht mehr kontrollieren", entschuldigte sich die kleine zarte Frau mit leiser Stimme. Ausgeprägter hätte der Gegensatz der beiden nicht sein können. „Was gibt es denn? Ist die Musik wieder zu laut?"

Knud wiederholte die Vorstellung, woraufhin bei Smilla unerwarteterweise ein breites Lächeln erschien.

„Oh, na das ist ja ein perfektes Fettnäpfchen. Ich dachte, Sie wären die neuen Nachbarn, die hier am Samstag eingezogen sind. Wenn das so ist, vergessen Sie bitte den Joint. Viktor soll nicht meinetwegen Ärger bekommen."
„Keine Sorge, Frau Paulsen, wir sind nicht wegen Drogen hier. Dürfen wir hereinkommen?" Knud behielt die Führung, worüber Charlie dankbar war. Ein wenig befremdlich fand sie die Aussage, als Mieter in diesem Haus eingestuft zu werden, aber vermutlich war es nicht wertend gemeint.
„Worum geht es denn?", fragte Smilla nach. „Ich bin gerade in der Endphase meines Abschlussprojektes. Ich habe heute sogar mein Seminar geschwänzt, weil ich endlich fertigwerden möchte."
„Trotz der lauten Musik?", fragte Charlie ein wenig bissig nach.
„Ja, Musik stört mich nicht. Darüber zu diskutieren hat sowieso keinen Zweck ..."
„Wenn Viktor high ist", ergänzte die Kommissarin.
„Ja, genau. Irgendwas ist eben immer. Ansonsten ist es eine harmonische Wohngemeinschaft." Smilla wirkte absolut entspannt. Charlie tat es leid, ihr solche schlechten Nachrichten überbringen zu müssen.
„Bitte, es ist wichtig. Wir sind extra aus St. Peter-Ording hergekommen", fügte sie hinzu, als ob das ausschlaggebend wäre. Weil es ihr selbst auffiel, nahm sie kurz Blickkontakt mit Knud auf und signalisierte ihm, die Gesprächsführung wieder zu übernehmen.
„Sankt Peter-Ording?" Die Erwähnung des Ortes brachte Smilla Paulsen sichtlich aus der Fassung. „Es ist doch nichts mit meinen Eltern? Ist ihnen etwa was passiert?"
„Bitte lassen Sie uns eintreten. Es ist besser, wenn Sie sich setzen", insistierte Knud, worauf Smilla ergeben

nickte und die Kommissare durch den Flur in ein Zimmer führte, das auf den ersten Blick wie ein Atelier wirkte.
„Tut mir leid“, entschuldigte sie sich wieder. „Ich war nicht auf Besuch eingestellt. Dies ist der einzige Raum, in dem wir uns ungestört unterhalten können.“
Liebend gern hätte sich Charlie hingesetzt, aber außer dem Bett gab es keine freie Sitzgelegenheit. Auf dem Schreibtischstuhl stapelten sich Zeitschriften, über der Lehne hingen ein paar legere Klamotten. Also trat sie einen Schritt zurück, damit sie sich wenigstens an die Wand lehnen konnte. Während Knud weiter mit Smilla sprach, nahm die Kommissarin die Atmosphäre des Raumes auf. Nichts schien wertvoll zu sein. Die Möbel waren bunt zusammengewürfelt. Smilla trug eine alte ausgefranste Jeans sowie einen Sweater, der mit etlichen Farbklecksen verziert war. Lediglich der Künstlerbedarf wirkte hochwertig. Anscheinend steckte sie ihr Geld hauptsächlich in ihre Leidenschaft. Gern hätte Charlie das Bild gesehen, an dem die Frau gerade arbeitete, aber die Staffelei stand mit dem Rücken zu ihr.
Ein spitzer Schrei holte sie aus ihren Gedanken und der Betrachtung des Raumes.
„Nein! Das kann nicht sein! Nicht Mama und Papa!“ Dann sackte Smilla in sich zusammen. Knud hatte Mühe, sie rechtzeitig aufzufangen, um einen Sturz zu vermeiden. Behutsam setzte er sie auf das Bett.
„Wer hat ihnen das angetan? Wissen Sie schon, wer es war?“ Ihre bisher so leise Stimme wurde schrill.
„Nein, so schnell geht das leider nicht“, versuchte der Kommissar, sie wieder zu beruhigen. „Wir hoffen dabei auf Ihre Hilfe. Wissen Sie von Problemen? Hatten Ihre Eltern Feinde?“

„Feinde? Was meinen Sie damit?“ Einige Tränen liefen ihr über das Gesicht, wobei sie eine Spur durch einen Punkt grüner Farbe zogen. Smilla bemerkte es nicht.
„Gab es ernste Konflikte mit Menschen aus dem Umfeld Ihrer Eltern?“, versuchte Knud es mit einer anderen Formulierung.
„Ja, die gab es wohl. Sie waren ... eigen. Probleme hatten sie mit vielen Menschen.“ Ihre Stimme war wieder leise geworden, sie schien sich zu beruhigen. Lautlos liefen die Tränen weiter ihre Wangen herunter und tropften auf ihre Jeans. Der Kommissar ließ ihr Zeit, sich zu fangen. Charlie stand weiter schweigend an die Wand gelehnt. Sie beobachtete Smilla genau.
„Ich studiere schon sehr lange“, wechselte diese plötzlich das Thema. „Es hat ihnen nicht gefallen, dass ich mich so wenig für den Hof interessiert habe. Noch schlimmer war der künstlerische Weg, den ich eingeschlagen habe.“ Sie legte eine Pause ein und starrte auf die Leinwand, die sie selbst nun lediglich von der Rückseite sah. „Dieses Bild dort habe ich für die beiden gemalt. Ich wollte es ihnen zu Weihnachten schenken. Es ist meine Abschlussarbeit. Ich habe schon einen Job gefunden. Anfang des neuen Jahres fange ich in einer namhaften Galerie an – erst mal dreißig Stunden die Woche, damit mir Zeit zum Malen bleibt und ich nicht nur die Kunst anderer Leute verkaufe. Jetzt kann ich es ihnen nicht mehr schenken.“ Der letzte Satz war nicht mehr als ein Flüstern. Charlie sah den Schmerz in den Augen der jungen Frau. So verletzlich sah sie nicht älter als Mitte zwanzig aus.
„Darf ich es mir anschauen?“, fragte sie sanft, doch Smilla reagierte nicht.
„Ich glaube, ich bin an allem Schuld“, sagte sie stattdessen. Die Kommissare warteten ab, ob sie etwas hinzufügen würde. Die gepeinigte Frau griff nach dem Teddy,

der neben ihr auf dem Bett lag, zog ihn auf ihren Schoß und wiegte zusammen mit ihm langsam hin und her. „Ich bin an allem Schuld“, murmelte sie immer wieder.
Charlie war versucht, sich neben sie zu setzen, um sie zu trösten, war sich aber bewusst, dass ihr möglicherweise gerade eine perfekte Show vorgespielt wurde. Trotzdem fragte sie sich, wie sie Smilla fragen sollte, wo diese am Samstagabend war, ohne einen Nervenzusammenbruch zu riskieren.
„Sie haben keine Schuld, Frau Paulsen“, versuchte Knud, etwas mehr als dieses Mantra aus ihr herauszulocken.
„Bevor ich auf die Welt gekommen bin, waren sie eine glückliche Familie. Mit meiner Geburt hat sich alles verändert. Unsere Mutter hat mich mit ihrer Liebe erdrückt, dafür haben mich meine Geschwister gehasst. Für Leevke war es am schlimmsten. Ich verstehe, warum sie mich nicht leiden kann. Sie war das Aschenputtel auf dem Hof, während ich zum Ball gehen durfte.“ Eine weitere Träne löste sich aus dem Auge. Dieses Mal wischte Smilla sie ungeduldig weg. „Sie haben nie geahnt, wie unerträglich das alles für mich war. Wissen Sie, wie schlimm es ist, wenn alle Erwartungen auf den eigenen Schultern lasten? Ich war nie ich selbst. Meine Mutter hat immer alles bestimmt: Was ich esse, was ich anziehe, was ich lerne. Im Grunde mochte ich die Arbeit auf dem Hof, aber ihre Ansprüche hätte ich nie erfüllen können. Also bin ich abgehauen. Es war ein bisschen Protest und Provokation, mich ausgerechnet für ein Kunststudium einzuschreiben. Anfangs wollte ich einfach nur frei sein. Sie haben mir den Geldhahn zugedreht, aber das war mir egal. Irgendeinen Job gibt es immer und viel brauche ich nicht. Mit der Zeit habe ich mein Talent entdeckt, danach habe ich angefangen ernsthaft zu studieren.“ Sie lächelte zaghaft. „Ich habe es tatsächlich geschafft.“

„Und dann wollten Sie quasi Ihr Meisterstück an Ihre Eltern verschenken?“, fragte Charlie in dem gleichen sanften Tonfall wie vorher nach.
„Ja, ich weiß, das klingt paradox. Sie sind eben trotzdem meine Eltern. Ich habe mir ihre Anerkennung gewünscht – auf der Basis meiner Leistung. In einem Fachgebiet, das ich mir selbst ausgesucht habe. Und nun sind sie tot!“
„Es tut mir leid, Frau Paulsen“, wiederholte Charlie, doch Smilla war in ihre Gedanken vertieft. Sie hörte es nicht.
„Ich war nicht schnell genug. Ich habe zwischendurch zu viel Zeit vergeudet.“ Sie legte erneut eine Pause ein. „Entschuldigung, was haben Sie gesagt?“, fragte sie Charlie.
„Frau Paulsen, fühlen Sie sich in der Lage, uns ein paar Routinefragen zu beantworten?“
„Sie wollen wissen, wo ich Samstag war“, kommentierte Smilla mit einem unfrohen Lachen. „Ich weiß, die Familie ist immer verdächtig. Auf viele Leute wirke ich etwas weltfremd, weil ich Kunst studiere und mit zweiunddreißig immer noch mit meinen kiffenden Mitbewohnern in einer WG wohne – in einem wenig repräsentativen Haus in Altona. Domenick bekäme vermutlich eine Herzattacke, wenn er das hier sehen würde, aber mich stört das nicht. Bei meiner Familie könnten Sie vielleicht fündig werden. Konflikte gibt es reichlich.“ Sie drückte den Teddy an ihre Brust. „Ich war Samstagabend hier, um an dem Bild zu arbeiten. Viktor kam mit den beiden anderen gegen dreiundzwanzig Uhr nach Hause, aber sie können sich bestimmt nicht daran erinnern, ob ich hier war.“

Torge in Augustenkoog | Dienstag, den 03. November

Immerhin dämmerte es bereits. Mit jeder Minute wurde es ein wenig heller. Noch nie hatte Torge sich das Licht des Tages so herbeigewünscht wie an diesem Sonntagmorgen auf dem Paulsen-Hof in Neu-Augustenkoog. Mit zittrigen Händen nahm er sein Smartphone von Hannes entgegen, als dieser das Telefonat mit Knud beendet hatte.

„Was nun? Kannst du mit der Schrotflinte umgehen?“, fragte er den Freund, getrieben von größter innerer Unruhe. Genau genommen hatte er echt Schiss. Einen Moment lang wäre er am liebsten aufgestanden, um aus dem Haus zu rennen – mit seinem alten Kombi ab nach Hause zu Annegret. Aber das war natürlich unmöglich! Schließlich war Hannes in Gefahr, vermutlich viel mehr als er selber. Was wäre er denn für ein Kumpel, wenn er nur an sich dachte und einfach das Weite suchte!

„Ja, das kann ich. Mein Vater hat es uns beigebracht. Ein echter Mann sollte nach seiner Ansicht schießen können“, antwortete der Landwirt relativ gelassen. Vielleicht wollte er nicht zugeben, selbst Angst zu haben. Oder er befürchtete, dass Torge ihn mit dem Schlamassel allein ließe, wenn er sich zu beunruhigt zeigte. Seine nächsten Worte widersprachen dieser Vermutung jedoch: „Du brauchst nicht hierzubleiben, Torge, wenn du dich nicht sicher fühlst. Ich weiß nicht, ob ich uns beide verteidigen kann. Wir wissen ja nicht, was passieren wird. Ich muss auf jeden Fall das Vieh versorgen, daran geht kein Weg vorbei. Eigentlich wollte ich einen Helfer anfordern, aber das ist in dieser Situation wohl keine verantwortungsvolle Idee.“ Er blickte Torge direkt in die Augen, bevor er weitersprach. „Ich habe hier bereits vieles automatisiert, weil meine Eltern sich immer weiter zurückgezogen haben. Ich komme schon klar, auch wenn du lieber nach Hause fahren willst.“

Bei Torge ließ der Schreck ein wenig nach. Es kam überhaupt nicht in Frage, Hannes allein zu lassen. Wenn die Personenschützer gleich eintrafen, konnte er sich sicherlich wieder restlos entspannen. Zu den Stärken des Hausmeisters gehörte eindeutig, sich bei seinen Überlegungen in die Lage des anderen zu versetzen – was dann meist dazu führte, dass er nicht ‚Nein‘ sagen konnte. Er selbst würde sich jedenfalls richtig mies fühlen, in so einer Situation verlassen zu werden.

„Ich bleibe, bis die Arbeit erledigt ist. Dann fahre ich nach Hause, um zu duschen und mich umzuziehen, außerdem muss ich in der *Weißen Düne* zumindest vorbeischauen. Ich denke, Marina Lessing wird mir ein paar Tage freigeben.“

„Es würde wirklich vollkommen reichen, wenn du morgens und abends oder sogar nur am Abend für ein paar

Stunden herkommst", wiederholte Hannes seine Anforderung für die Versorgung der Tiere.
„Okay, so machen wir es. Wo hast du das verdammte Gewehr? Ich würde mich sicherer fühlen, wenn du dich bewaffnest, zumindest solange bis wir Verstärkung bekommen", tat Torge sein Unbehagen kund, ohne sich dafür zu schämen. Zum ersten Mal seit der Entdeckung der Toten entlockte eine Bemerkung die Andeutung eines Lächelns auf Hannes Lippen.
„Also doch ein Schisser", versuchte er, Torge ein wenig zu foppen – vermutlich um die Stimmung aufzulockern.
„Ich gestehe, aber hol bitte das Gewehr!", wiederholte dieser seinen Wunsch eine Spur dringlicher.
„Ja, mach ich. Schließ einfach die Fensterläden, wenn du dich dann sicherer fühlst", forderte der Landwirt ihn auf, was Torge sofort in die Tat umsetzte.
Erleichtert war er erst, nachdem die Personenschützer eintraten. Spontan boten sie einen etwas enttäuschenden Anblick. Torge hatte sie sich sowohl größer als auch breitschultriger vorgestellt, aber vielleicht spukten da zu viele Bilder aus amerikanischen Filmen in seinem Kopf herum.
Nach der Arbeit im Stall fuhr Torge wie geplant nach Hause, wo Annegret besorgt auf ihn wartete. Natürlich ließ sie sich alles genau berichten. Da ihm rechtzeitig einfiel, dass ja Sonntag war, verschob er seine Fahrt zur *Weißen Düne* nach St. Peter-Ording auf den kommenden Tag. Gern hätte er weitere Informationen von Hannes über die Situation der Familie erhalten, oder ob dieser jemanden im Verdacht hatte, aber darüber konnte er den Landwirt kein Wort entlocken, gestand Torge seiner besseren Hälfte. Hannes hatte weder über die Geschehnisse

geredet noch Vermutungen über die möglichen Hintergründe geäußert. Nicht beim gemeinsamen Frühstück, nicht bei der Arbeit.
So setzte es sich fort, als Torge am Abend wieder auf den Hof kam. Alles, was sie schnackten, bezog sich auf die Arbeit, oder wie sie sich jetzt schützen konnten. Jedes Mal, wenn Torge versuchte, etwas aus Hannes herauszubekommen, verschloss sich dieser wie die berühmte Auster. Der Hausmeister ging davon aus, dass der Schmerz zu groß war. Damit stellte er sein Nachhaken ein. Wenn er soweit war, würde der Freund schon auf ihn zukommen.

Am Montag in der *Weiße Düne* bekam er von der Managerin Marina Lessing sofort die Zusage, Überstunden abbauen zu dürfen. Leider war Greta noch nicht wieder an ihrem Arbeitsplatz erschienen. Torge hatte sehr gehofft, von ihr tiefergehende Informationen zu erhalten, da sie Jahrzehnte mit Helga Paulsen befreundet gewesen war. Er konnte sich gut vorstellen, dass sie Details über Streitigkeiten wusste – vielleicht gab es sogar etwas, was nicht einmal den Kindern bekannt war. Doch, um sie zu Hause aufzusuchen, fehlte ihm die Zeit. Außerdem brauchte sie vermutlich Ruhe, um den Schock zu verarbeiten. Vielleicht meldete sich Knud ja heute bei ihm, dann konnte er ihn dazu befragen.
Insgeheim fieberte Torge einem Anruf von seinem Freund entgegen, aber der war jetzt bestimmt unterwegs. Da würde eine Kontaktaufnahme nur stören. Torge musste sich in Geduld üben – ausgerechnet! In der Ferienanlage war es mit dem Beginn des Novembers deutlich ruhiger geworden. Der Hausmeister erledigte seine Aufgaben routiniert. Gleichzeitig durchforstete er sein Gedächtnis nach Konflikten, die rund um den Hof in Neu-Augustenkoog in irgendeiner Form bekannt geworden

waren. Er meinte, sich an einen Skandal zu erinnern, der aber bestimmt schon fünfundzwanzig Jahre zurücklag. Worum war es da bloß gegangen? Sicherlich wusste Greta etwas darüber. Vielleicht bot sich am nächsten Tag die Gelegenheit, mit ihr zu sprechen. So wie er sie kannte, würde sie nicht lange zu Hause bleiben, sondern bald wieder ihren Dienst in der *Weißen Düne* aufnehmen.

Bei Torges Rückkehr auf den Hof am Dienstagabend war schon eine Art Routine eingekehrt. Wie schnell man sich an neue Abläufe gewöhnte! Er wusste genau, auf welchen Positionen sich die Personenschützer befanden, als er zusammen mit Hannes vom Wohnhaus über den Hofplatz zu den Ställen marschierte. Mittlerweile waren sie ein gut eingespieltes Team, das die abendlichen Aufgaben in zwei Stunden erledigte. Der Landwirt packte hart an, um Torge nicht mehr als nötig zu strapazieren.
Mit Annegret hatte er gestern am späten Abend eine Auseinandersetzung gehabt, was bei dem sonst so harmonischen Paar nur äußerst selten vorkam. In der Regel war sie seinen Argumenten zugänglich und ließ ihm viele Freiheiten, aber in diesem Fall war ihre Angst um ihn zu groß. Sie ließ nicht locker. Es würde ihn nicht wundern, wenn sie heute nach seiner Rückkehr das Thema wieder aufwärmte, indem sie ihn davon abzubringen versuchte, weiterhin auf dem Paulsen-Hof zu arbeiten. Torge seufzte. Dieses Mal war ihre Sorge um ihn größer als das Verständnis für seine Hilfsbereitschaft. So ganz verstand er das nicht. Seit die Bodyguards, wie er sie heimlich nannte, ihr wachsames Auge auf sie hielten, war sein Unbehagen verschwunden.
Ihnen würde schon nichts passieren!

Auch wenn er von den Ermittlungen bisher kaum etwas mitbekommen hatte und eigentlich nur wusste, dass die Polizei nicht von einem Raubmord ausging, glaubte er mittlerweile nicht mehr an die Rückkehr des Mörders. Wie gesagt: Für den Ernstfall waren da ja die Beschützer, die Torge nach dem ersten Kennenlernen doch für fähig hielt.

Als plötzlich ein Schuss durch die Dunkelheit der einbrechenden Nacht peitschte, kam dieser für Torge komplett unerwartet. Er warf sich reflexartig auf den Bauch – genau dort wo er gestanden hatte, mitten in den Kuhmist hinein. Schützend legte er die zitternden Hände auf den Kopf. Seine Gedanken rasten! Was hatte das zu bedeuten? War der Mörder entgegen seiner eigenen Vermutung doch zurückgekehrt? Oder war es nur falscher Alarm? Hatte vielleicht einer der Polizisten auf ein Tier geschossen oder sogar ins Leere, weil er durch eine Bewegung irritiert gewesen war? Torge hatte allerdings keinen Warnruf gehört.

War er hier sicher? Vermutlich nicht. Wenn auch flach auf dem Boden, so lag er doch mitten im Gang des Stalles, gut sichtbar für jeden, der das Gebäude betrat. Was sollte er bloß tun? Hannes befand sich am anderen Ende. Sicherlich würde er ihn hören, wenn er rief – aber natürlich wollte Torge auf keinen Fall die Aufmerksamkeit des Schützen auf sich lenken.

Wo waren die Bodyguards abgeblieben? Eben gelobt, schienen sie verschwunden zu sein. Ein weiterer Schuss wurde abgefeuert, die Kugel verfehlte ihn nur knapp, um dann ein paar Meter hinter ihm in einen Holzpfeiler einzuschlagen. Jetzt war es mit Torges Selbstbeherrschung vorbei. Er stieß einen ängstlichen Schrei aus, rollte sich über den schmutzigen Boden und presste sich schließlich gegen die Wand. Vermutlich war es nicht sinnvoll aufzustehen, um wegzurennen, aber alles in ihm sehnte sich danach.

Hätte er doch bloß auf Annegret gehört! Verflucht und zugenäht! Hoffentlich wurde ihm seine Hilfsbereitschaft nicht zum Verhängnis. Nach wie vor hielt er seine fahrigen Hände in Kopfhöhe, um sich zu schützen.

Was sollte er bloß tun? Wo waren die anderen? Der Mörder konnte es doch unmöglich auf ihn abgesehen haben. Was immer hier gespielt wurde, er war doch höchstens eine Randfigur!

Er lag so still wie möglich und lauschte, ob sich etwas in dem Stall bewegte. Trotz der liegenden Stellung schlotterten ihm alle Gliedmaßen, in seinen Ohren rauschte es. Wo waren die Personenschützer?

Torge wagte es nicht, sich zu bewegen, obwohl sich ein Krampf in seiner rechten Wade ankündigte. Das hatte ihm gerade noch gefehlt! Wenn nicht bald Rettung nahte, würde er hier wie Rumpelstilzchen durch den Gang hüpfen. Ein besseres Ziel konnte man wohl nicht abgeben. Langsam steckte er sein Bein aus, um das Elend abzuwenden. Er musste einen Gegendruck erzeugen, nur so würde sich der Krampf wieder lösen. Langsam drehte er seinen Kopf, um zu gucken, ob sich etwas in Reichweite befand, wogegen er den Fuß pressen konnte. Dabei versuchte er möglichst geräuschlos vorzugehen. Als er den kleinen Vorsprung in der Mauer entdeckte, war es schon fast zu spät, schmerzhaft verkrampfte sich seine Wade. Er war kurz davor, den nächsten Schrei auszustoßen. Nur mit äußerster Konzentration schaffte er es, ihn zu unterdrücken. Lediglich ein stöhnender Laut kam über seine Lippen.

Torge robbte ein kleines Stück zurück. Endlich erreichte er die Stelle. Sofort ließ der Schmerz ein wenig nach. Kraftlos sank er in sich zusammen.
Doch sobald die Konzentration auf seine Wade nachließ, fiel ihm wieder die bedrohliche Situation ein, in der er sich befand. Sofort fing er an zu schwitzen, obwohl er den Boden gerade als unangenehm kalt empfunden hatte.
Wo waren die Bodyguards? Und vor allen Dingen: Was war mit Hannes? Ging es ihm gut? War er ebenfalls in Deckung gegangen oder hatte der Täter ihn erwischt?
Was war hier bloß auf dem Hof los? Erst die Ermordung von Helga und Wilfried Paulsen und nun wurde hier wieder geschossen! Wer konnte ein Motiv haben, die ganze Familie umzubringen? Mit welchem Ziel?
Das Rauschen in seinen Ohren hatte nachgelassen. Torge überlegte fieberhaft, ob es sinnvoll war, das Handy aus der Tasche zu angeln, um bei Knud anzurufen. Im Grunde war die Polizei ja schon da, trotzdem stieg seine Unruhe, weil keiner der Personenschützer auftauchte. Hatte der Mörder sie erledigt? Immerhin waren sie zu viert gewesen – aber natürlich konnten es mehrere Täter sein! Sollte er den Kommissar anrufen oder nicht? Nach wie vor überwog die Angst, durch Bewegung oder Geräusche auf sich aufmerksam zu machen. Er wusste ja nicht einmal, wo Knud und die Wiesinger waren. Wie lange brauchten sie, um hierher zu kommen? Im Gegensatz zu seinem Kumpel war die Kommissarin aus Hamburg eine ausgezeichnete Schützin. Sollte er lieber sie anrufen? Oder ihr eine Nachricht schicken? Torge war sich nicht sicher, ob er das Smartphone in seiner Tasche erreichen würde. Sein gesamter Körper schien erstarrt zu sein, weil er so krampfhaft versuchte, sich nicht zu bewegen.

Langsam löste er seine Hände von der Umklammerung des Kopfes und ließ den rechten Arm in Richtung seiner Hosentasche sinken. Er hoffte sehr, es nicht bei dem Sturz auf den Boden oder dem anschließenden Herumkugeln verloren zu haben. Man steckt ja so ein teures Telefon nicht achtlos in die Tasche an seinem Mors, klangen ihm Annegrets Worte in den Ohren. Nochmals leistete er gedankliche Abbitte, die er mit dem Vorsatz der Besserung verband. Für alle Fälle schickte er gleich noch ein Gebet sowie einen Wunsch ins Universum hinterher. In dieser brenzligen Situation benötigte er wirklich jede Unterstützung! Bei der leisesten Ahnung, hier von so einem Drama erwartet zu werden, hätte er vorhin zusätzlich ein paar Centstücke in den Brunnen im Foyer der *Weißen Düne* geworfen. Das war bei all den letzten Verbrechen, die sie in Sankt Peter-Ording aufzuklären hatten, nützlich gewesen. Na ja, zumindest nahm er das an. Es gab eben keine Beweise, wann Fortuna ihm hold war, aber geschadet hatte es sicherlich nicht.
Wieder schob sich Annegrets mahnendes Gesicht vor sein geistiges Auge. Obwohl er das mit den Wünschen ans Universum von ihr übernommen hatte, schalt sie seine Gedankengänge als Unsinn. Wenn er eine Ahnung von dieser erneuten Schießerei auf dem Paulsen-Hof gehabt hätte, wäre er ja wohl mit dem Hintern zu Hause geblieben, statt hier den Helden zu spielen!
Mit weiterhin vor Angst zitternden Fingern tastete er nach seinem Smartphone. Normalerweise spürte er durch einen leichten Druck, ob es in seiner Tasche steckte, doch da war nichts. Vielleicht spürte er es nicht, weil er auf der Seite lag. Vorsichtig schoben sich seine Finger über sein Gesäß, griffen aber ins Leere.
Scheibenkleister! Das Handy war nicht mehr da. Er ließ seinen Blick über den Boden schweifen, konnte es aber

auf Anhieb nicht entdecken. In diesem Moment war er jedoch nicht sicher, ob er bis zur Mitte des Ganges zurückgekrochen wäre, wenn er es dort gesehen hätte.
Mittlerweile hatte Torge jegliches Zeitgefühl verloren. Wie lange war es her, seit der zweite Schuss ihn nur knapp verfehlte? War dieser wirklich auf ihn gerichtet gewesen oder hatte es sich um einen Blindgänger gehandelt? Was hatte es zu bedeuten, dass es seither so still geworden war? Waren die anderen tot oder ebenfalls in Deckung gegangen? War der Mörder noch da? Wartete er nur darauf, eine Bewegung im Stall wahrzunehmen? Wenn er nur wüsste, wie viel Zeit inzwischen vergangen war! Nur wenige Minuten oder schon eine Stunde? Es kam ihm wie eine Ewigkeit vor! All die Fragen ohne Antworten quälten ihn.
Trotzdem musste er sich was einfallen lassen. Hier nur wartend herumzuliegen, brachte ihn nicht weiter. Vielleicht war Hannes verletzt, möglicherweise brauchte er einen Arzt. Er musste nicht nur ihn, sondern auch die Personenschützer finden. Das war die einzige Möglichkeit, um abzuschätzen, ob sie weitere Verstärkung brauchten. Vielleicht fand er dabei sein Telefon. Das wäre wichtig, um Hilfe rufen zu können.
Torge wappnete sich innerlich, den Kampf aufzunehmen. Lieber wäre es ihm gewesen, eine Waffe zur Verfügung zu haben. Vielleicht gab es ja in seiner unmittelbaren Umgebung etwas, was ihm notfalls zur Verteidigung dienen würde. Mit einer Pistole oder einem Gewehr konnte er nicht umgehen, aber schon mit einer Mistforke hätte er sich deutlich wohler gefühlt.
Langsam versuchte er, sich aufzurappeln, ohne dabei zu viele Geräusche zu verursachen. Sein Blick wanderte unruhig umher, auf der Suche nach einem Gegenstand für

seinen persönlichen Schutz, seinem Telefon und außerdem dem Feind, wie er ihn mit Galgenhumor nannte, obwohl ihm eigentlich nicht zum Scherzen zumute war. Hatte sich da etwas bewegt? Aus den Augenwinkeln meinte er, einen Schatten wahrgenommen zu haben, war sich aber nicht sicher. Trotzdem gab ihm diese Befürchtung den Impuls, sich mit einem Ruck aufzusetzen. Wieder lauschte er in die Stille, die in dem Stall herrschte. Nur ein paar Kühe käuten ihre Nahrung wieder, was gelegentlich schmatzende Geräusche verursachte. Gehörte die Bewegung, die er eben gesehen hatte, auch nur zu einer Kuh? War die Erklärung so einfach oder versuchte er lediglich, sich zu beruhigen? Auf keinen Fall wollte er sich in Sicherheit wiegen und so zum Ziel des Mörders werden, der hier herumballerte.
Auf Knien rutschend versuchte er, seine Sicht in den Stall zu verbessern. Da hatte doch eben etwas aufgeblitzt! War das sein Handy? Mit klopfenden Herzen maß er die Entfernung zu dem Gegenstand ab. Bevor er sich auf allen vieren in die entsprechende Richtung bewegte, überprüfte er erneut die nähere Umgebung, konnte aber niemanden entdecken. Sollte er es wagen, sich das blitzende Ding zu holen? Dafür musste er seine Deckung verlassen und er war sich nicht sicher, ob es sich wirklich um sein Smartphone handelte. Allerdings standen die Chancen gut. Ungefähr dort war er vorhin zu Boden gegangen. Gerade als er sich durchgerungen hatte, seine Position zu verlassen, setzte ein prasselndes Geräusch wie eine Gewehrsalve ein. Erschrocken fuhr Torge zurück und knallte mit dem Kopf unsanft gegen die Mauer, an der er die ganze Zeit gelegen hatte. Sein Puls raste, seine Hände wurden feucht. Das Prasseln setzte sich fort, aber im Stall bewegte sich nichts. Benommen nahm er den bohrenden

Schmerz an seinem Hinterkopf wahr. Das würde mindestens eine Beule geben. Wieder konzentrierte er sich auf das Geräusch, das weiter an Lautstärke gewann.
Als er endlich erkannte, um was es sich dabei handelte, hätte er vor Erleichterung beinahe laut gelacht. Regen! Der längst angekündigte Regen prasselte in dicken Tropfen auf das Dach, das vermutlich aus Blech bestand. Er riss sich zusammen. Noch war die Gefahr nicht vorbei! Vielleicht hatte die Geräuschkulisse den Täter, wenn er sich noch hier aufhielt, genug verunsichert, um sich ebenfalls in Sicherheit zu bringen. Das war seine Chance, sich den Gegenstand zu schnappen. Er brauchte einfach das Telefon! Wieder durch den Schmutz des Stallbodens kriechend, erreichte er sein Ziel schneller als erwartet. Eine zweite Welle der Erleichterung durchflutete ihn, nachdem er mit weiterhin zitternden Fingern sein Handy umfasste und sich wieder zurück in den Schutz der Mauer begab. Das Glück ließ ihn nicht allein.
Was nun? Einen Moment lang ließ das Adrenalin nach. Er fühlte sich zu kraftlos, um nur zu denken, geschweige denn irgendwas zu unternehmen. Erschöpft schloss er die Augen, um einen Moment lang auszuruhen und dabei dem weiterhin prasselnden Regen zu lauschen.

Greta in SPO | Dienstag, den 03. November

Die Tage zogen an Greta vorbei, ohne große Spuren zu hinterlassen. Im Grunde wusste sie nicht, wo die Stunden geblieben waren. Else Nissen war so nett gewesen, ihr bis Montagabend Gesellschaft zu leisten. An diesem Punkt hatte Greta das Gefühl, das Alleinsein wieder zu meistern. Da Knud komplett in die Ermittlungen eingespannt war, kam er nicht wie angekündigt vorbei. Sie war sich jedoch sicher, er würde es nachholen, sobald es in seinen Zeitplan passte.
Den Dienstag wollte sie noch nutzen, um zu Hause Kraft zu tanken, doch am Mittwoch würde sie ihre Arbeit in der *Weißen Düne* wieder aufnehmen. Die Managerin hatte ihr Sonderurlaub angeboten, aber Greta wusste, dass die Ablenkung ihr guttun würde. Um sich zu beschäftigen, nutzte sie den Vormittag, um ihr Haus aufzuräumen sowie einen Kuchen zu backen, den sie am nächsten Tag für die Kollegen mitbringen wollte.

Seit sie ihre Freundin in der Küche des Paulsen-Hofs gefunden hatte, ließ die Frage sie nicht mehr los, was Helga ihr an jenem Abend erzählt hätte. Ohne weitere Andeutungen zu machen, hatte sie lediglich verraten, es gäbe Neuigkeiten, auf die sie mit Greta anstoßen wollte. Was konnte das nur sein? Jetzt allein war sie viel besser in der Lage, darüber nachzudenken. Bestimmt hatte Helga irgendeine Bemerkung fallen lassen, auf die Greta nicht eingegangen war. Gab es eine Frau in Hannes´ Leben? Würde endlich die nächste Generation auf dem Hof entstehen? Vielleicht war ja schon eine große Hochzeit geplant! Es tat Greta gut, sich solchen positiven Gedanken hinzugeben. Allerdings musste sie zugeben, dass dies wohl eher Helgas Wunschdenken war. Mit keiner Silbe hatte sie davon gesprochen.
Was konnte sonst hinter dieser Ankündigung stecken? Vielleicht sollte sie sich an Hannes wenden. Eigentlich müsste er doch ebenfalls wissen, was seine Mutter zu feiern hatte, oder? Es kam ihr allerdings nicht richtig vor, den Landwirt in dieser Situation zu befragen, was seine Eltern gerade so freudig stimmte. Am besten sprach sie erst mal mit Knud darüber, wenn er sie besuchte. Vielleicht schaffte er es ja an diesem Abend, mit ihr zusammen zu essen. Sie nahm sich vor, ihn am Nachmittag kurz anzurufen, um zu fragen, ob er es einrichten konnte.
Also wanderten ihre Gedanken weiter zu dem möglichen Motiv für die Ermordung ihrer Freunde. Bei allen Problemen, mit der die Familie zu kämpfen hatte, war es undenkbar, sich unter ihnen einen Mörder vorzustellen. Es musste ein Täter von außerhalb sein, doch welchen Grund gab es dafür?
Else hatte darauf verzichtet, ein zweites Mal nach der alten Geschichte mit den Nachbarn zu fragen, und sie

selbst vermied es ebenfalls, die Sprache darauf zu bringen. Genau genommen erinnerte sie sich nicht an die Einzelheiten. Obwohl sie es nach wie vor für abwegig hielt, beschloss sie, ein wenig im Internet zu recherchieren. Vielleicht gab es ja alte Berichte darüber, die ihrem Gedächtnis auf die Sprünge halfen.
Es war schon fast Mittag, als sie den Computer hochfuhr, um ihre Recherche zu beginnen. Insgeheim ärgerte sie sich, sich nicht an den Vorfall erinnern zu können. Oder täuschte sie sich einfach? Gab es gar nichts Dramatisches, was damals passiert war? Sie war sehr gespannt, welche Informationen sie finden würde.
Schnell wurde sie über die Stichworte Unfall in Neu-Augustenkoog fündig. Erschüttert las sie die damaligen Artikel in mehreren lokalen Zeitungen. Tatsächlich war es schrecklich. Einen Moment war sie versucht, den Rechner sofort wieder auszuschalten. Nach allem, was in den letzten Tagen passiert war, ging es über ihre Kraft, sich erneut mit einem Drama zu beschäftigen. Am liebsten hätte sie Knud oder Else angerufen, aber das half ja nicht weiter. Alles, was nur im Entferntesten zur Aufklärung der Morde beitrug, war wichtig – und wer konnte schon wissen, ob sie hier nicht auf eine Spur gestoßen war!
Automatisch straffte sie sich, während sie sich in die Zeitungsartikel vertiefte, die vor achtundzwanzig Jahren erschienen waren. Auf dem Paulsen-Hof in Neu-Augustenkoog hatte es einen furchtbaren Unfall gegeben. Die kleine Smilla – gerade einmal vier Jahre alt – hatte mit einer Freundin auf dem Heuboden gespielt. Dabei öffnete sich eine Klappe, wodurch das Mädchen sechs Meter in die Tiefe stürzte. Alle Rettungsmaßnahmen kamen zu spät, die ebenfalls Vierjährige verstarb vor Erreichen des Krankenhauses.

Greta musste sich für einen Moment von dem Bildschirm abwenden. Sie war in großer Versuchung, sich einen Pharisäer zuzubereiten. Die Mischung aus Koffein und Hochprozentigem hätte ihr sicherlich gutgetan, aber wer trank schon am helllichten Tag Alkohol? Was für eine Tragödie! Bevor sie weitere Details las, gab sie sich erst einmal ihren Gedanken hin. Außerdem brauchte sie Zeit, die Nachricht zu verdauen.

Der Doppelmord des letzten Wochenendes war also nicht das erste Drama, das sich auf dem Hof abgespielt hatte. Konnte es wirklich einen Zusammenhang geben? Der Grundtenor des Berichts wies auf einen Unfall hin, aber war vielleicht Fahrlässigkeit mit im Spiel gewesen? Hatten Helga und Wilfried die Luke nicht ausreichend gesichert? Oder war es zu einer Verletzung der Aufsichtspflicht gekommen? Die Mädchen waren ja für so ein Abenteuer auf dem Heuboden viel zu klein. Hatten sie die Leiter alleine oder in Gesellschaft eins der Geschwister erklommen? Oder sogar im Beisein der Landwirte selbst? Automatisch rechnete sie das Alter der Familienmitglieder aus. Leevke, Domenick und Hannes waren sechszehn, vierzehn und zwölf gewesen, ihre Eltern siebenunddreißig. Eine Information, die sie vorerst nicht weiterbrachte.

Es gab so viele Fragen! Seufzend nahm Greta wieder das Studium der Zeitungsartikel auf.

Natürlich hatte es eine Untersuchung gegeben, die aber nichts aufdeckte. Alle Riegel an den Luken waren in hervorragendem Zustand, der Heuboden also im Prinzip sicher. Von den Geschwistern war keins mit der Aufsichtspflicht betraut gewesen. Helga und Wilfried waren beide mit der Arbeit auf dem Hof beschäftigt, die Mädchen hatten auf dem Spielplatz gespielt, wo die Bäuerin sie zwischendurch immer wieder im Blick hatte. Der Rest war

Spekulation. Vermutlich war es ihnen zu langweilig geworden, sodass sie auf Entdeckungstour gingen. Zu dem Unglück wäre es nicht gekommen, wenn Wilfried die große Leiter weggestellt hätte.
Allein schon die Vorstellung, zwei vierjährige Deerns auf einer sechs Meter langen Sprossenstiege klettern zu sehen, jagte Greta eine Gänsehaut über den Rücken.
Der Landwirt war an jenem Tag zusammengebrochen. Nach seiner Aussage hatte die Leiter häufig dort gestanden. Auch an diesem Tag war er mehrfach nach oben geklettert. Vielleicht hatten die Mädchen ihn dabei beobachtet und es ihm gleichgetan.
Das piepende Handy signalisierte den Eingang einer SMS. Froh über die Ablenkung stand Greta auf, um nachzuschauen, wer ihr die Nachricht gesendet hatte. Ihre Hoffnung, sie könnte von Knud sein, wurde erfüllt. Er teilte ihr mit, er sei in Husum in der Gerichtsmedizin und fragte sie, ob sie beide zusammen zu Abend essen wollten. Er würde sie gerne in ein Restaurant ihrer Wahl einladen, damit sie mal wieder unter Leute sowie auf andere Gedanken kam. Eine Welle des Glücks durchflutete sie. Wie aufmerksam er doch immer war! Tatsächlich fiel ihr langsam die Decke auf den Kopf. Natürlich freute sie sich sehr. Kurz überlegte sie, welches Restaurant im Herbst besonders schön war. Sie könnten nach Westerhever fahren, aber heute Abend sehnte Greta sich nach etwas mehr Trubel. Im Ortsteil Bad von St. Peter war jetzt bestimmt noch einiges los. Sie schrieb zurück:
„Moin Knud. Was für eine schöne Idee! Danke. Lass uns doch in *Die Insel* im Bad gehen, um da einen Burger zu essen. Ich kann ein großes Stück Fleisch vertragen. Wollen wir uns dort treffen oder holst du mich ab? Bitte schick mir eine Uhrzeit. Liebe Grüße Mama.“

Knud antwortete unmittelbar: „Ich versuche, dich um 18.30 Uhr abzuholen. Sei nicht böse, wenn ich mich ein bisschen verspäte. Wir haben viel zu tun!"
Greta lächelte. Das war eindeutig die Rettung für diesen Tag. Einen Moment hatte sie die Recherche vergessen, doch mit einem Blick auf den laufenden Computer fiel es ihr wieder ein. Wo war sie stehengeblieben? Ach ja, Wilfrieds Zusammenbruch. Er fühlte sich schuldig.
Greta versuchte, sich zu erinnern, ob es einen Prozess gegeben hatte, aber ihr Gedächtnis wies wieder eine Lücke auf.
Die Aussicht, Knud am Abend zu treffen, motivierte sie neu, möglichst umfangreiche Informationen über die Tragödie zu sammeln. Vielleicht ergab sich daraus ja doch ein Motiv – auch wenn sie es nach wie vor für eher unwahrscheinlich hielt, weil es so lange zurücklag. Statt eines Mittagessens holte sie sich einen Apfel und eine Banane aus der Küche, um sie parallel zu der Recherche zu verspeisen. Ihr Notizblock hatte sich bereits gut gefüllt. Nun war Greta gespannt, was sie noch herausfand. Sie klickte auf den nächsten Artikel, den die Zeitung in das frei zugängliche Archiv gestellt hatte. Erschrocken starrte sie auf das vor Schmerz und Wut verzerrte Gesicht eines Mannes, dessen Bild den gesamten Monitor ausfüllte. Es gehörte dem Nachbarn, der sein Kind verloren hatte. Die Aufnahme war bei einem Interview entstanden. Der Mann gab Wilfried Paulsen die Schuld am Tod seines Kindes und drohte ihm eine Klage wegen fahrlässiger Tötung an.
War es damals tatsächlich zu einem Prozess gekommen? Greta konnte sich nicht vorstellen, ein Gerichtsverfahren zu vergessen. Da musste es trotz der Drohung eine außergerichtliche Einigung gegeben haben. Konnte darin ein Motiv liegen? Gab es ein Ereignis, wodurch die alte

Tragödie wieder hochgekocht war? Spontan fiel Greta nichts ein, was das sein könnte, sie nahm sich jedoch vor, an dieser Stelle weiterzugraben. Eine weitere Notiz kam auf ihren Block.

Sie durchstöberte mehrere Archive lokaler Zeitungen und googelte nach einem möglichen Prozess, fand aber nichts. Als sie schon aufgeben wollte, fiel ihr plötzlich eine kleine Meldung in dem örtlichen Anzeigenblatt ins Auge.

Paulsen-Hof expandiert. Helga und Wilfried übernehmen den benachbarten landwirtschaftlichen Betrieb der Familie Jakobsen, die vor sechs Monaten bei einem tragischen Unfall ihre erst vier Jahre alte Tochter Birte verloren haben. Frieda und Hans betonten, sie könnten es nicht mehr ertragen, in dieser Umgebung zu leben. Der Verkauf des eigenen Hofes sei die einzige Möglichkeit, den inneren Frieden zu finden. Sie hofften auf einen Neuanfang mit der Perspektive, ihr Gleichgewicht zurückzuerhalten.

Der knappe Artikel warf nach Gretas Geschmack mehr Fragen auf, als er beantwortete. Trotzdem kristallisierte sich ein mögliches Motiv heraus. Waren die beiden in ihrem Schmerz und ihrer Trauer von den Paulsens übervorteilt worden? Natürlich war das möglich, trotzdem hielt sie es - wieder in Hinblick auf die lange Zeit, die seither vergangen war – eher für unwahrscheinlich. Vielleicht steckte jedoch etwas anderes dahinter, was auf den ersten Blick nicht sichtbar war.

Greta war sich sicher, mit Helga nie über dieses Thema gesprochen zu haben. Vielleicht lag es an den Spannungen, die zwischen den Freundinnen herrschten, als Smilla klein war. Mehrfach hatte sie versucht, mit Helga über die erdrückende Liebe verbunden mit der Vernachlässigung der älteren Geschwister zu reden, jedoch nie ein offenes Ohr gefunden. Das war wohl auch der Grund, warum sich Greta an all die Ereignisse nicht erinnern konnte. Ihre Freundschaft hatte in diesen Jahren quasi pausiert. Die seltenen Treffen wurden mit belanglosen Themen gefüllt. Obwohl das so lange her war, fühlte Greta ein großes Bedauern. In Zeiten, in denen Helga eine echte Freundin und Stütze gebraucht hätte, war sie nicht für sie da gewesen. Als ihr bewusst wurde, dass sie sich nicht einmal mehr dafür entschuldigen konnte, füllten sich ihre Augen mit Tränen. Sie begann bitterlich zu weinen.

All die Fragen, die dieser kleine Artikel aufgeworfen hatte, würden vermutlich den ganzen Tag durch ihren Kopf kreisen. Greta musste zugeben, dass es sogar auf sie einen merkwürdigen Eindruck machte, ausgerechnet Helga und Wilfried Paulsen als neue Eigentümer des Jakobsen-Hofes zu sehen. Konnte das eine Form der Wiedergutmachung sein? Vielleicht gab es in der wirtschaftlich schwierigen Zeit Anfang der neunziger Jahre keinen anderen Interessenten für den landwirtschaftlichen Betrieb. Tat sie ihren Freunden mit der Vermutung unrecht, sie hätten sich auf Kosten des Elends der Nachbarn bereichert? Wie gerne würde sie Helga jetzt einfach fragen, was hinter der gesamten Angelegenheit steckte!

Erschöpft sank sie auf ihrem Stuhl in sich zusammen. Obwohl es erst kurz nach Mittag war, fühlte sie sich, als hätte sie Stunden für die Recherche vor dem Computerbildschirm zugebracht. Bis Knud nachher kommen würde, blieb ihr eine Menge Zeit. Der für heute angesagte Regen ließ auf sich warten. Den Tidekalender befragend stellte sie voller Freude fest, dass die Flut gerade ihren höchsten Punkt erreicht hatte. Das klang vielversprechend, um den Kopf wieder frei zu bekommen. Sie würde die Gedanken an Helga nicht ganz abschütteln können,

aber vielleicht kam ihr mit etwas Abstand die eine oder andere Idee, was damals passiert war. Entscheidend war ja die Frage, ob die alten Ereignisse sich auf die Taten des Wochenendes ausgewirkt hatten.
Schnell zog sie sich warme, windabweisende Kleidung über, um sich für einen ausgiebigen Strandspaziergang zu rüsten. Wie die meisten Eiderstedter liebte sie die tosende Nordsee und freute sich darauf, die Wellen zu beobachten, wie sie von dem frischen Wind auf den Sand gespült wurden. Greta gehörte nicht zu den Muschelsammlern. So wie Knud gefiel es ihr am besten, wenn sie am Strand liegenblieben. Obwohl es die Pracht dann zerstörte, liebte sie außerdem das knackende Geräusch, wenn sie beim Drauftreten zerbrachen. Gern hielt sie nach Bernstein Ausschau, auch wenn sie bislang nicht viel gefunden hatte.
Wie erwartet standen auf dem Parkplatz am Ordinger Strand nur wenige Fahrzeuge. Das war eindeutig ein Vorteil des sonst so ungeliebten Novembers. Sie nahm die beiden weißen Rosen vom Beifahrersitz, die sie unterwegs gekauft hatte. Auf diese Weise wollte sie sich von ihrer Freundin verabschieden und sie außerdem um Verzeihung bitten, weil sie sie anscheinend nicht immer richtig verstanden hatte. Manchmal gab einem das Schicksal keine zweite Chance, das erfuhr sie zum wiederholten Male. Die trüben Gedanken beiseiteschiebend marschierte sie mit forschen Schritten an die Wasserkante. Für die Aktion mit den Rosen wäre ablaufendes Wasser besser gewesen, aber sie war einem Impuls gefolgt. Sicherlich würde sie die richtige Stelle finden, an der sie die Blumen ins Wasser werfen konnte, ohne sie kurz darauf auf dem Strand wiederzufinden.
Die Beobachtung einiger unerschrockener Kite-Surfer, die sowohl Wind und Wellen als auch der Kälte trotzten,

lenkte sie für eine Weile von den Gedanken rund um den Mord an ihren Freunden ab. Sie verzichtete darauf, das Tempo zu verlangsamen, egal was ihre Aufmerksamkeit erregte. Es tat ihr nicht nur gut, sich körperlich auszupowern, sondern steigerte außerdem ihre Vorfreude auf die abendliche Mahlzeit mit Knud. Sie war gespannt, was er zu ihrer Recherche und überhaupt zu dem Unfall sowie dem möglichen Zusammenhang sagte. Vielleicht schüttelte er nur den Kopf über ihren Übereifer. Egal, so viel Zeit hatte sie ja nicht investiert. Morgen würde sie wieder ins Büro fahren, da gab es sicherlich genug Arbeit, die auf sie wartete.

Als die aufziehenden Wolken immer dicker wurden, kehrte sie um. Der Wind blies ihr auf dem Rückweg scharf ins Gesicht. Wieder wurde ihr wehmütig bewusst, wie endgültig der goldene Oktober vorbei war. Sie stemmte sich gegen die frische Brise, die es ihr unmöglich machte, das vorherige Tempo zu halten.

Als sie schließlich ihr Auto erreichte, war sie total abgekämpft. Kurz überlegte sie, ob sie auf einen Milchkaffee zur *Weißen Düne* fahren sollte – vielleicht erfuhr sie von Torge ein paar Neuigkeiten – doch ein Blick zur Uhr zeigte ihr, dass es schon später als erwartet war. Sie würde jetzt heimkehren, um heiß zu duschen. Mehr als Knud wusste der Hausmeister vermutlich auch nicht, und es war ja gar nicht mehr lange hin, bis ihr Sohn sie abholen wollte.

Obwohl Greta es nicht erwartet hatte, erschien Knud pünktlich. Da beide hungrig waren, brachen sie sofort auf. Das letzte gemeinsame Essengehen war bereits eine geraume Weile her, umso mehr freute sich Greta auf den bevorstehenden Abend. Insgeheim hatte sie sich gefragt, ob er seine attraktive Kollegin Charlotte Wiesinger mitbringen würde, aber das tat er nicht. Auch wenn sie darauf brannte, Knud von ihren Vermutungen zu erzählen, nahm sie sich außerdem vor, aus ihm herauszukitzeln, ob sich zwischen den beiden etwas anbahnte.

„Stell dir vor, Ansgar Johannsen hat sich verlobt! Im nächsten Jahr will er eine große Sommerhochzeit feiern", eröffnete Knud das Gespräch, nachdem sie in einer lauschigen Ecke in dem Restaurant *Die Insel* Platz genommen hatten.

„Das glaube ich erst, wenn ich es sehe. Nächsten Sommer! Bis dahin hat er noch eine ganze Handvoll Deerns verschlissen. Wenn das man ausreicht", antwortete Greta ungewohnt aufgebracht.

„Das klingt so, als hätte er dich ebenfalls sitzengelassen", frotzelte Knud, was seine Wirkung nicht verfehlte.

„Sehr witzig! Als ob der sich mit so einer alten Schachtel wie mir abgibt!" Greta attackierte die Serviette, die auf ihrem Platz lag.

„Warum bist du denn so verärgert?", fragte Knud in einem versöhnlichen Tonfall nach.

„Er hat im letzten Sommer die Tochter einer meiner Freundinnen bezirzt, verführt und dann wieder fallen gelassen. Angeblich hatte er ihr alles Mögliche versprochen, aber dann natürlich nicht gehalten", antwortete Greta mit blitzenden Augen. „Die Mutter hat genauso gelitten wie die Tochter."

„Und du scheinbar gleich mit." Knud gab sich keine Mühe, sein Lachen zu unterdrücken. „Ansgars Ruf eilt ihm voraus. Damit hätte sie rechnen müssen."

„Ja, ist ja mein Reden. Schön, wie du dich über deine Mutter amüsieren kannst", gab sie ein wenig beleidigt zurück.

„Ach, lass doch. Kann uns ja egal sein. Wir könnten eine Wette abschließen, da wir aber scheinbar beide nicht an das Stattfinden des großen Ereignisses glauben, macht es wohl nicht viel Sinn." Knud lachte weiterhin „Hast du schon einen Blick in die Karte geworfen?", versuchte er das Thema zu wechseln, was ihm damit gelang.

„Brauche ich nicht. Ich nehme den *Burger Nr. 2* – darauf freue ich mich schon den ganzen Nachmittag. Nordfriesisches Rindfleisch vom Galloway mit Rucola und Tomatenmarmelade, das ist so lecker! Außerdem wird es mir ein bisschen Kraft geben. Ich war den halben Nachmittag am Strand."

„Gut, dann schließe ich mich an. Schön, dass es dir wieder besser geht. Ich habe mir wirklich Sorgen um dich gemacht." Knud Blick bestätigte seine Aussage.

„Ach, Unkraut vergeht nicht. Mir ist ja nichts passiert. Nun erzähl doch mal, was die Obduktion ergeben hat. Ist doch viel interessanter als Hochzeitspläne – es sei denn es handelt sich um deine, dann würde ich mich dafür interessieren", setzte sie schmunzelnd nach. Doch so leicht ließ Knud sich nicht aus der Reserve locken.

„Tja, darauf wirst du lange warten müssen. Zu diesem Thema gibt es keine Neuigkeiten. Willst du nun wissen, was Ansgar gesagt hat, oder nicht?" Knud griente in gewohnter Manier, weil er natürlich genau wusste, wie sehr sie darauf brannte, alles zu erfahren, was mit dem Fall zusammenhing.

„Schieß los", forderte Greta ihn ungeduldig auf. „Gibt es denn etwas Besonderes zu berichten?"

„Also, beginnen wir mit der Tatzeit. Die beiden sind zwischen fünf und halb sechs erschossen worden – Helga vermutlich zuerst. Bei ihr wurde der Schuss aus der Nähe abgefeuert, bei Wilfried aus größerer Entfernung. Das weist auf einen präzisen Schützen hin. Wenn Hannes nicht beim Aufbau für die Party geholfen hätte, sondern erst für ein Eintreffen gegen sieben losgefahren wäre ..."

„Dann wäre er vermutlich das dritte Opfer des Mörders geworden“, ergänzte Greta den Satz. „Aber konnte er das wissen?“
„Was meinst du?“, fragte Knud nach.
„Konnte der Schütze wissen, dass Hannes auf die Party eingeladen war?“
„Sie ist überall groß angekündigt worden. Wer eingeladen war, hat sich vielleicht herumgesprochen“, antwortete Knud.
„Tja, das bringt uns trotzdem nicht weiter.“ Greta überlegte einen Moment, bevor sie die nächste Frage stellte: „Habt Ihr schon eine Vermutung zu dem Täter und seinem Motiv? Oder kann es sich sogar um eine Täterin handeln?“
Bevor Knud antworten konnte, wurden die Burger serviert. Beide machten sich sofort darüber her. Vorerst erstarb das Gespräch. Schließlich erzählte Knud von den Ausflügen zur Hallig Hooge sowie nach Hamburg, auf denen sie die Geschwister kennenlernten, was für die Ermittlung jedoch vorerst keine bahnbrechenden Erkenntnisse brachte.
„Leevke und Domenick haben ein Alibi. Letzteres wurde allerdings nur durch seine Freundin bestätigt. Smilla war allein zu Hause. Ob sie als Täterin in Frage kommt, können wir bisher nicht sagen. Ich halte es eher für unwahrscheinlich, aber natürlich geht es nicht nach meinem Bauchgefühl.“ Knud schnitt eine Grimasse. „Ach, ja – und dann ist da noch Ragnar ...“
„Leevkes Mann? Ihr verdächtigt ihn des Mordes an seinen Schwiegereltern? Ernsthaft?“ Greta kam aus dem Staunen nicht mehr heraus.
„Verdächtigen ist zu viel gesagt. Er ist verschwunden. Im Grunde hat Leevke selbst die Frage gestellt. Alternativ könnte er eine Affäre haben oder einfach nicht nach

Hause kommen. Der Haussegen scheint dort ziemlich schief zu hängen!“ Knud unterstrich seine Aussage mit einem betroffenen Gesicht.
„Auch das noch, als ob es nicht so schon reichen würde“, rief Greta aus. „Die arme Familie. Manchmal kommt es aber wirklich dicke.“
Bevor Knud etwas entgegnen konnte, vibrierte sein Telefon. „Ich hatte gehofft, es würde heute Abend einmal schweigen“, murmelte er unzufrieden. Beim Blick auf das Display wurde er blass. „Es ist Torge, da wird doch hoffentlich nichts passiert sein!“

Leevke auf Hallig Hooge | Dienstag, den 03. November

Leevke starrte wie hypnotisiert auf den kleinen Riegel, den sie gerade auf der Unterseite des alten Schreibtisches entdeckt hatte. Von Ragnar wusste sie, dass sich das wuchtige Möbelstück bereits seit Generationen in Familienbesitz befand. Es war sein ganzer Stolz, auch wenn er im Grunde zum Arbeiten am Computer unpraktisch war. Würde sie an dieser Stelle das Geheimnis ihres Mannes lüften? Nachdem sie mehrere Stunden in die Suche nach einem Beweis oder zumindest einem Indiz für seine Untreue gesteckt hatte, war sie sich plötzlich nicht mehr sicher, ob sie es überhaupt wissen wollte. Wie würde es ihr Leben verändern? Und das ihrer Kinder? Über ihre finanzielle Situation brauchte sie sich nicht zu sorgen, aber wie wäre es ohne Ragnar an ihrer Seite? Auf jeden Fall war sie im Begriff, ihren besten Freund zu verlieren.

Sollte sie lieber die Augen vor dem verschließen, was sie seit Monaten beunruhigte? Weiter mit der Lüge leben, statt endlich Klarheit in ihre Situation zu bringen? War die Öffnung eines Verstecks der richtige Weg oder sollte sie doch lieber das Gespräch mit ihm suchen?

Unschlüssig starrte sie auf den unscheinbaren Verschluss. Vielleicht gab es dort gar nichts zu entdecken – oder nur eine alte Hinterlassenschaft seines Großvaters.

Unfähig, eine Entscheidung zu treffen, rappelte sie sich aus der unbequemen Position auf dem Fußboden auf. Sie brauchte ein wenig Zeit, um darüber nachzudenken. Die konnte sie effektiv dafür nutzen, in dem Arbeitszimmer wieder Ordnung zu schaffen. Eine Liste der möglichen Orte, an denen Ragnar auf dem Festland zu finden war, hatte sie in ihr Notizbuch geschrieben. Das wäre dann die nächste anstehende Entscheidung. Sollte sie aufs Festland übersetzen, um Ragnar zu suchen und zur Rede zu stellen? Oder wirkte sie dann wie die wild gewordene und eifersüchtige Ehefrau, die ihrem Mann nachstellte? Machte ihr das etwas aus oder war es egal? Nicht einmal diese Frage konnte sie mit Bestimmtheit beantworten.

Nachdem sie alles wieder an seinen Platz gerückt hatte, war es Zeit, das Mittagessen für die Kinder vorzubereiten, was ihr einen plausiblen Grund gab, das Öffnen des Faches weiter hinauszuzögern.

Gedankenverloren stocherte sie schließlich auf ihrem Teller herum, während ihre Kinder sich freudestrahlend auf die Spaghetti stürzten. Ihre sensible Tochter war die Erste, der es auffiel.

„Mama, du isst ja gar nichts! Hast du Sorgen?"

„Nein, meine Kleine." Leevke versuchte zu lächeln, was aber gründlich misslang.

„Ist es wegen Oma und Opa? Bist du traurig, weil sie nicht mehr da sind?"

„Ich bin traurig, weil sie auf so schreckliche Art aus dem Leben scheiden mussten. Wir haben uns nicht verstanden, aber so etwas wünscht man niemanden."
„Du musst aber trotzdem was essen", erwiderte die Vierzehnjährige mit großem Ernst.
„Ah, das kommt mir ja sehr bekannt vor. Kann das sein, dass du gerade meinen Text klaust?" Es kostete Leevke viel Kraft, diesen leichten Ton anzustimmen, um die Atmosphäre ein wenig aufzulockern.
„Ja, aber ich darf das. Der Zweck heiligt die Mittel."
Unwillkürlich musste Leevke lachen – und war ihrer Tochter gleichzeitig dankbar.
„So, Madame Neunmalklug, dann iss jetzt deine Nudeln auf. Wie sind Eure Pläne für den Nachmittag?" Der Gedanke an das Geheimfach schob sich wieder in Leevkes Bewusstsein. Sie wollte allerdings auf keinen Fall von einem ihrer Kinder beim Schnüffeln in Ragnars Sachen erwischt werden. Was gäbe das für ein Vorbild!
Beide Kinder waren mit Freunden verabredet und wollten gegen halb vier das Haus wieder verlassen. Schon bei der Vorstellung, das Fach dann zu öffnen, kribbelte es in ihrer Magengrube.
Endlich war es soweit. Während der Wartezeit hatte sich eine große Ungeduld aufgebaut, nun stellte Leevke ihre Entscheidung nicht mehr in Frage. Sie musste einfach wissen, ob sich dort die Lösung des Rätsels befand. Mit zitternden Fingern versuchte sie, den kleinen Riegel zu bewegen, aber er saß fest. Erst als sie sich einen Nagel tief eingerissen hatte, stand sie wieder auf, um sich nach einem Werkzeug umzuschauen. Wo war der Brieföffner abgeblieben? Mit fahrigen Händen kramte sie in der obersten Schublade, in der sie meinte, ihn gesehen zu haben. Nachdem sie ihn gefunden hatte, atmete sie einmal tief durch. Ruhe bewahren! Das Versteck lief ja nicht

weg. Mit diesen zitternden Fingern würde sie eher das Werkzeug abbrechen, als den Riegel aufzuschieben. Um wieder herunterzukommen, öffnete sie das Fenster, sog die frische Luft ein und ließ ihren Blick bis zum Horizont schweifen. Langsam beruhigte sie sich wieder.

Beim nächsten Versuch ging es ganz leicht. Die kleine Klappe öffnete sich ohne Mühe und im selben Moment fielen einige zusammengefaltete Blätter Papier sowie ein Schlüssel zu einem Bankschließfach vor ihr auf den Boden. Überrascht über den schnellen Erfolg konnte sie sich für einen Augenblick gar nicht rühren. Schließlich betrachtete sie das Papier genauer. Ob es wirklich Ragnar gehörte? Zumindest sah es neu aus – nicht vergilbt, als würde es bereits Jahrzehnte hier liegen. Aber vergilbte Papier auch, wenn es so abgeschlossen im Dunkeln aufbewahrt wurde? Leevke wusste es nicht.

Sich einen Ruck gebend faltete sie die Bogen auseinander. Für einen Schlag setzte ihr Herz aus. Sie hielt einen Handyvertrag auf den Namen ihres Mannes in Händen. Ihr Blick fiel auf die Nummer, womit klar war, es handelte sich um einen zweiten Anschluss. Als ob sie das nicht sofort gewusst hatte. Nun stand es hier schwarz auf weiß. Schwindel erfasste sie. Kraftlos lehnte sie sich gegen den Schreibtisch. Außerstande einen klaren Gedanken zu fassen, saß sie einfach nur da und starrte auf das Schriftstück. Die Buchstaben verschwammen vor ihren Augen, ihr wurde kalt.

Ihre letzten Kräfte zusammennehmend rappelte Leevke sich auf, um das Fenster zu schließen. Den Schlüssel nach wie vor in der linken Hand haltend wischte sie sich die Tränen aus den Augen, doch es half nichts. Die Wörter tanzten auf dem Papier. Was hatte das bloß zu bedeuten? Sowohl die mögliche Existenz einer Geliebten als auch die Beteiligung an einem Mordkomplott rückten damit ein wenig näher. Leevke kam sich vor wie in einem schlechten Film. Noch vor einem halben Jahr hätte sie über solche Theorien lauthals gelacht, aber die Dinge hatten sich geändert. Wie sollte sie nur herausbekommen, auf welche Abwege Ragnar geraten war?

Am liebsten hätte sie die Nummer angerufen, doch was sollte das bringen? Ganz offensichtlich hatte ihr Göttergatte etwas zu verbergen. Das würde er ihr kaum am Telefon beichten, wenn sie diesen Anschluss jetzt anrief. Nein! Da musste ein ausgefeilterer Plan her. Vermutlich kam sie nicht drumherum, selbst aufs Festland überzusetzen. Doch das klappte frühestens am Mittwoch.

Der Vertrag war bereits vor acht Monaten abgeschlossen worden, aber diese Information brachte sie nicht weiter. Ihr Blick fiel auf den Schlüssel in ihrer Hand. Wofür brauchte Ragnar ein Bankschließfach? Gab es eine ganz andere Erklärung? Arbeitete er schwarz und bunkerte das Geld? Aber warum sollte er sie nicht einweihen? Hatte er Angst, sie würde versuchen, es ihm auszureden – insbesondere, seit sie selbst so viel verdiente? Kam er damit nicht klar und versuchte, es auf diese Weise zu kompensieren? Sie drehte sich im Kreis!

Plötzlich wurde es ihr alles zu viel. Erst die Nachricht über den Tod der Eltern, jetzt diese Geheimnisse ihres Mannes – mit all den Fragen ohne Antworten. Der rare Schlaf der letzten Nacht forderte seinen Tribut. Sie nahm den Schlüssel und den Vertrag mit, als sie den Raum verließ. Wie am Tag zuvor legte sie sich einfach auf ihr Bett, um wenigstens ihren Augen ein wenig Erholung zu verschaffen.

Nachdem das Klingeln ihres Smartphones sie aus dem Schlaf gerissen hatte, brauchte sie eine Weile, um sich zu orientieren. Draußen war es dunkel, was im November

keine hohe Aussagekraft besaß. Bevor sie wusste, wie spät es war, erkannte sie Smillas Namen auf dem Display. Ihre kleine Schwester rief zurück! Am liebsten hätte sie sich erst einmal kaltes Wasser ins Gesicht geklatscht, um wach zu werden. Sie wollte Smilla aber nicht auf die Mailbox laufen lassen.
„Hhm, moin Smilla." Mehr bekam sie nicht heraus. Ihre Stimme klang belegt.
„Leevke, hab ich dich etwa geweckt? Oh, das tut mir leid! Ich habe nicht damit gerechnet, dass du jetzt schläfst", plapperte sie weiter, ohne auf die Antwort zu warten. „Zwei Kommissare aus St. Peter-Ording waren gerade bei mir ... ich muss mit jemandem reden." Es folgte es kurze Pause. „Ich wusste nicht, wen ich sonst anrufen sollte."
„Schon gut. Ich habe mich ja bei dir gemeldet. Tut mir leid. Du solltest es nicht von der Polizei erfahren." Langsam wurde Leevke wieder wach. Nach der Uhrzeit auf dem Wecker, der auf ihrem Nachttisch stand, konnte sie nicht lange geschlafen haben.
„Was ist denn bloß passiert?" Smilla wirkte komplett aufgelöst.
„Sie sind tot, Kleines, erschossen – mehr wissen wir bisher nicht", antwortete Leevke. Es kam ihr selbst ein bisschen hart vor, es so schonungslos auszudrücken, aber wie sollte sie die Tatsache beschönigen? Außerdem war Smilla ja schon informiert worden.
„Ja, ich weiß, aber ich kann mich nicht mehr erinnern, was die Kommissare mir alles erzählt haben. Leevke! Ich war Samstagabend allein zu Haus, um an meinem Bild zu arbeiten – der praktischen Abschlussprüfung. Ich habe kein Alibi! Was, wenn die Polizei mich verdächtigt, Mama und Papa umgebracht zu haben?" Ihre ohnehin sehr helle Stimme wurde schrill.

„Haben sie so etwas angedeutet?“, fragte Leevke nach.
„Ich weiß es nicht. Es ist alles im Rauschen untergegangen. Ich habe ihnen gesagt, ich fühle mich schuldig – für die ganzen Probleme in unserer Familie.“ Smilla beruhigte sich ein wenig.
„Ja, aber da kannst du nichts für, das wissen wir mittlerweile. Warum sollten sie dich verdächtigen?“
„Keine Ahnung. Die Familie wird immer zuerst überprüft. Ich habe kein Geld, wir hatten Streit, ... was weiß ich, was der Polizei alles einfällt.“ Sie drehte wieder auf.
„Smilla, reg dich nicht auf ...“
„Das sagst du so. Du hast ja auf deiner Hallig das beste Alibi. Dir passiert nichts.“ Wieder legte sie eine Pause ein. Gerade als Leevke zu einer Erwiderung ansetzen wollte, sprach Smilla weiter: „Leevke, bitte, kommst du zu mir nach Hamburg? Ich habe Angst.“
Das passte weder zu ihren Plänen, noch hatte sie Lust, für Smilla den Babysitter zu spielen. Sie war alt genug, um auf eigenen Beinen zu stehen. Außerdem würde sie sicherlich nicht verdächtigt werden.
„Nein, das geht leider gar nicht. Ragnar ist auf dem Festland. Im Moment komme ich hier nicht weg.“ Sie war kurz davor, etwas hinzuzufügen, aber was wusste ihre kleine Schwester schon von ihren Problemen.
„Bitte Leevke! Du kennst doch alle auf Eurem Eiland. Es sorgt bestimmt jemand für deine Kinder.“ Obwohl Smilla wie ein kleines Mädchen quengelte, musste Leevke unwillkürlich lächeln. Es hatte ungefähr fünfzehn Jahre gedauert, ihren Geschwistern beizubringen, dass Hooge durch das regelmäßige Landunter keine Insel war. Wenn sie nicht Hallig sagte, benutze ihre Schwester nun den Begriff *Eiland*, was genau genommen ebenfalls Insel beziehungsweise im heutigen Sprachgebrauch *kleine Insel*

bedeutete. Sie verdrängte die nutzlosen Gedanken und konzentrierte sich wieder auf das Gespräch.
„Es sind außerdem drei Hunde sowie vier Katzen." Wieso musste sie sich schon wieder rechtfertigen? Würde sie irgendwann in der Lage sein, aus dieser defensiven Rolle zu schlüpfen? Unwillkürlich straffte sie sich, um den nächsten Worten mehr Nachdruck zu verleihen. „Nein, Smilla. Es ist nicht möglich. Du hast doch bestimmt eine beste Freundin in Hamburg."
„Ich bin jetzt ganz allein", jammerte diese stattdessen weiter.
„Du warst vorher genauso allein. Wir sind seit Jahren auf uns selbst gestellt. Das hast du doch bisher prima gemeistert. Es ändert nichts. Es fühlt sich vielleicht so an, aber es ist alles wie vorher. Einzig Hannes auf dem Hof muss jetzt sehen, wie er die Arbeit ohne die Eltern bewältigt." Leevke war sich sicher, Smilla würde es anders sehen, spürte aber bereits die wachsende Ungeduld. Sie sollte das Telefonat so bald wie möglich beenden, bevor sie ungerecht wurde oder einen Streit anfing, der sie beide Kraft kostete, aber zu nichts führte.
„Fährst du nach Hause?", fragte Smilla leise.
Nach Hause! Alles in Leevke sträubte sich. Das war typisch für ihre Schwester. Nach wie vor sah sie den Hof in Neu-Augustenkoog als Zuhause an.
„Ich bin zu Hause, Smilla. Der Hof ist seit so langer Zeit alles andere als das. Jahrelang habe ich mich dort nicht wohlgefühlt, bevor ich endlich in der Lage war, auszuziehen. Hast du plötzlich vergessen, wie sie waren? Du bist doch selbst geflohen! Bis auf Hannes haben wir es alle nicht ausgehalten. Also stell sie jetzt nicht auf einen Sockel, nur weil sie ermordet wurden. Genau genommen haben sie es verdient."

„Wie kannst du nur so reden! Sie haben Fehler begangen, aber so ein schreckliches Ende … das haben sie nicht verdient.“ Smilla redete sich in Rage. Eben noch hilflos, spielte sie sich nun als Verteidigerin auf.
Leevke hatte genug!
„Smilla, lass uns ein anderes Mal weiterreden. Ich muss mich jetzt um das Abendessen für meine Kinder kümmern.“ Es fiel ihr selbst auf, wie sie schon zum zweiten Mal ein Telefonat mit einem ihrer Geschwister auf diese Weise beendete. Was für eine Familie!

Am Dienstag stand sie mit dem Gefühl auf, das sei ernsthaft alles Blödsinn. Wo hatte sie sich in den letzten Tagen nur hineingesteigert? Vielleicht nahm die Ermordung der eigenen Eltern sie doch mehr mit, als sie zugeben wollte. Zu mutmaßen, Ragnar könnte sich eine Geliebte zugelegt zu haben, war nicht so abwegig. Ihn aber des Mordes zu verdächtigen, ging zu weit! Sie sollte sich lieber auf ihr Manuskript konzentrieren, mit dem sie nach ihrem selbst aufgestellten Zeitplan leicht in Verzug war. Was würde es schon bringen, jetzt auf dem Festland nach Ragnar zu suchen? Die Zeit war besser genutzt, wenn sie ihre Arbeit erledigte. Ein klärendes Gespräch konnten sie ebenso gut nach seiner Rückkehr hier auf der Hallig führen. Die ganze Angelegenheit würde im Zweifel eskalieren, wenn sie bei ihm auftauchte, um ihn zur Rede zu stellen. Wenn wirklich eine andere Frau bei ihm war, schwächte sie ihre eigene Position. Besser sie blieb hier, um an ihrem Buch zu schreiben.
Soweit der Vorsatz. Doch die Worte flossen nicht. Eigentlich hätte sie es besser wissen müssen. Probleme beeinträchtigten seit jeher ihre Kreativität. Das war ja genau der Grund, warum sie in Verzug war. Zu oft waren ihre

Gedanken zu Ragnar gewandert, statt sich auf die Liebesgeschichte ihrer Protagonisten zu konzentrieren.
Gegen zwölf Uhr klappte sie genervt ihren Laptop zu. Auch wenn sie hier noch stundenlang saß, würde nicht mehr als das berühmte weiße Blatt dabei herauskommen. Das brachte sie kein Stück weiter. Die wenigen abgequälten Sätze landeten später sicher im digitalen Papierkorb.
Einen Moment wusste sie nicht, wie sie weiter vorgehen sollte. Sie hatte sich erst vor wenigen Stunden gegen das Verlassen der Hallig entschieden. Ihre Gedanken, die ständig um die Suche nach Ragnar kreisten, ließen sich jedoch nicht abstellen. Vielleicht brauchte auch Hannes ihre Hilfe auf dem Hof. Ein weiteres Scheinargument. Sicherlich konnte er Unterstützung gebrauchen, aber das war natürlich nur ein Nebenschauplatz. Trotzdem bereitete sie die Überfahrt vor. Musste sie immer funktionieren? Musste alles, was sie tat, sinnvoll sein? Im Grunde hatte sie es satt, ständig vernünftig zu sein.
Also organisierte sie die Versorgung für ihre Kinder und Tiere, packte eine Tasche und buchte die Fähre sowie einen Leihwagen. Am liebsten hätte sie dazu ein Hotelzimmer oder ein kleines Appartement reserviert, aber das hätte Hannes ihr wohl übel genommen. Bei ihm auf dem Hof zu wohnen, brachte neben der Verantwortung ebenfalls die Erinnerung mit, auf die Leevke gerne verzichtet hätte. Nun gut, sie musste auf jeden Fall nach ihrem kleinen Bruder sehen. Warum nicht gleich dort Quartier beziehen? Es sollte ja kein Urlaub werden.
Obwohl schließlich alles vorbereitet war, nagten weiterhin Zweifel, die Fähre wirklich zu besteigen. Die Kinder wollten mitkommen, verstanden aber, dass es sich nicht um einen Familienausflug handelte. Wie vernünftig sie schon waren!

Am liebsten hätte sich Leevke nach dem Abendessen ein oder zwei Gläser Rotwein gegönnt, um innerlich ruhiger zu werden, hatte aber Angst vor dem schweren Kopf am nächsten Morgen.

Da weder das Fernsehprogramm sie begeisterte noch ein erneuter Kampf mit ihrem Manuskript sie reizte, legte sie sich früh ins Bett – in der Hoffnung, einen traumlosen Schlaf zu finden.

Als ihr Telefon sie erneut wachklingelte, wusste sie sofort, dass wieder etwas Schlimmes passiert war.

Torge in Augustenkoog | Dienstag, den 03. November

Kaum hatte Torge die Augen geschlossen, wurde er von einem neuen Schrecken erfasst. Da war doch eben ein Schatten auf ihn gefallen! Im ersten Moment war es deutlich heller gewesen, oder bildete er sich das nur ein? Sein Herz klopfte ihm bis zum Hals, er fing an zu schwitzen. Krampfhaft hielt er sein Handy umklammert, damit es ihm nicht wieder aus der Hand rutschte. Er wagte nicht, die Augen zu öffnen. Vielleicht wurde er verschont, wenn er sich einfach tot stellte. Viel fehlte dazu nicht. Wenn er gleich nicht ebenfalls erschossen wurde, würde er wohl an einem Herzinfarkt sterben.
Wäre er doch bloß bei Annegret in seiner Kate in Tating geblieben! Wie sollte er mit heiler Haut aus dieser Situation herauskommen?
„Herr Trulsen!“, wurde er leise angesprochen. „Herr Trulsen! Geht es Ihnen gut? Sind Sie unverletzt?“

Einen Moment lang konnte er es nicht fassen, als er die Stimme des Bodyguards erkannte. War das eine Falle? Wunschdenken? Oder Entwarnung? Noch traute er sich nicht, die Augen zu öffnen.

„Herr Trulsen! Sagen Sie doch was!" Der Personenschützer wurde eindringlicher. Endlich wagte es Torge, ihn anzuschauen.

„Na, Gott sei Dank! Sie leben. Sind Sie unverletzt?", wiederholte er seine Frage.

„Jo." Torges Antwort war nicht mehr als ein Krächzen. Er räusperte sich, bevor er weiterredete. „Bitte, helfen Sie mir auf, ich bin vor Angst und Kälte ganz verkrampft."

Den kräftigen Mann kostete es keine Mühe, Torge wieder auf die Füße zu bringen.

„Was ist passiert?", wollte der Hausmeister sofort wissen. „Wo sind die anderen? Ich bin tausend Tode gestorben!"

„Zu Recht! Es sieht übel aus. Wir haben Larsson und Kaminski verloren ..."

Torge war kurz davor, wieder umzufallen. „Was meinen Sie mit: ‚Wir haben sie verloren'?" Noch hoffte er, eine andere als die erwartete Antwort zu hören, aber er wurde enttäuscht.

„Der Mörder ist zurückgekehrt. Muss ein Profi gewesen sein. Die beiden waren wirklich gute Schützen, außerdem exzellente Beobachter. Kann mir nicht vorstellen, dass ein Amateur sie erwischt hat."

Das Rauschen in Torges Ohren kehrte zurück. Zwei der Personenschützer waren erschossen worden. Der Albtraum setzte sich fort. Was war mit dem vierten Kollegen und Hannes geschehen? Hatte der Schütze sie ebenfalls getroffen oder war es ihnen gelungen, ihm zu entwischen?

„Was ist mit den anderen?“, fragte er seinen Retter.
„Weiß ich nicht. Kommen Sie, wir müssen sie finden. Vielleicht sind sie verletzt und brauchen einen Arzt. Können Sie mit einer Waffe umgehen?“ Der Polizist sah ihn besorgt an.
„Nein. Ich versuche, in Deckung zu bleiben. Schauen wir zuerst dort drüben auf der anderen Seite des Stalles. Da habe ich Hannes zuletzt gesehen.“ Torges Tonfall war forscher, als es seiner Stimmung entsprach. Wieder wünschte er sich, einfach in seinem Kombi das Weite zu suchen, aber das war keine Option. Nicht auszudenken, wenn der Mörder hier noch auf der Lauer lag. Torge hatte nicht vor, sein Leben in diesem einsam gelegenen, nach Kuhmist stinkenden Gemäuer zu lassen!
Langsam schlichen die beiden Männer in leicht geduckter Haltung durch den Stall. Ihm war bewusst, wie wenig Schutz ihnen das trotz der Mistforke, die Torge sich auf dem Weg gegriffen hatte, gab, aber beides verlieh ihm zumindest eine vage Illusion der Sicherheit. Der Regen trommelte weiterhin auf das Blechdach, als sie endlich am anderen Ende ankamen. Aus einer dunklen Ecke ertönte ein Stöhnen. Torge schmiss die Forke ins Stroh und erreichte mit zwei Schritten den Landwirt.
„Torge“, brachte dieser schmerzerfüllt über die Lippen. „Das Schwein hat mich erwischt. Bitte ruf einen Krankenwagen und Verstärkung.“
Warum war er nicht gleich darauf gekommen? Statt hier herumzuschleichen, hätte er erst bei Knud anrufen sollen! Die Angst hatte ihm das Hirn vernebelt, dabei war er deshalb doch extra durch den Gang gerobbt. Torge verdrängte den Ärger über sich selbst. Nachdem er einen Krankenwagen gerufen hatte, meldete er sich bei seinem Kumpel.

„Torge! Moin, du hast hoffentlich einen überzeugenden Grund, mich in meinem Feierabend zu stören“, hörte er seinen Freund scherzen.
„Knud, es ist ernst! Der Mörder ist zurückgekehrt. Er hat mindestens zwei der Personenschützer erschossen. Einer wird vermisst. Hannes liegt mit einer Schusswunde neben mir am Boden. Bitte komm mit der Wiesinger her und bring ein großes Team zur Verstärkung mit. Ich habe Angst“, fügte er seinen Anweisungen hinzu. „Beeilt Euch. Wir wissen nicht, ob der Täter noch in der Nähe ist!“
Nachdem Knud es versprochen hatte, legten beide ohne weiteren Gruß auf. Torge wandte sich wieder Hannes zu. „Wo hat er dich erwischt? Sollen wir dir aufhelfen?“ Statt einer Antwort ließ der Landwirt lediglich ein Stöhnen hören. „Hannes, sag was! Was soll ich machen?“ Aus den Augenwinkeln registrierte er, wie der Personenschützer sie mit gezückter Waffe sicherte. „Kannst du laufen?“, hakte Torge erneut bei dem Verletzten nach.
„Ich weiß nicht. Der Schuss hat mich am Oberarm getroffen, aber auf meiner Flucht bin ich umgeknickt. Bestimmt ist mein Knöchel verstaucht, er tut beinahe mehr weh als der Arm.“ Es strengte Hannes sichtbar an zu sprechen.
„Der Krankenwagen wird gleich hier sein“, versuchte Torge, den Freund zum Durchhalten zu motivieren.
„In Deckung“, rief plötzlich der Bodyguard, worauf sich der Hausmeister sofort wieder auf den Boden fallen ließ. Als er dabei gegen Hannes verletzten Arm stieß, schrie dieser gepeinigt auf.
„Seid still“, kam die nächste Anweisung von ihrem Bewacher. Torge blieb wie erstarrt liegen. Nach dieser Erfahrung musste er seine Vorliebe für Polizeiarbeit auf jeden Fall überdenken – wenn er noch dazu kam. Fühlte man sich so, wenn alles zu Ende ging?

Er spürte nur Angst und außerdem die Kälte, die von dem Betonboden in seine müden Knochen zog. Wieder drohte ein Krampf, weswegen er seine Position leicht veränderte. Er war dabei vorsichtig darauf bedacht, Hannes nicht wieder anzustoßen, der heftig atmend versuchte, weitere Laute des Schmerzes zu unterdrücken. Der Bodyguard stand hochkonzentriert nur einen Meter von ihnen entfernt. Plötzlich ließ er die Waffe sinken. Eine Welle der Panik rollte Torge entgegen wie das auflaufende Wasser der Nordsee. Wollte der Mann sie umbringen? Am liebsten hätte der Hausmeister ihn angeschrien, brachte aber keinen Laut aus der Kehle.
„Puh, hast du uns erschreckt!“, stieß der Personenschützer erleichtert aus.
Als Torge den Gang des Stalles hinunterblickte, erkannte er den vermissten vierten Polizisten.
„Der Stall ist sauber, Ihr könnt aus der Ecke hervorkommen“, antwortete er näherkommend. „Braucht Ihr Hilfe? Ist jemand verletzt?“
Die Sirenen der eintreffenden Rettungsfahrzeuge lenkten von den Fragen ab.
„Wartet hier. Wir sichern den Hof. Vielleicht trifft der Krankenwagen ein, bevor unsere Kollegen uns verstärken“, gab Torges Retter ihnen erneut Anweisungen.
Wenig später wurde Hannes unter Protest von den Sanitätern auf eine Trage gelegt.
„Torge, sag du es ihnen. Ich kann hier nicht weg. Wer soll denn die Tiere versorgen?“ Trotz des Schocks verbunden mit den Schmerzen brachte der Landwirt eine erstaunliche Energie auf. Er warf dem Hausmeister einen flehentlichen Blick zu.
„Das wird sich schon ergeben. Du bist nicht allein. Lass deine Wunde versorgen. Vielleicht wirst du danach gleich wieder entlassen. Mit einem verstauchten Knöchel

bist du nicht einsatzbereit", antwortete Torge beschwichtigend, während er interessiert beobachtete, wie sich der Hof mit den eintreffenden Polizeiwagen füllte. Dieses Mal schien Knud ein richtig großes Team zusammengetrommelt zu haben. Endlich entspannte sich Torge ein wenig. Frierend fühlte er sich wie ein stinkender Misthaufen, aber er war außer Gefahr.
Endlich traf Knud selbst zeitgleich mit der Wiesinger ein. Während die Mannschaften von dem in Flutlicht getauchten Hof für eine großflächige Suchaktion ausschwärmten, nahmen die Kommissare die Befragungen auf. Gerade verhinderte die toughe Hamburgerin das Schließen der Türen des Rettungswagens. Offensichtlich wollte sie mit Hannes reden, bevor dieser abtransportiert wurde.
Knud kam auf ihn und seinen Retter zu, der nach wie vor neben ihm stand und ihn, wie Torge jetzt erst auffiel, leicht stützte.
„Wie schaffst du es nur, immer im Zentrum des Geschehens zu sein?", begrüßte Knud ihn frotzelnd, aber mit ernstem Gesichtsausdruck.
„Dieses Mal wäre ich, ehrlich gesagt, lieber weit weg. Ich überlege sogar, ob ich meinen Posten als Hilfssheriff der Ordinger Polizei kündige. Wenn Annegret erfährt, was hier heute Abend los war, wird sie mir keine andere Wahl lassen", fügte er hinzu. Jetzt, wo die Gefahr gebannt war, wurden seine Knie butterweich. „Ich glaube, ich muss mich mal setzen. Hast du vielleicht eine Flasche Wasser im Wagen?"
„Eine Flasche wird wohl nicht reichen", antwortete Knud mit gerümpfter Nase. „Hast du dich in den Misthaufen geflüchtet?"

„Ja, so ungefähr. Es war wirklich gefährlich, darauf konnte ich keine Rücksicht nehmen.“ Torge drohte in Erinnerung an das gerade Durchlebte endgültig umzukippen.
„Ja, ich weiß. Leider ist es nicht vorbei. Komm, wir setzen uns in einen Mannschaftswagen. Dort bekommst du was zu trinken und kannst mir vertellen, was genau passiert ist.“
Nur mit Mühe schaffte er es zu dem Fahrzeug. Froh, sich endlich setzen zu können, merkte er, wie viel Kraft ihn der Abend gekostet hatte. Sein Zittern verstärkte sich wieder. Torge war sich nicht sicher, ob es von der Kälte oder der abklingenden Aufregung kam.
„Habt Ihr hier vielleicht auch einen heißen, starken Kaffee für mich?“, fragte er Knud, als dieser ebenfalls in das Auto kletterte.
„Wir sind etwas überstürzt aufgebrochen. Wenn du Kaffee willst, müssen wir ins Haus gehen, aber vielleicht treibt sich dort der Mörder herum“, antwortete Knud in ungewohnter Garstigkeit. Vermutlich wollte er Torge verdeutlichen, in welche Gefahr er sich mal wieder gebracht hatte.
„Ich hab doch schon angekündigt, dass ich mein Ehrenamt bei dir aufgeben werde. Hör auf, mich zu piesacken. Ich hätte mir vorhin vor Angst fast in die Hose gemacht.“ Torge war pikiert.
„Nach deinen Ausdünstungen könnte man meinen, das sei schon passiert“, setzte der Kommissar noch einen drauf.
„Ja, danke. Wenn man solche Freunde hat, braucht man keine Feinde. Soll ich erst mal duschen, um dann morgen in gepflegtem Zustand auf dem Revier auszusagen?“ An diesem Punkt war es mit Torges nordischem Pragmatismus vorbei. Eine seltene Gereiztheit stieg in ihm hoch.

„Schon gut, ich wollte dich nur ein bisschen auflockern, auch wenn du wirklich sehr ländlich duftest." Knud griente erneut, bevor er wieder ernst wurde. „Also erzähl mal: Was genau ist denn nun passiert?"
Konzentriert lauschte er daraufhin Torge Ausführungen, ohne ihn zu unterbrechen. Erst während dieser eine Pause eingelegte, wiegte der Kommissar den Kopf und fing dann an, seine Fragen zu stellen.
„War es hell in dem Stall oder dunkel?"
„Das Licht war eingeschaltet", antwortete der Hausmeister knapp.
„Die ganze Zeit?", fragte Knud nach.
„Ja, ich glaube schon. Worauf willst du hinaus?"
„Das hört sich für mich so an, als warst du recht gut sichtbar. Die Personenschützer meinen, es sei ein Profi am Werk gewesen, ein sehr präziser Schütze", führte Knud aus.
„Und?" Torge wurde ungeduldig.
„Die Kugel hat dich knapp verfehlt, das ist irgendwie sinnlos. Ohne wirklichen Schutz bist du eigentlich nur in Deckung gegangen, lagst aber die ganze Zeit im Gang. Habe ich das richtig verstanden?"
„Jo."
„Wenn der Mörder es auf dich abgesehen hätte, dann würdest du hier nicht mehr so quicklebendig sitzen", sinnierte Knud weiter.
„Besonders lebendig fühle ich mich gar nicht", frotzelte nun Torge, um die Spannung abzubauen, doch sein Kumpel reagierte darauf nicht.
„Die Ecke, in der Hannes arbeitete, war etwas dunkler, oder?"
„Ja, das stimmt. Jetzt, wo du es ansprichst, fällt es mir wieder ein. Ich glaube, da war ein Teil der Beleuchtung kaputt." Torge erinnerte sich, wie sie Hannes gefunden

hatten. Tatsächlich war es in diesem Teil des Stalles düsterer gewesen. „Der Täter hatte es auf Hannes abgesehen, aber was ist daran jetzt so spektakulär? War das nicht von vornherein klar?"
„Ja, eigentlich schon. Du warst doch jetzt jeden Tag hier, um auf dem Hof zu helfen, oder?", fragte Knud seinen Freund, worauf dieser lediglich nickte. „Hat Hannes irgendetwas angedeutet, worum es geht? Gab es Drohungen?"
„Das kann ich dir nicht sagen. Ich habe mehrfach versucht, etwas aus ihm herauszubekommen, aber er wollte nicht darüber schnacken."
„Überleg in Ruhe. Ich weiß, du willst am liebsten sofort nach Hause, aber jede Kleinigkeit kann wichtig sein. Hat er gar nichts angedeutet?" Knud guckte ihm direkt in die Augen, was Torge dazu brachte, erneut in seinem Gedächtnis zu forsten. Eine Weile schwieg der Kommissar, um die Überlegungen seines Freundes nicht zu stören. Als dieser schließlich den Kopf schüttelte, bohrte Knud weiter. „Hat er sich denn in irgendeiner Form über die Geschehnisse geäußert? Immerhin sind seine beiden Elternteile ermordet worden, wobei er selbst in Gefahr schwebte. Hat er an drei Tagen nicht ein Wort darüber verloren?"
Wieder verneinte Torge.
„Okay, dann anders gefragt: Welchen Eindruck hattest du denn von ihm? Am Samstagabend ist er ja komplett zusammengebrochen, aber Sonntag hat er die Arbeit auf dem Hof schon wieder aufgenommen."
Torge guckte ihn etwas hilflos an. „Vielleicht liegt es ja an mir. Ich verstehe wieder nicht, worauf du hinaus willst. Er hatte doch gar keine Wahl. Einer muss die Tiere versorgen."

„Ja, das meine ich nicht. Wie war er in den letzten Tagen drauf?“ Knud ließ nicht locker. Offensichtlich verfolgte er einen Gedanken, den er mit seinem Freund nicht teilte.
„Er war ernst ... in sich gekehrt. Eher traurig als wütend. Ich weiß nicht, wie ich es beschreiben soll. Er hat funktioniert. Der Hof mit den Tieren ist sein Ein und Alles. Er hat sich besonders gefordert, damit ich nicht überstrapaziert wurde. Ich denke, er würde auch mit der Schusswunde und dem verknacksten Fuß durch den Stall humpeln, wenn es sonst niemanden gäbe, der die Arbeit erledigt. Aber wie hilft dir das weiter?“
Während Knud über das Gesagte nachdachte, ohne auf die letzte Frage eine Antwort zu geben, erschien der Lockenkopf der Kommissarin in der Wagentür.
„Puh, Trulsen, Sie stinken ja wie ein Iltis. Ich habe mich schon gefragt, warum Sie bei diesem ungemütlichen Wetter mit offener Tür hier sitzen. Jetzt weiß ich es.“
„Fangen Sie auch noch an, Frau Wiesinger. Knud hat mich schon ausführlich auf die Schippe genommen“, schmollte Torge mit einem leichten Grinsen.
„Er hat schon mit Kündigung gedroht“, fügte Knud hinzu.
„In der *Weißen Düne*? Verstehe ich nicht!“, zeigte sich die Kommissarin ungewohnt begriffsstutzig. Sie sah heute extrem blass und mitgenommen aus. Vielleicht lag es daran.
„Nicht in der *Weißen Düne*“, schmunzelte Knud. „Sondern bei uns.“
„Wer´s glaubt, der irrt sich“, kommentierte sie daraufhin trocken. „Als ob Sie durch so ein Erlebnis dauerhaft abgeschreckt werden. Den Gefallen tun Sie uns bestimmt nicht!“

„Wie geht es Hannes?“, führte Knud das Gespräch wieder zu dem Fall zurück. „Hat er etwas geäußert, was uns in dem Fall weiterbringt?“
„Seit er medizinisch versorgt wird, wirkt er gefasst. Er will nach wie vor lieber auf dem Hof bleiben, statt ins Krankenhaus gebracht zu werden. Die Sanitäter diskutieren mit ihm“, antwortete Charlotte Wiesinger, wobei sie das Gesicht zu einer Grimasse verzog.
„Tja, so sind wir Nordfriesen. Wir wissen eben, was wir wollen“, verkündete Knud.
„Wenn man es nicht als starrköpfig bezeichnen möchte. Jedenfalls konnte er nicht viel Konstruktives beitragen, hat uns aber die Erlaubnis gegeben, den Wohnbereich der Eltern sowie das Büro des Betriebes zu durchsuchen. Die Spurensicherung ist jetzt drin, aber nach der Freigabe können wir loslegen.“ Die Kommissarin wirkte nicht so tatkräftig, wie ihre Aussagc vermuten ließ.
„Das wird eine ganze Weile dauern. Sie sehen ziemlich fertig aus. Da brauchen wir keine Nachtschicht zu absolvieren. Mit einer Lungenentzündung nützen Sie uns nichts. Kurieren Sie sich wenigstens bis morgen früh ein wenig aus“, antwortete Knud bestimmt, wobei wieder die Fürsorge in seiner Stimme mitklang. „Dann starten wir mit der Durchsuchung in den Tag. Anschließend treffen wir uns bei Fiete auf dem Revier, um alle Fakten zu sammeln sowie das weitere Vorgehen zu besprechen.“
Torge war an diesem Abend so froh wie noch selten zuvor, nach Hause zu fahren und sich damit aus den Ermittlungen auszuklinken.

Charlie in SPO | Mittwoch, den 04. November

Als Charlie am Dienstagabend in ihr Haus in St. Peter-Dorf zurückkehrte, fröstelte sie wie nach einem langen Spaziergang am verschneiten Strand. Sie feuerte ihren Kaminofen an und erhitzte sich eine Dosensuppe, doch weder das eine noch das andere vertrieb die Kälte. Im Gegenteil, es wurde immer schlimmer. Schon ewig hatte sie keinen Schüttelfrost mehr gehabt, aber meist schloss sich eine Grippe oder zumindest deftige Erkältung an. Das war das Letzte, was sie jetzt gebrauchen konnte! Ergeben ließ sie sich ein heißes Bad ein, so heiß wie es gerade auszuhalten war, um fünfzehn Minuten darin sitzenzubleiben. Schließlich kuschelte sie sich mit einem Glas Honigmilch eingemummelt in eine Wolldecke vor das flackernde Feuer. Noch nie war sie ein Fan des Novembers gewesen, diesen hätte sie am liebsten ganz aus dem Kalender gestrichen.

Wäre sie nicht so erschöpft gewesen, hätte sie sich jetzt Notizen zu dem Fall gemacht, aber sie konnte keinen klaren Gedanken mehr fassen. Die Geschehnisse des Tages in Verbindung mit der Erkältung hatten die gesamte Energie aus ihr herausgesogen. Selbst, um ins Bett zu gehen, fühlte sie sich zu kraftlos. Außerdem tat die Wärme des Kamins ihr gut.

Am nächsten Morgen wurde Charlie durch das Sturmklingeln an ihrer Haustür geweckt. Einen Moment lang war sie nicht in der Lage, das nervtötende Geräusch einzuordnen. Als ihr jedoch klar wurde, was es zu bedeuten hatte, sprang sie hektisch von dem Sofa auf. Heftiger Schwindel erfasste sie. Nur mit Mühe hielt sie das Gleichgewicht, indem sie sich an der Lehne festklammerte. Selbst nach einer Tequilaorgie hatte sie sich schon besser gefühlt.
Es klingelte weiter. Mühsam versuchte sie, ihren Bademantel überzuziehen. Ein Ärmel war auf links gedreht, wodurch es nicht auf Anhieb klappte. Ungeduldig zerrte sie an dem Kleidungsstück herum, während die Glocke sie weiter zur Eile antrieb.
„Ja, verdammt! Ich komme ja schon!“, brüllte sie in Richtung Tür, wodurch sich zwar ihre Kopfschmerzen verstärkten, das Klingeln aber kein Ende nahm. Endlich entwurschelte sich der Ärmel. Sie schlurfte zum Eingang ihres Hauses.
„Knud! Ist was passiert? Was soll der Terror?“, empfing sie ihn ungnädig ohne wirkliche Begrüßung.
„Moin Charlotte! Wie ich sehe, sind Sie echt groggy. Ich habe frische Franzbrötchen mitgebracht.“ Ohne auf ihren Unwillen einzugehen, öffnete er die Papiertüte. „Hier, halten Sie mal Ihre Nase hinein. Sie sind warm und duften herrlich.“

Automatisch tat sie wie geheißen. „Ich rieche nichts."
„Ah, das kommt von der Erkältung. Wenn Sie erst mal Kaffee getrunken haben, werden Ihre Lebensgeister wieder erwachen. Kommen Sie, ich koche Ihnen welchen."
Wie selbstverständlich betrat er ihre Küche und fing an, darin zu hantieren. Charlie schlurfte mühsam hinterher.
„Sie haben mich geweckt!", moserte sie weiter.
„Tja, Sie könnten erwägen, mir einen Schlüssel für Ihr Haus zu überlassen, dann kann ich Sie in Zukunft sanft mit einer frisch gebrühten Tasse Kaffee aus Ihren Träumen holen", neckte er sie, wobei sie sich sogar mit ihrem schmerzenden Kopf fragte, wie ernst die Bemerkung gemeint war.
„Und dann überraschen Sie mich hier mit meinem Liebhaber? Das könnte für alle Beteiligten peinlich werden", forderte sie ihn heraus, wobei sie sich selbst über ihre Schlagfertigkeit wunderte.
„Ach, darüber mache ich mir keine Sorgen. Goldblum ist wieder abgeschwirrt, Ansgar offensichtlich fast unter der Haube ..."
„Ja, und sonst kommt natürlich niemand in Frage", ergänzte sie ein wenig bissig.
„Lassen Sie sich nicht auf eine Diskussion vor dem ersten Kaffee ein", antwortete Knud schmunzelnd. „Vielleicht sind meine Argumente dann besser."
„Sie bekommen keinen Schlüssel", schmollte Charlie. „Nur über meine Leiche."
„Na, das wollen wir doch nicht hoffen – obwohl Sie heute nicht viel besser aussehen", scherzte er weiter.
„Keine dummen Witze vor dem ersten Kaffee", gab sie nicht besonders einfallsreich zurück, worauf sein Schmunzeln eine Spur ausgeprägter wurde.

„Wollen Sie vor dem Frühstück duschen oder sich dafür erst einmal stärken?“, fragte er sie, ohne auf ihre Bemerkung einzugehen.
Statt einer Antwort nahm sie auf einem der Küchenstühle Platz. „Am liebsten würde ich gleich wieder ins Bett kriechen“, stöhnte sie.
„Dieses Gespräch haben wir bereits auf der Fähre geführt. Wenn Sie sich gedopt haben, wird es besser. Sie wollen den heutigen Tag nicht verpassen. Ich bin mir sicher, wir kommen der Lösung des Falles näher.“
Charlie konnte Knuds Begeisterung nicht teilen. Offensichtlich wusste er aber etwas, das sie selbst übersehen hatte.
„Gibt es was Neues?“, fragte sie kraftlos.
„Kann ich noch nicht sagen. Bisher sind es nur ein paar Ungereimtheiten, die durch meinen Kopf wandern. Werden Sie erst mal fitter, dann weihe ich Sie später ein.“ Er stellte den größten Kaffeepott, den er in ihrem Schrank fand, vor ihr auf den Tisch. Ein Teller mit einem Franzbrötchen folgte. „Und? Kommt der herrliche Duft nach Zimt langsam bei Ihnen an?“
„Hhm, nein. Trotzdem vielen Dank für Ihre Mühe, Knud.“
„Gerne, Charlotte. Ist der pure Eigennutz. Ich will doch die Ermittlungen nicht ohne Sie fortsetzen.“

Von Charlies Haus fuhren sie direkt nach Neu-Augustenkoog, um den Wohnbereich von Helga und Wilfried Paulsen sowie das gemeinsam genutzte Büro zu durchsuchen. Hannes war tatsächlich in der Nacht aus dem Krankenhaus zurückgekehrt, um sich um den Hof zu kümmern, auch wenn er nur dirigierte. Zwei befreundete

Landwirte hatten auf seine Nachfrage sofort Hilfe angeboten, von früheren Einsätzen waren sie mit den Abläufen vertraut.
Bei der Kommissarin wirkte der Mix aus Koffein und Tabletten. Nach ihrer Ankunft war sie einigermaßen wach, die frische tat Luft ihr Übriges. Gemeinsam beschlossen sie, zuerst den Arbeitsraum zu durchsuchen. Zum einen wollten sie einen Blick in die Buchhaltung werfen, um zu gucken, wie es finanziell um den Hof stand, zum anderen hofften sie, etwas zu finden, das ihnen einen Hinweis auf ein mögliches Motiv gab. Um ihre Kräfte zu schonen, nahm Charlie an einem der beiden Schreibtische Platz, während Knud ihr die verschiedenen Ordner reichte. Er selbst durchsuchte die Unterlagen im Stehen. Viel verstand die Kommissarin nicht von Rechnungswesen, aber es war eindeutig, dass der Hof rentabel war. Die Paulsens erwirtschafteten keine Reichtümer, sicherten aber der ganzen Familie ein sorgenfreies Leben. Die Kommissarin seufzte. Wirklich weiter brachte sie diese Erkenntnis nicht.
„Haben Sie was gefunden, Knud? Irgendwas Verdächtiges?“, fragte sie ihren Kollegen. Die Büroarbeit war überaus ermüdend, lieber war sie unterwegs.
„Bisher nichts von Bedeutung ... Warten Sie mal. Hier steht ein Ordner quer hinter den anderen.“ Knud beförderte ihn hervor und betrachtete ihn von außen. „Ist zumindest nicht verstaubt. Scheint nicht besonders lange dort gestanden zu haben.“
„Nun machen Sie schon. Ach, zeigen Sie mal her“, forderte Charlie ihn ungeduldig auf. Sie konnte es kaum erwarten, eine Belohnung für die mühsame Suche zu erhalten. Als Knud den Ordner aufschlug, steckten sie ihre Köpfe zusammen.

„Volltreffer", kommentierte er atemlos, während die Kommissarin vor lauter Staunen kein Wort herausbekam. „Das sind Drohbriefe." Knud wurde richtig euphorisch.
„Langsam!", bremste Charlie ihn aus. „Es steht kein Datum dabei. Die können schon älter sein. Außerdem finde ich, es klingt eher nach Beschimpfung." Trotz der Handschuhe fasste sie die Seiten nur vorsichtig an der unteren Ecke an, um sie langsam durchzublättern. „Sind nicht gerade wenig. Hat Hannes sie Ihnen gegenüber erwähnt?"
„Nein, aber vielleicht wusste er gar nichts davon. Sie sind an Wilfried und Helga gerichtet. Möglicherweise haben sie ihren Sohn nicht eingeweiht." Knud vertiefte sich weiter in die Briefe. „Ganz schön persönlich. Sie haben recht, Charlotte. Sie wirken wie eine Verunglimpfung. Was fehlt, ist eine Forderung. Merkwürdig."
„Wir müssen auf jeden Fall herausfinden, wer diese Tiraden verfasst hat. Fragen Sie Hannes, ob er dazu etwas sagen kann. Ich schaue mir in der Zeit den Rest an. Wir sind ja fast durch." Weil Charlotte sich matt fühlte, überließ sie den Weg über den weitläufigen Hof gerne ihrem Kollegen. Nur kurze Zeit später war Knud wieder zurück.
„Kennt er die Briefe?", fragte Charlie müde.
„Nein, angeblich hat er sie nie gesehen. Ich denke, er lügt. Ich fotografiere einige, bevor ich sie ins Labor schicke. Sind Sie außerdem fündig geworden?" Knuds Hochstimmung war vorbei. Die Kommissarin sah ihm deutlich an, wie ihn etwas beschäftigte, fragte aber nicht nach. Vielleicht hob er es sich für die geplante gemeinsame Besprechung auf.
Charlie war außerdem gespannt, ob Trulsen auftauchen würde. Er hatte mitbekommen, für wann das Treffen verabredet war. Mal schauen, ob er seine ‚Kündigung' schon heute zurückzog, oder ob er sie ein wenig zappeln ließ.

Etwas unmotiviert, was ihrem mangelnden Wohlbefinden geschuldet war, durchsuchten sie im Anschluss die Privaträume des ermordeten Ehepaars, fanden aber nichts Spektakuläres.

Nachdem sie einen schnellen Nudelteller bei *Pasquale* gegessen hatten, trafen sie am späten Mittag auf dem Revier ein. Knuds Vorschlag, einen kleinen Abstecher an die Wasserkante einzulegen, um frische Luft in die Lungen zu pumpen, hatte Charlie in Hinblick auf ihre Kraftlosigkeit abgelehnt.
„Dann muss es Ihnen aber wirklich mies gehen! Den menschenleeren Strand bei auflaufender Nordsee lassen Sie sich doch sonst nicht entgehen“, lachte er sie an. Selbst seine gute Laune fand sie an diesem Tag anstrengend.
„Es geht mir wirklich schlecht! Lassen Sie uns zum Revier fahren. Ich bin gespannt, was Fiete herausbekommen hat. Im Anschluss fassen wir die Ergebnisse zusammen – danach wird mein Akku endgültig leer sein. Genau genommen reicht es mir jetzt schon.“
Knud ließ sich in seiner Stimmung nicht beeinträchtigen. Übermütig hakte er sie ein. „Kommen Sie, ich stütze Sie. Dann reicht Ihre Kraft noch für den Nachmittag.“
Unter Charlies lediglich schwachem Protest zog er sie zum Auto.

Ein freudig strahlender Fiete begrüßte sie, als sie im Revier eintrafen.
„Moin! Schön, dass Ihr da seid, ich habe einiges herausbekommen.“ Sein Blick fiel auf Charlie. „Oh, Charlotte, Sie sehen aber gar nicht gut aus!“

„Jetzt fangen Sie nicht auch noch damit an, Fiete. Mir geht es tatsächlich nicht besonders. Lassen Sie uns einfach arbeiten, desto eher komme ich ins Bett“, erwiderte sie erst aufbrausend, schließlich aber leiser.
„Also gut, setzt Euch. Fassen wir zusammen, was wir bisher haben. Ich ergänze es dann mit den aktuellen Informationen, die heute dazu gekommen sind.“
„Na ja, bahnbrechende Ermittlungsergebnisse haben wir bisher nicht gerade. Eigentlich sind nur die Kinder des Paares verdächtig, die zwar alle ihren Groll hegen, aber unabhängig leben. Bis auf Smilla verdienen sie gut oder sogar hervorragend. Mit Ausnahme von Hannes waren alle weit weg.“ Charlie hatte plötzlich überhaupt keine Lust mehr, den Nachmittag damit zu verbringen, die dünnen Fakten durchzukauen. Ihr selbst fiel ihr nörgelnder Ton auf, doch die Kollegen ließen sich davon nicht beeindrucken.
„Danke für die Zusammenfassung, Charlotte. Tja, dann können wir ja Feierabend machen“, verkündete Knud mit seinem Grienen im Gesicht. „Es gibt dabei nur ein Problem.“
„Spannen Sie uns nicht auf die Folter“, entgegnete Charlie. Die Versuchung, ihren Kopf auf die Schreibtischplatte zu legen, wurde übermächtig.
„Wir wissen nicht, wer der Mörder ist, und er scheint sein Werk nicht vollendet zu haben“, antwortete Knud mit einem Anflug von Ironie.
„Na, wenn das so ist, dann bereite ich uns mal Kaffee. Fangen Sie ruhig schon an.“ Charlie erhob sich etwas mühsam von ihrem Stuhl, um in Richtung Küche zu wanken.
„Es scheint ihr ja richtig schlecht zu gehen. Müssen wir uns Sorgen machen?“

„Ah, das wird schon. Wir brauchen einen kleinen Durchbruch, dann wird sie wieder voll bei der Sache sein."
„Ich kann Sie hören! Sie sollen nicht über mich reden, sondern über den Fall", instruierte Charlie die Kollegen, bevor sie endgültig im Nebenraum verschwand. Kurz darauf erschien Knud im Türrahmen.
„Setzen Sie sich lieber hin. Ich bringe gleich den Kaffee", forderte er sie schmunzelnd auf, woraufhin sie dankbar in den Büroraum zurückkehrte. Endlich waren sie soweit, um loszulegen.
„Also gut, gehen wir die Kinder einmal der Reihe nach durch", eröffnete Knud die Zusammenfassung der Ergebnisse. „Was haben wir über Leevke Andresen?"
„Sie hat ihre Eltern gehasst, hockt auf ihrer Hallig und schreibt erfolgreich erotische Liebesromane, wodurch sie auf das vermeintliche Vermögen der Familie nicht angewiesen ist. Für den Samstag hat sie ein Alibi. Wie sieht es mit gestern Abend aus?" Charlie wandte sich mit der Frage an Fiete, der diese Fakten am Vormittag klären wollte.
„Sie ist nach wie vor auf Hooge. Nach ihrer Aussage können ihre Kinder es bezeugen. Allerdings war sie in höchstem Maße beunruhigt, als sie von den neuen Ereignissen hörte. Obwohl die Gefahr nicht vorbei ist, plant sie, voraussichtlich morgen auf das Festland überzusetzen, um ihrem Bruder beizustehen, und ihn auf dem Hof zu unterstützen." Fiete war offensichtlich zufrieden mit seinen Ergebnissen.
„Haben Sie versucht, sie davon abzubringen?", fragte Charlie nach. „Immerhin wurde Hannes nur verletzt. Vielleicht kehrt der Mörder erneut zurück."
„Das glaube ich nicht", widersprach Knud, woraufhin er die fragenden Blicke seiner Kollegen erntete.
„Was meinen Sie damit?", fragte Charlie.

„Gedulden Sie sich einen Moment. Darauf komme ich gleich zu sprechen. Bleiben wir bei Leevke.“ Knud legte eine Pause ein, um einen Schluck von seinem Kaffee zu nehmen. „Was ist mit ihrem Mann? Sie will uns zwar glauben lassen, dass die Ehe kriselt und sie nicht weiß, wo er sich aufhält, aber das kann auch Theater sein.“

„Du meinst, die beiden haben den Mord zusammen geplant?“ Fiete wiegte den Kopf, als würde er dabei besser denken können.

„Das wäre doch möglich. Sie hat auf der Hallig das perfekte Alibi, während er die Eltern tötet. Dabei konstruieren sie die Geschichte mit seiner Untreue. Vermutlich stoßen wir bei weiteren Ermittlungen auf eine Geliebte, mit der er ausgerechnet zu den Tatzeitpunkten zusammen gewesen ist.“ Knud schien trotz seiner Ausführungen nicht überzeugt von dieser These zu sein.

„Aber eigentlich glauben Sie selber nicht, dass es so gewesen ist“, sprach Charlie ihren Eindruck aus.

„Kommt auf einige Fakten an, die noch zu recherchieren sind“, gab Knud zurück. „Der Täter ist auf jeden Fall ein guter Schütze. Fiete, guck doch mal, ob du etwas mehr über Ragnar Andresen herausfindest. War er im Schützenverein? Auf der Hallig gibt es sowas vermutlich nicht.“

„Da hast du absolut recht!“ Fiete freute sich ganz offensichtlich, die Frage sofort beantworten zu können. „Aber er war ja regelmäßig in Husum. Seine Mitgliedschaft dort besteht schon sehr lange. Nach Aussage des Vorsitzenden ist Ragnar ein ausgezeichneter Schütze.“

„Okay, damit hatte ich jetzt nicht gerechnet.“ Knud war überrascht.

„Sie brüten doch was aus“, forderte Charlie ihn nochmals auf. „Es geht Ihnen seit gestern Abend etwas durch den Kopf, was Sie uns nicht mitteilen.“

Knud lächelte. „Sie kennen mich ziemlich gut. Selbst wenn Sie nicht auf der Höhe sind, fällt Ihnen sowas auf." Er schien sich wirklich darüber zu freuen. „Also gut. Auffällig ist die Tatsache, dass Hannes lediglich eine verhältnismäßig harmlose Schusswunde davon getragen hat."
„Worauf willst du hinaus?" Fiete war gespannt auf Knuds Überlegungen.
„Wir gehen bei dem Mörder von einem sehr präzisen Schützen aus", erklärte Knud seinen Kollegen geduldig. „Alle vier Opfer sind jeweils mit nur einem gezielten Schuss getötet worden. Was war also in dem Stall los? Torge blieb verschont, das ist nachvollziehbar. Er war unbewaffnet und vermutlich überaus ängstlich, also keine Gefahr für den Mörder. Aber was ist mit Hannes? Ist es nicht merkwürdig, dass der Täter ihn nur am Arm trifft und keine zweite Kugel abfeuert?"
„Du meinst, er sollte gar nicht sterben?", fragte Fiete nach. „Aber warum dann das Ganze?"
„Vielleicht war es nur ein Ablenkungsmanöver", gab Knud den Kern seiner Gedanken preis.
„Von wem und warum?", schaltete sich Charlie wieder in das Gespräch ein.
„Das ist die zentrale Frage!", antwortete Knud.
„Bleiben wir mal bei Leevke und Ragnar." Durch den neuen Aspekt kam wieder Leben in die Kommissarin oder es lag an dem Kaffee.
„Vielleicht fordern sie etwas von Hannes, was er ihnen nicht geben will. Sie erschießen die Eltern, um zu zeigen, wie ernst sie es meinen. Da Leevke sowieso eine alte Rechnung mit ihnen offen hat, tut es ihr nicht leid. Der erneute Angriff könnte eine Warnung gewesen sein." Fiete klang begeistert.

„Oder es ist gestern was schiefgelaufen. Vielleicht haben sie nicht mit den Personenschützern gerechnet, was Ragnars Präzision beeinträchtigte. Er wird nervös, trifft Hannes nur am Arm und flieht, weil er die Situation nicht einschätzen kann. Möglicherweise hat er etwas gehört, was ihn die Flucht ergreifen ließ. Bis dahin hat er es für Leevke durchgezogen, aber sein eigenes Leben wollte er in dem Stall in Neu-Augustenkoog nicht verlieren", fasste Charlie eine Variante der Geschehnisse zusammen.
„Was würde dahinter stecken? Warum das Ganze?" Knud schien nicht überzeugt.
„Ja, keine Ahnung. Vielleicht stecken sie mit Domenick unter einer Decke. Dann geht es doch um dieses Ferienhausprojekt. Da steckt so viel Kohle drin, dafür könnte es sich lohnen, zum Mörder zu werden." Charlie lief zu alter Form auf. Ihre braunen Locken tanzten wild um ihr herzförmiges Gesicht.
„Womit wir den Bogen zu Domenick gespannt haben. Für den gestrigen Abend hat er wieder ein Alibi, aber das kann natürlich alles perfekt geplant gewesen sein, wenn das dahinter steckt, was Sie gerade geschildert haben, Charlotte", meldete sich Fiete wieder zu Wort. „Was meinst du dazu Knud?"
„Domenick Paulsen scheint wirklich gierig zu sein. Obwohl er sich mit seinem eigenen Einkommen ein luxuriöses Leben leisten kann, würde ich ihm solche Pläne zutrauen. Er hätte allerdings genug Kohle, es von einem Profikiller erledigen zu lassen", gab Knud zu bedenken.
„Ah, dafür ist er zu geizig. Bestimmt hat er gedacht, wenn Ragnar die Drecksarbeit umsonst übernimmt, ist das die bessere Alternative." Charlie spann den Faden weiter. „Vermutlich sollten bereits am Samstagabend alle drei erschossen werden. Da Hannes aber nicht zu Hause war,

musste Ragnar an den Tatort zurückkehren. Unerwarteterweise trifft er auf die Personenschützer, wodurch er es vermasselt."
„Wie passt dann Smilla ins Bild?", fragte Knud in Charlies Euphorie hinein. „Ist sie beteiligt oder hat sie von all dem keine Ahnung?"
„Sie hat für den gestrigen Abend ebenfalls kein Alibi", warf Fiete ein, bevor Charlie darauf antworten konnte. „Vielleicht soll sie zum Sündenbock gemacht werden. Die Geschwister sind doch auf die Kleine nicht gut zu sprechen, oder?"
„Aber das konnten die anderen doch unmöglich wissen", gab Knud zu bedenken.
„Wer weiß? Wenn sie wirklich so abgebrüht sind, den Mord sowohl an ihren Eltern als auch an dem eigenen Bruder zu planen und selbst auszuführen, ist die Manipulation der kleinen Schwester dagegen ein Kinderspiel. Da entwickelt die Schriftstellerin bestimmt ausreichend Fantasie. Vielleicht haben sie den kiffenden Mitbewohner bestochen." So leicht gab Charlie die Theorie nicht auf. „Wenn sie ihr die Schuld in die Schuhe schieben, brauchen sie nicht einmal mit Smilla zu teilen, weil die lebenslang im Gefängnis sitzt."
„Aber hatten Sie von der kleinen Smilla den Eindruck, sie wäre eine Mörderin?" Knud war nicht überzeugt. „Damit kommen die Geschwister nicht durch."
Charlie bedachte ihn mit einem langen Blick. „Na, das ist ja mal wieder ein typisch männliches Denken. Die kleine, zarte Frau, die bei der Todesnachricht ihrer Eltern weinend alle Schuld auf sich nimmt, kann doch unmöglich die Mörderin sein." Sie wurde wütend. „Sie fallen doch sonst nicht auf so eine Schmierenkomödie rein. Viel-

leicht war sie es wirklich - und nicht nur der Sündenbock! Wir sollten mal überlegen, welches Motiv sie haben könnte!“

„Wie es aussieht, geht es Ihnen wieder besser“, bemerkte Knud trocken, was ihm einen stechenden Blick aus ihren blitzenden Augen einbrachte.

„Passen Sie bloß auf! Ich habe genug Energie, um etwas nach Ihnen zu werfen“, gab Charlie zurück, was Knud automatisch in Deckung gehen ließ. „Na, wenigstens nehmen Sie das für bare Münze“, fügte sie befriedigt hinzu.

„Geld“, versuchte Fiete, wieder zum Thema zu kommen. Einen Moment lang sahen die Kommissare ihn verständnislos an, dann fingen beide an zu lachen.

„Also gut. Spielen wir die Möglichkeit durch, dass Smilla für die Morde verantwortlich ist – wenn sie überhaupt schießen kann.“ Knud warf Charlie einen amüsierten Blick zu, woraufhin sie ihre leere Tasse nahm, um einen Wurf in seine Richtung anzudeuten. „Fiete, hast du dazu ebenfalls schon Recherchen angestellt? Wenn nicht, guck doch mal, ob du was findest. Angenommen, sie kann mit einer Waffe umgehen. Sie fährt zu dem Hof und erschießt ihre Eltern. Was passiert dann?“

„Wenn Sie es auf das Erbe abgesehen hat, bekommt sie ein Viertel des Vermögens. Vielleicht wollte sie ebenfalls den Bruder töten. Die anderen Geschwister haben kein Interesse an dem Hof. Er wird verkauft und der Erlös geteilt. Ende der Geldsorgen“, gab Charlie pragmatisch zur Antwort. „Auch sie könnte am gestrigen Abend zurückgekehrt sein, um den Job zu Ende zu bringen.“

„Sie haben also alle ein Motiv und die Gelegenheit“, fasste Fiete zusammen. Dann konzentrierte er sich wieder auf seinen Bildschirm. „Noch habe ich keine Informationen über die Schießaktivitäten von Smilla Paulsen gefunden, aber das hat ja nichts zu heißen. Gebt mir etwas Zeit."

„Ja, alle scheinen ein Motiv zu haben. Ist bei so einer verkorksten Familie kein Wunder. Was ist denn eigentlich mit Hannes?" Charlie hatte den Eindruck, nun würde das folgen, worüber Knud schon seit dem zweiten Anschlag auf dem Paulsen-Hof nachdachte. „Könnte er nicht auch ein Motiv haben, seine Eltern umzubringen?"

„Und sich dann selbst anschießen?" Fiete vergaß für einen Moment die Recherche.

„Oder anschießen lassen!", antwortete Knud. Bevor er etwas hinzufügen konnte, betrat Greta Petersen die Polizeistation.

„Moin! Ach, gut, dass ich Euch alle hier antreffe. Ich muss unbedingt etwas loswerden. Ich weiß nicht, ob es wichtig ist, aber es lässt mir keine Ruhe. Darf ich mich setzen?"

Leevke in Husum | Donnerstag, den 05. November

Das klingelnde Telefon riss Leevke aus dem Schlaf. Das schien in diesen Tagen zur Gewohnheit zu werden. Benommen nahm sie wahr, wie hell es war. Erschrocken sprang sie aus dem Bett. Ein Blick zum Wecker zeigte ihr: Es war bereits fast neun. Leicht taumelnd griff sie nach dem Handy, welches beharrlich ihre Aufmerksamkeit forderte. Eine Nummer aus Sankt Peter-Ording. Instinktiv erwartete sie eine weitere schlechte Nachricht. Oder hatten die Kommissare einen Verdächtigen verhaftet?
„Leevke Andresen", meldete sie sich.
„Moin Frau Andresen, hier spricht Kommissar Fiete Nissen vom Polizeirevier in St. Peter-Ording."
Es folgte eine Pause. Offensichtlich rang er mit den richtigen Worten. Das wies eher auf ein weiteres Drama hin. Oder hatten sie Ragnar gefunden? Doch nicht etwa ...?
„Leider muss ich Sie über eine erneute Schießerei auf dem Hof Ihrer ... Ihres Bruders informieren."

„Oh Gott, doch nicht Hannes“, rief Leevke aus. Ihr wurde schwarz vor Augen, die Beine sacken zusammen, immerhin traf sie mit ihrem Mors das Bett.
„Nein, beruhigen Sie sich. Er wurde angeschossen, aber es handelt sich lediglich um eine leichte Verletzung.“ Der Kommissar sprach mit sanfter Stimme.
Leevke umklammerte das Smartphone, als würde es ihr Halt geben. „Was ist denn passiert?“, flüsterte sie.
„Ihr Bruder weist eine Schusswunde am Arm auf, außerdem hat er sich auf der Flucht den Knöchel verstaucht.“
„Er braucht dort Personenschutz! Oh Gott, der Schütze hätte ihn ebenfalls töten können. Sind Sie mit Ihren Ermittlungen nicht weitergekommen? Vielleicht schwebt er nach wie vor in Gefahr. Ist er auf dem Hof oder im Krankenhaus?“ Leevkes Gedanken rotierten.
„Beruhigen Sie sich, Frau Andresen. Er wollte unbedingt zurück nach Hause, um die Tiere zu versorgen. Dafür hat er Hilfe. Wir hatten bereits Leibwächter eingesetzt. Zwei von ihnen sind leider bei dem Einsatz ums Leben gekommen“, fügte Nissen hinzu, was Leevke nicht beruhigte, sondern ihre Sorge weiter vergrößerte.
„Haben Sie eine Spur?“, fragte sie nach.
„Wir verfolgen mehrere Ansätze, brauchen aber Zeit. Sind Sie auf der Hallig?“ Die Frage klang beiläufig, aber sie wusste sofort, worauf sie abzielte.
„Ja“, antwortete sie knapp.
„Ist Ihr Mann mittlerweile wieder aufgetaucht oder hat er sich zumindest bei Ihnen gemeldet?“, setzte der Kommissar die Befragung fort.
„Nein, ich weiß nicht, wo er sich aufhält“, gab Leevke erschöpft zu. „Hören Sie, ich komme heute aufs Festland. Ich muss nach meinem Bruder schauen, außerdem will ich versuchen, Ragnar zu finden. Ich nehme die Fähre am frühen Nachmittag. Morgen kann ich zu Ihnen aufs

Revier kommen. Danke für Ihren Anruf, Herr Nissen." Damit legte sie einfach auf. Kraftlos ließ sie sich nach hinten fallen. Was war das nur für ein Albtraum! Ihr ganzes Leben schien aus den Fugen zu geraten. Einen Moment blieb sie liegen, das eben Gehörte hallte in ihren Ohren wider.

Sie musste Ragnar finden! Nur sein Verschwinden bedrohte ihr bisheriges Leben. Müde rappelte sie sich auf, wobei ihr Blick erneut auf den Wecker fiel. Erst jetzt wurde ihr bewusst, wie spät es war. Ihre Kinder mussten längst in der Schule sein! Die Erkenntnis verlieh ihr neue Energie. Nach ihnen rufend lief sie durch das leere Haus. Auf dem Küchentisch fand sie schließlich eine Nachricht von ihrer Tochter:

Liebe Mama, wir wollten Dich nicht wecken, bestimmt brauchst Du Deinen Schlaf, um Kraft zu tanken. Wir gehen in die Schule und danach wie besprochen zu Erna. Grüß Papa, wenn Du ihn in Husum triffst. Wir haben Dich lieb. Madame Neunmalklug.

Dahinter hatte sie eine Reihe mit Herzen gemalt. Unwillkürlich lächelte Leevke. Um ihre Kinder brauchte sie sich wenigstens nicht zu sorgen!

Ungeduldig erwartete sie die Ankunft der Fähre. Immer wieder war sie alle Dokumente durchgegangen, die sie möglicherweise brauchte, um sich Zugang zu dem Bankschließfach zu verschaffen. Sie war sich sicher, es in Husum zu finden, wo sich Ragnar anscheinend in den letzten Monaten sehr häufig aufgehalten hatte. Die Liste der möglichen Baustellen hatte sie genauso eingepackt wie den Schlüssel.

Von innerer Unruhe getrieben tigerte sie durch die Gänge des Schiffes, nachdem es ihr im offenen Bereich am Heck zu kalt geworden war. Immer wieder ging sie in Gedanken ihren Plan durch, zweifelte, verwarf ihn und stellte einen Neuen auf. Sollte sie wirklich heute direkt nach Husum fahren oder lieber erst zu ihrem Bruder auf den Hof? Wie gerne würde sie mit jemandem über die ganze Misere ihrer Ehe reden, aber ihre beste Freundin wohnte im Süden von Deutschland. Auch einige der Halligfrauen standen ihr nahe, aber Leevke war davor zurückgeschreckt, ihre schmutzige Wäsche dort zu waschen. Wenn sich alles in Wohlgefallen auflöste, würde die Geschichte trotzdem auf Dauer in den Köpfen der Nachbarn hängenbleiben. Das wollte sie weder Ragnar noch sich selbst antun. Aber war ausgerechnet der Dauer-Single Hannes der richtige Ansprechpartner in ihrer Ehekrise? Immerhin wollte sie sich nach seinem Wohlbefinden erkundigen. Sie hatte den Anruf vor sich hergeschoben, weil sie ahnte, dass er ihr den Besuch ausreden würde. Sicherlich fand er es zu gefährlich, aber Leevke hatte keine Angst. Nicht davor, erschossen zu werden.

Vielmehr fürchtete sie die Konfrontation mit all den Erinnerungen, die in Neu-Augustenkoog auf sie lauerten. Sie hatte sie sorgfältig in eine Kiste gepackt und diese verschlossen in den letzten Winkel ihres Gedächtnisses verbracht. Alles in ihr stäubte sich, sie wieder hervorzuholen. Vielleicht lenkte ein Telefonat mit Hannes sie ab.

„Leevke! Moin. Lieb von dir, dich zu melden“, wurde sie von ihrem Bruder begrüßt.

„Moin Hannes. Ist ja überfällig. Wie geht es dir?“ Im Grunde hatte sie ein schlechtes Gewissen, den Anruf so lange vor sich hergeschoben zu haben.

„Ging mir schon mal besser, könnte aber schlimmer sein.“

„Ein Kommissar hat mich heute informiert, dass du angeschossen wurdest!“ Durch die Wiederholung wurde es ihr erst bewusst. „Brauchst du Hilfe auf dem Hof?“

„Ich komme klar, Leevke. Einige Nachbarn haben Unterstützung angeboten. Es wird schon gehen.“
„Ich könnte zu dir kommen, um dir was zu kochen.“ Als sie seine Stimme hörte, wurde sie automatisch in den Bemutterungsmodus geschaltet.
„Ach, du hast doch selbst genug zu tun. Dann schick mir lieber Ragnar, der kann mit gleich bei einigen Reparaturen zur Hand gehen – oder ich ihm“, fügte er hinzu. Leevke hörte, wie er schmunzelte.
„Du scheinst es ja ziemlich locker zu nehmen. Hast du gar keine Angst?“, fragte sie besorgt.
„Das hilft mir nicht weiter. Du solltest jedoch nicht herkommen. Wie gesagt, lieber wäre es mir, wenn Ragnar käme“, antwortete Hannes nun wieder ernst.
„Ich weiß nicht, wo er ist“, antwortete Leevke leise. Sie hielt ihre Stirn gegen das kühle Fenster gepresst. Der Ausblick auf das vorbeiziehende Wattenmeer konnte sie heute nicht faszinieren.
„Wie meinst du das?“, fragte Hannes nach. Die Überraschung klang in seiner Stimme deutlich mit.
„Ist eine lange Geschichte – eigentlich nichts fürs Telefon.“ Leevke war sich nach wie vor nicht sicher, ob sie überhaupt mit Hannes darüber sprechen wollte, aber jetzt kam sie nicht mehr drumherum.
„Leevke, du musst mir nichts vertellen, aber manchmal hilft es.“
Das war typisch für ihren Bruder. Er machte ein Angebot, bedrängte sie aber nicht. Vielleicht würde es sie wirklich erleichtern. Oder es würde einen neuen Aspekt bringen, der sie daraus befreite, sich ständig im Kreis zu drehen.
„Ragnar ist auf dem Festland – das ist ja nicht ungewöhnlich. Aber er hat sich seit ungefähr einer Woche

nicht mehr bei mir gemeldet. Ich erreiche ihn nicht. Jedes Mal schaltet sich nur seine Mailbox ein.“ Leevke brauchte eine Pause, bevor sie ihre Vermutung äußerte. „Glaubst du, er hat eine Geliebte?“

Hannes atmete deutlich hörbar aus. „Die Frage ist ja wohl eher, ob du das glaubst.“

„Ja, ich befürchte es. Kannst du es dir bei Ragnar vorstellen?“

„Na ja, besonders gut kenne ich ihn ja nicht, aber wäre es nicht logischer, sich zwischendurch zu melden, um möglichst alles normal erscheinen zu lassen?“, gab er zu Bedenken.

„So habe ich es bisher gar nicht gesehen.“ Ein Hoffnungsschimmer erfasste Leevke.

„Vielleicht ist ihm was passiert“, schnackte Hannes in ihre Gedanken hinein. „Hast du schon bei den Krankenhäusern angerufen?“

„Nein.“

„Solltest du vielleicht.“

„Das ist nicht wahrscheinlich!“, rief Leevke aus. „Überleg doch mal, selbst wenn Ragnar nicht telefonieren könnte, würden mich doch die Ärzte oder Schwestern anrufen. Ich bin sein Notfallkontakt.“

„Eben hast du überlegt, ob er eine andere hat. Vielleicht ist die jetzt sein Notfallkontakt.“

Die Antwort kam pragmatisch, traf Leevke aber mit voller Wucht. Wieder fielen ihr der Handyvertrag sowie der Schlüssel zu dem Bankschließfach ein. Sollte sie Hannes davon ebenfalls erzählen? Alles in ihr sträubte sich dagegen. Es reichte so schon. War das die Antwort? Lag ihr Mann verletzt in einem Krankenhaus und eine andere Frau saß an seinem Bett? Sofort ging ihr Kopfkino an. Leevke gab sich alle Mühe, um die Bilder zu verscheuchen.

„Scheibenkleister“, war alles, was sie herausbrachte.
„Schwesterchen, warte doch erst einmal ab. Vielleicht nimmt dich der Tod unserer Eltern mehr mit, als du denkst und du siehst nur Gespenster. Es kann doch eine harmlose Erklärung geben“, versuchte Hannes, sie zu beruhigen.
Unmöglich konnte sie ihm jetzt am Telefon von ihren Fundstücken erzählen – und erst recht nicht von ihrem Verdacht bezüglich seiner Beteiligung an der Ermordung der Eltern.
„Leevke, zünde ein Feuer in deinem Kamin an und gönn´ dir einen steifen Grog. Ich komme hier klar. Wir sehen uns ja sowieso demnächst. Versuch dich zu beruhigen. Ragnar wird schon wieder auftauchen.“
Sie wusste, wie fürsorglich er es meinte. In ihren Ohren klangen seine Worte trotzdem so leer wie die Worthülsen von Domenick. Auch ihn und Smilla würde sie bald treffen.
Plötzlich fühlte sie sich mit der gesamten Situation überfordert. Vielleicht hätte sie doch einfach auf Hooge bleiben sollen, statt hier bei diesem grässlichen Wetter auf Spurensuche zu gehen. Allerdings war es dafür zu spät! Trotzdem führte es zu dem Schluss, ihrem Bruder erst einmal nicht zu erzählen, dass sie bereits auf dem Weg war.
„Okay, Hannes. Pass auf dich auf! Melde dich einfach, wenn du mich brauchst. Wir hören uns.“ Mit einem Gruß legte Leevke auf. Dabei fühlte sie sich vorerst erleichtert, nichts zugesagt zu haben. Sie war frei. Theoretisch könnte sie auch ganz woanders hinfahren.
Als die Fähre auf Nordstrand anlegte, hatte der Regen zugenommen. Am liebsten wäre Leevke einfach sitzengeblieben, um wieder zurückgebracht zu werden. Vermutlich würde sie das jedoch auf halber Strecke bereuen. Sie

selbst spürte, wie sehr sie aus ihrem gewohnten Gleichgewicht gerissen war.
Sie schnappte sich ihre Tasche und ging von Bord. Jetzt wo sie alles organisiert hatte, war es eine blöde Idee, gleich wieder umzukehren. Bis nach Husum war sie selbst bei diesem Schietwetter nur eine halbe Stunde unterwegs. Sie würde sich in einem modernen Hotel mit Wellness-Bereich ein komfortables Zimmer nehmen. Vielleicht brachte das ein wenig Entspannung. Auf jeden Fall brauchte sie heute einen Kontrast, etwas anderes als zu Hause. Unterwegs in dem Leihwagen fühlte sie sich schon besser. Die Entschlossenheit, das Geheimnis ihres Mannes zu lüften, kehrte zurück und wurde mit jedem zurückgelegten Kilometer ausgeprägter.
Als sie endlich ein Zimmer in der Nähe des Husumer Hafens ergatterte, ging es auf sechzehn Uhr zu. Wo war bloß die Zeit geblieben? Es fing bereits wieder an zu dämmern, was dem schlechten Wetter geschuldet war. Heute sah diese Stadt wirklich grau aus.
Die gesamte Energie, die sie eben bei ihrem Start auf Nordstrand gespürt hatte, war schon wieder verbraucht. Aber schließlich kam es auf einen weiteren Tag nicht mehr an. Warum sollte sie sich jetzt durch den Regen kämpfen, um das Schließfach zu suchen, das vielleicht Offenbarungen bereithielt, die ihr die letzte Kraft raubten? Außerdem gab sie ihrem Mann damit einen weiteren Abend Zeit, sich bei ihr zu melden, um die Angelegenheit von sich aus aufzuklären, motivierte sie sich selbst. Sie war gespannt, ob der Wellness-Bereich ihr ausreichend Ablenkung verschaffen würde, um das Gedankenkarussell einmal abzuschalten. Sie buchte eine Massage und bestellte sich anschließend ein leichtes Abendessen sowie eine Flasche Rotwein auf das Zimmer.

Am nächsten Morgen stand sie zeitig auf, um vor dem Frühstück die Bank aufzusuchen, bei der Ragnar das Schließfach gemietet hatte. In einem seiner Ordner hatte sie einen Beleg dazu gefunden. In der Befürchtung, wieder an ihrer Vorgehensweise zu zweifeln, wollte sie es lieber gleich am Morgen hinter sich bringen. Je nachdem, was sie finden würde, gedachte sie dann, den Rest des Tages zu gestalten. Doch soweit kam es gar nicht. Der äußerst junge, wenn auch kompetent wirkende Angestellte verweigerte ihr den Zugriff auf den Tresor.
„Ich bin seine Frau!“ Leevke gab sich die größte Mühe, um nicht die Beherrschung zu verlieren. Der Stress der letzten Tage vergrößerte ihre Ungeduld.
„Ja, das glaube ich Ihnen. Herr Andresen hat aber ausdrücklich seinen alleinigen Zugang zu dem Schließfach verfügt. Nicht einmal mit einer Vollmacht darf ich Sie in den Raum lassen. Ihr Mann muss seine Anweisung ändern. Sonst geht es nicht.“ Der junge Mann schaute sie ernst durch seine schwarze Hornbrille an, wobei er keinerlei Emotionen zeigte. Leevke überlegte, ob sie fordern sollte, seinen Vorgesetzten zu sprechen, aber das führte vermutlich zu keinem anderen Ergebnis.
Leicht frustriert verließ sie die Bank mit dem Plan, sich mit einem ausgiebigen Frühstück zu stärken. Dabei konnte sie dann überlegen, wie sie weiter vorgehen sollte. Auf den ersten Blick schien der Ausflug nicht die beste Idee zu sein. Ihr Bruder wollte sie nicht sehen, das Schließfach gab sein Geheimnis nicht preis – vermutlich würde sie Ragnar nicht an den vermuteten Orten finden, wenn sie die Suche startete. Was für ein Schlamassel! Wäre sie doch bloß auf ihrer Hallig geblieben!
In Gedanken versunken setzte sie ihren Weg fort, ohne darauf zu achten, ob ihr jemand entgegenkam. Prompt

prallte sie gegen einen Fußgänger, der offensichtlich genauso mit sich selbst beschäftigt war. Eine Entschuldigung murmelnd wollte sie schon weitergehen, als ihr Gegenüber sie erkannte:

„Leevke Paulsen! Ist es denn die Möglichkeit, dich hier in Husum zu treffen! Du meine Güte, du hast dich aber nicht sehr verändert. Die frische Luft auf deiner Hallig scheint dir gut zu bekommen!"

Irritiert über die ausführliche Ansprache schaute sie genauer hin: „Hinnerk Liesenfeld? Na, das ist ja ein Zufall! Was machst du denn hier?"

„Na, ich habe hier mein Büro. Eigentlich wollte ich nur eben schnell ein paar Brötchen holen, aber wo ich dich jetzt getroffen habe, würde ich dich natürlich gerne zum Frühstück oder wenigstens auf einen Kaffee einladen. Mensch, Leevke – wie lange ist das her? Wie geht es dir? Das ist ja wirklich furchtbar, was da letzte Woche auf Eurem Hof passiert ist. Bist du deswegen hier?" Ganz offensichtlich hatte Hinnerk seine Probleme, sich kurzzufassen. Leevke lächelte. Das konnte sowohl amüsant als auch eine willkommene Ablenkung werden.

„Also, ehrlich gesagt habe ich in Ermangelung eines Frühstücks einen Bärenhunger. Kannst du etwas empfehlen? Vielleicht mit Blick auf den Hafen? Die Atmosphäre hat es mir angetan." Leevkes Laune stieg erheblich bei der Aussicht, nicht alleine am Tisch sitzen zu müssen. Nichts war so trostlos wie eine einsame Mahlzeit.

„Na, dann komm. Da weiß ich genau das Richtige. Allerdings haben wir gerade Niedrigwasser. Das Hafenbecken sieht aus wie leergepumpt." Spontan hakte er sie unter. Seit Wochen fühlte Leevke zum ersten Mal wieder ein wenig Leichtigkeit und Lebensfreude. Schnell erreichten sie ein kuscheliges Café, suchten sich einen Fensterplatz und bestellten. Als Hinnerk erneut auf das Familiendrama zu sprechen kam, winkte Leevke ab. Darüber wollte sie jetzt beim besten Willen nicht reden. Also erzählte Hinnerk von seinem Unternehmen, bevor er anfing, sie über ihre schriftstellerische Tätigkeit auszufragen. Hannes hatte davon offensichtlich an dem Abend der gemeinsamen Feier berichtet, die dann so jäh unterbrochen wurde. Am liebsten hätte er ihr Pseudonym gelüftet, aber da gab sie ihm keine Chance. Schließlich schnackte er von seinen Aktivitäten als Vorsitzender der Schutzstation Wattenmeer.

„Wie steht denn deine Familie eigentlich zu dem großen Windpark-Projekt?“, fragte er sie vorsichtig.

„Was für ein Windpark-Projekt?“ Leevke hatte keine Ahnung, was Hinnerk meinte.

„Im Norden von Eiderstedt will eine Investorengruppe einen Windpark errichten. Er soll sich nach ihren Vorstellungen von Westerhever bis Norderfriedrichskoog ziehen. Dabei sind sowohl etliche Windräder an Land als auch Offshore geplant“, weihte er sie in das umstrittene Vorhaben ein.

„Das kann doch nicht wahr sein. Mitten ins Weltnaturerbe Wattenmeer.“

„Du sagst es. Ihr habt also innerhalb der Familie nicht darüber gesprochen?“, hakte Hinnerk nach.

„Nein. Sollten wir?“ Leevke verstand nicht, worauf er abzielte.

„Ein Großteil des Landes nördlich von Augustenkoog gehört zu Eurem Hof. Ohne die Zustimmung von Helga und Wilfried wäre das Projekt auf keinen Fall realisierbar gewesen. Aber nun ...“

„Aber nun wo sie tot sind?“, ergänzte Leevke den Satz. „Was meinst du damit? Glaubst du, sie wurden umgebracht, um auf unseren Ländereien Windräder zu bau-

en? Aber der Mörder kann doch unmöglich davon ausgehen, dass wir als Erben dem zustimmen."
Erst nachdem Hinnerk sie anlächelte, wurde ihr bewusst, wie sehr sie sich echauffierte.
„Du bist also dagegen?", fragte er sie ganz direkt.
„Äh, keine Ahnung. Ich weiß ja erst seit drei Minuten davon. Was heißt das denn im Detail?", gab sie den Ball wieder zurück.
„Ökologisch oder wirtschaftlich?" In Hinnerks Stimme klang eine Mischung aus Sarkasmus sowie Ironie mit. „Und dann ist natürlich die Frage: Für wen?" Als sie nicht antwortete, fuhr er fort: „Also, voraussichtlich werden die Höfe dort im Norden unbewohnbar, allerdings ist so viel Geld im Spiel, was diesen Umstand zur Nebensache werden lässt."
„Na ja, es ist ja nicht jeder auf das große Vermögen aus. Gerade für die Menschen, die auf Eiderstedt leben, zählen auch andere Werte. Wo sollen sie denn alle hin?" Leevke war entrüstet.
„Bist du da sicher? Ein landwirtschaftlicher Betrieb ist echte Knochenarbeit. Das wird mit dem Klimawandel nicht einfacher. Da könnten so große Summen schon verlockend sein." Vermutlich war Hinnerk klar, mit dieser Aussage zu provozieren, aber er hielt seine Meinung trotzdem nicht zurück.
„Du glaubst also, wir haben unsere Eltern umgebracht, damit wir das Land an irgendwelche Investoren verkaufen können, die die Landschaft verschandeln wollen?" Leevke redete sich in Rage.
Hinnerk nutzte ihre Atempause, um sie zu beschwichtigen. „Na, deine Meinung dazu ist jedenfalls eindeutig."
Sein Lachen ignorierend legte Leevke nach: „Wusstest du von der zweiten Schießerei? Mein Bruder ist dabei verletzt worden." Sofort wurde Hinnerk wieder Ernst.

Charlie in Esgrus | Donnerstag, den 05. November

Ohne eine Antwort abzuwarten, nahm Greta Petersen Platz. Charlie kannte sie bisher nur flüchtig. Knud erzählte immer mal wieder von ihrem engen Verhältnis sowie dem regelmäßigen Kontakt. Selbst Trulsen hatte schon mal eine Anekdote von ihrem gemeinsamen Arbeitsplatz zum Besten gegeben. Erst jetzt fiel der Kommissarin auf, dass sich der Hausmeister nicht zu der Besprechung eingefunden hatte. Solche Gelegenheiten ließ er sich gewöhnlich nicht entgehen. Bei aller Einmischung, die manchmal wirklich grenzwertig war, machte sie sich nun doch Sorgen um ihn. Schon wollte sie in die Runde fragen, ob jemand seit der zweiten Schießerei etwas von dem Hilfssheriff gehört hatte, da ergriff Greta wieder das Wort.
„Ich wollte Knud bereits am Dienstagabend davon erzählen, aber dann kam ja der Anruf von Torge ... seitdem hattet Ihr Wichtigeres zu tun. Habt Ihr einen Moment Zeit? Ich fasse mich kurz."

Als Charlie ihr aufmunternd zunickte, erzählte sie von dem Unfall auf dem Paulsen-Hof sowie ihrer Recherche. Nachdem sie geendet hatte, schwiegen alle betroffen.
„Stimmt etwas nicht? Habt Ihr den Täter bereits?", fragte sie verunsichert nach.
„Nein, aber das wirft ein neues Licht auf den Fall. Bisher waren nur die Kinder verdächtig", weihte Knud seine Mutter in die Ermittlungsergebnisse ein, was Charlie merkwürdig fand. Um zu protestieren, fehlte ihr allerdings die Energie. „Außerdem haben wir Briefe gefunden. Eher Verunglimpfungen als Drohungen, aber sie würden zu dieser Geschichte passen", setzte er seine Ausführungen fort. „Fiete, guck doch mal, ob du etwas über Frieda und Hans Jakobsen findest. Ist dir noch mehr über die beiden bekannt, Mama?", wandte er sich im Anschluss wieder an Greta.
Charlie fand diese Anrede irgendwie süß. Knud schien es überhaupt nicht peinlich zu sein, sie sowohl in seinem Alter als auch vor all den anderen so zu nennen.
„Ich weiß nur, dass sie einen Sohn namens Malte hatten, der in den Zeitungsartikeln erwähnt wurde. Er war zwei Jahre jünger als seine verunglückte Schwester. Frieda und Hans waren damals erst Mitte zwanzig, den Hof hatte Hans von seinen Eltern geerbt, die wiederum früh verstorben waren."
„Na, das ist doch schon einiges. Interessant ist natürlich der Sohn." Knud kam richtig in Fahrt. „Weißt du, was aus der Familie geworden ist? Malte Jakobsen ist dann jetzt dreißig."
„Nein, tut mir leid. Ich hatte mit ihnen damals gar nichts zu tun. Deshalb weiß ich nicht einmal, wohin sie gezogen sind – geschweige denn, was sie heute machen." Greta schüttelte bedauernd mit dem Kopf.

„Kein Problem, das finden wir schon heraus", antwortete Charlie. „Vielen Dank für die Informationen, wir werden dem auf jeden Fall nachgehen. Sie haben nicht zufällig gestern oder heute etwas von Trulsen gehört? Sonst taucht er ja grundsätzlich überall auf, diese Stille von seiner Seite ist echt beunruhigend."
„Nein, ich war bisher nicht in der *Weißen Düne*. Ich fange erst morgen wieder an zu arbeiten." Es war ihr anzusehen, wie gerne sie mehr dazu beigetragen hätte.
Nach Charlies Empfinden war für Greta Petersen der richtige Zeitpunkt gekommen, um sich zu verabschieden, damit die Kommissare ihre unterbrochene Besprechung fortsetzen konnten, doch sie blieb einfach sitzen.
„Also gut, Fiete recherchiert nach der Familie Jakobsen. Wo waren wir vorhin stehengeblieben?", ergriff Knud wieder das Wort, anscheinend ohne sich über die Anwesenheit ihrer Besucherin Gedanken zu machen.
Manchmal sehnte sich die Kommissarin zurück in das Hamburger Polizeipräsidium, in dem Hausmeister und Mütter definitiv von den Ermittlungen ausgeschlossen waren. Sie warf Knud einen unmissverständlichen Blick zu, doch er reagierte nicht. Hätte nicht die Erkältung mindestens die Hälfte ihrer Kraft geraubt, wäre sie deutlicher geworden, aber so ließ sie den Kollegen gewähren.
„Hannes", antwortete sie stattdessen. „Sie wollten uns erzählen, was Hannes verdächtig macht."
„Hannes?", sofort mischte sich Greta in das Gespräch ein. „Ihr glaubt, dass Hannes seine Eltern umgebracht hat? Das ist doch nicht Euer Ernst!" Erbost schaute sie von einem zum anderen.
Charlie musste sich beherrschen, an dieser Stelle nicht laut zu werden: „Frau Petersen, dies ist eine polizeiliche Ermittlung. Wir danken Ihnen für Ihren Hinweis, aber

jetzt würden wir gerne wieder unserer Arbeit nachgehen. Dürfen wir Sie bitten, uns allein zu lassen?"
Sichtlich irritiert erhob sich Greta, da widersprach Knud: „Wieso denn? Sie kann doch ruhig hierbleiben. Immerhin war sie am Tatort. Außerdem kennt sie die Familie bestens, vielleicht fällt ihr noch etwas ein, was uns weiterbringt."
Alle spürten die Spannung, die plötzlich in der Luft lag. Während Fiete hinter seinem Bildschirm in Deckung ging und sich in seine Recherche vertiefte, blickte Greta betreten zu Boden. Knud hielt Charlies durchdringendem Augenkontakt stand. Sie fragte sich mit ein wenig Selbstironie, ob sich die beiden Kollegen für einen ihrer Wutausbrüche wappneten.
„Meinetwegen", knickte sie ein, was ihr die überraschten Blicke den anderen einbrachte. Heute war einfach kein guter Tag, um zu streiten. „Also, wir waren bei Hannes und der Frage, ob er sich hat anschießen lassen, um ein Ablenkungsmanöver zu initiieren. Der Schuss auf ihn wurde laut Gerichtsmedizin aus größerer Entfernung abgefeuert. Er hat sich die Verletzung also nicht selbst beigebracht. Dazu wollten Sie etwas sagen, Knud." Nach wie vor grollte sie, versuchte aber, es zu überspielen.
„Eine Sache kommt mir dabei merkwürdig vor: Alle Opfer wurden mit einem gezielten Schuss getötet, Hannes trug jedoch nur eine vergleichsweise harmlose Wunde davon. Die zentrale Frage ist natürlich das Motiv. Dazu fällt mir nichts ein. Warum sollte er seine Eltern umbringen – oder umbringen lassen? Gab es vielleicht in der Leitung des Hofes Kompetenzgerangel? Mama", wandte er sich wieder an Greta. „Ist dir davon etwas bekannt? Gab es Streit, wie der Hof geführt werden sollte?"
„Nein, darüber hat Helga nicht geschnackt. Sie wollte aber auf Neuigkeiten mit mir anstoßen."

„Tatsächlich?“ Charlies Interesse war neu geweckt. Vielleicht wusste Greta Petersen ja doch etwas, das Licht ins Dunkel der Ermittlung brachte. „Hat sie gesagt, worum es sich dabei handelte?“
„Leider hat sie nicht einmal eine Andeutung gemacht“, antwortete Greta betrübt. „Ich zermartere mir schon seit Tagen das Hirn, aber mir fällt nichts weiter dazu ein.“
Mit der Enttäuschung rollte eine neue Welle der Erschöpfung über Charlie hinweg. Vielleicht sollte sie sich einfach ins Bett legen, um sich auszukurieren. Irgendwie ging es in dem Fall nicht voran. Alle waren ein bisschen verdächtig, aber etwas Konkretes hatten sie nicht.
Wieder kam ihr die Idee in den Sinn, für das Revier eine Couch anzuschaffen. Die hatte sie im Tagesgeschäft aus den Augen verloren. Wie herrlich wäre es jetzt, sich dort für eine halbe Stunde hinzulegen, um ein kleines Nickerchen zu machen, während Fiete das Internet nach weiteren Informationen durchstöberte. Vielleicht sollte sie wenigstens den anderen einmal ihre Idee unterbreiten. Gerade als sie den Vorschlag formulieren wollte, meldete sich Fiete zu Wort.
„Ich habe hier was“, rief er freudig aus. „Frieda und Hans Jakobsen sind in Esgrus gemeldet.“
„In Esgrus?“, fragten Charlie und Knud wie aus einem Mund. Sie wechselten einen Blick, dann sagte Knud mit einem Grinsen: „Tja, mindestens ein Jahr haben Sie mich noch an der Backe, Charlotte. Da müssen Sie jetzt durch.“
In Ermangelung einer schlagfertigen Antwort nickte sie bloß und wandte sich erneut an Fiete: „Also, verraten Sie uns, wo dieses Esgrus liegt?“

„Na klar, Charlotte." Der Rechercheerfolg ließ seine Laune wieder steigen. „Es ist ein Dorf nördlich von Süderbrarup und Kappeln, nicht weit von der Ostsee entfernt."
Charlie konnte Fietes Euphorie nicht teilen. „Boah, das sind locker eineinhalb Stunden Fahrt – und das für so eine alte Geschichte. Nicht gerade eine heiße Spur", maulte sie in der Vorstellung, als Nächstes einen Ausflug an die andere Küste des Landes unternehmen zu müssen. „Außerdem werden die nicht begeistert sein, wenn wir ihnen auf die Bude rücken und sie zu dem alten Familiendrama befragen. Wie lange ist das her?"
„Achtundzwanzig Jahre."
„Na toll. Eine ganz heiße Spur!" Charlie gab sich keine Mühe, ihre Unzufriedenheit zu verbergen. „Wollen Sie nicht mit Knud nach Esgrus fahren, Fiete?"
„Sie meinen, dann komme ich hier auch mal raus?", kommentierte Fiete lachend.
„Ja, sowas in der Art." Charlie musste ebenfalls lächeln.
„Danke für Ihre Besorgnis, Charlotte, aber solche Ausflüge gehören in Ihren Bereich", antwortete er schmunzelnd.
„Ich habe befürchtet, dass Sie das sagen. Was haben Sie sonst über die beiden herausgefunden?", fragte die Kommissarin ergeben.
„Hans Jakobsen hat eine eigene Tischlerei. Er hat von der Landwirtschaft umgesattelt, wollte anscheinend ein ganz anderes Leben. Der Betrieb hat die gleiche Adresse wie das Haus der beiden. Über Frieda habe ich nichts Weiteres gefunden. Die Chancen stehen also gar nicht schlecht, sie dort anzutreffen." Die letzte Bemerkung versah Fiete mit einem leichten Grinsen.
„Ich weiß, wir müssen dorthin", gab Charlie widerstrebend zu.

„Stellen Sie sich vor, sie würden viel weiter weg wohnen. Im Fall Schwertfeger sind Sie ganz nach Köln gefahren." Fiete wollte sie trösten, aber Charlie war von der Aussicht, stundenlang über Land zu fahren, trotzdem nicht begeistert.
„Vielleicht steht es uns ja noch bevor. Haben Sie schon herausgefunden, wo Malte Jakobsen gemeldet ist?" Genau genommen wollte Charlie die Antwort gar nicht hören.
„Geht gleich los." Fiete war in seinem Element.
Knud nahm den Faden auf. „Das ist natürlich ebenfalls eine Möglichkeit. Der Sohn beschäftigt sich mit der Familiengeschichte, schreibt die Briefe und rächt sich am Tod seiner kleinen Schwester." Er wiegte seinen Kopf, schien von der Idee nicht überzeugt zu sein.
„Was vermuten Sie denn, wer es gewesen ist? Sie präsentieren uns eine These nach der anderen, scheinen aber selbst an keine zu glauben." Charlie hatte ihn trotz ihrer Erkältung genau beobachtet.
„Ich weiß es nicht. Vielleicht fällt es mir einfach schwer, zu glauben, dass jemand seine eigenen Eltern tötet." Er warf Greta einen Blick zu, doch die schien in Gedanken versunken zu sein. „So eine alte Geschichte. Achtundzwanzig Jahre sind eine lange Zeit. Sollte man da nicht seinen Frieden gemacht und ein neues Leben angefangen haben? Tja, trotzdem müssen wir dem nachgehen." Viel Lust auf die Fahrt schien Knud ebenfalls nicht zu haben. Vielleicht sollten sie Trulsen hinschicken, überlegte Charlie in einem Anflug von Ironie. Sie fasste sich an die Stirn. Vermutlich war sie bereits im Fieberwahn.
„Also gut", holte Knud sie aus ihren Gedanken. „Fahren wir am besten los. Fiete kann uns telefonisch über weitere Ergebnisse seiner Recherche informieren."

Die Fahrt bis Husum war schnell geschafft, beide Kommissare waren in ihre Gedanken vertieft. Charlie kämpfte außerdem mit der Müdigkeit, was Knud natürlich nicht entgangen war.
„Sie können ruhig ein bisschen schlummern, das stört mich nicht. Laden Sie Ihren Akku auf. Wer weiß, was uns in Esgrus erwartet. Ich brauche dann Ihren scharfen Verstand“, versuchte er, sie zu überreden, einfach loszulassen. „Die Strecke durch das Binnenland ist ziemlich langweilig, da verpassen Sie nichts. Bei diesem Regen wird es außerdem früh dunkel. Entspannen Sie sich, Charlotte. Ich bringe Sie sicher zum Ziel und wecke Sie dann sanft.“
„Mit Kaffee?“, fragte sie sofort.
„Wie kann man nur ständig an Kaffee denken? Was würden Sie eigentlich tun, wenn es plötzlich keinen Kaffee mehr gäbe?“ Knud ließ sich von ihrer Angeschlagenheit nicht die Laune verderben.
„Das wollen Sie gar nicht wissen!“, antwortete Charlie auf den leichten Tonfall eingehend. „Also gut. Dann werde ich jetzt ein wenig dösen, mal schauen, ob Sie Ihr Versprechen halten.“
„Dann können Sie auch noch einmal über den Schlüssel zu Ihrem Haus nachdenken“, forderte er sie heraus.
„Nur über meine Leiche“, gab Charlie murmelnd zur Antwort, bevor sie ihre Augen schloss und sich in den Sitz kuschelte.

Tatsächlich hielt Knud ihr einen Coffee-to-go-Becher unter die Nase, als sie ihr Ziel fast erreicht hatten.
„Kommissarin Charlotte Wiesinger, der Kaffee ist fertig“, klang es sanft in halblautem Ton an ihr Ohr, was ihr unwillkürlich ein Lächeln entlockte.
„Tja, daran könnte ich mich tatsächlich gewöhnen“, antwortete sie, ohne die Augen zu öffnen.

„Sie wissen ja jetzt, wie Sie häufiger in diesen Genuss kommen“, kommentierte er ihre Aussage.
Ohne es zu sehen, wusste sie genau, welcher Ausdruck sich auf seinem Gesicht zeigte.
„Geben Sie schon her“, antwortete sie burschikos, um das erneute Gespräch über seinen freien Zugang zu ihrem Haus sofort im Keim zu ersticken. Sie mochte Knud, aber dafür war sie nicht bereit. Und sie wollte sich nicht auf Erklärungen einlassen. „Wo sind wir?“, fragte sie stattdessen, um das Thema zu wechseln.
„In Süderbrarup. Laut Navi sind es noch acht Kilometer, aber ich glaube, wir verlassen jetzt die Zivilisation. Vermutlich war das die letzte Möglichkeit, einen heißen Kaffee zu erwerben.“
„Ich danke Ihnen.“ Charlie freute sich erneut über seine Fürsorge.
„Wie fühlen Sie sich?“, fragte Knud mit einem kritischen Blick.
„Geht so.“ Charlie nahm einen großen Schluck. „Autsch, ist der heiß! Ich schaffe das schon. Bringen wir es hinter uns.“ Bevor sie vorsichtig den nächsten Schluck nahm, pustete sie in den Becher. „Hat Fiete sich gemeldet?“
„Ja, hat er. Malte Jakobsen wohnt in Berlin. Er hat Architektur studiert und ist dort in einer Festanstellung“, antwortete Knud.
„Na super! Da fahre ich heute aber nicht mehr hin. Komme was da wolle!“ Charlie hätte fast den Rest des Heißgetränks verschüttet, als sie wild mit ihren Armen zu fuchteln begann.
„Dann müssen wir bei Frieda und Hans erfolgreich sein, sonst kann ich für nichts garantieren“, erwiderte Knud, was Charlie mit einem Nicken quittierte.
Schnell hatten sie Esgrus erreicht. Sowohl die Werkstatt als auch das Wohnhaus machten einen sehr gepflegten

Eindruck. Die Kommissare nahmen erleichtert zur Kenntnis, dass überall Licht leuchtete. Anscheinend waren Frieda und Hans Jakobsen anwesend, was die Ermittlung auf jeden Fall erleichterte. Charlie mochte gar nicht daran denken, wie enttäuscht sie gewesen wäre, wenn sie diesen Ausflug völlig umsonst unternommen hätten. Während sie überlegten, welches der Gebäude sie zuerst aufsuchen sollten, öffnete sich die Tür des Wohnhauses. Eine attraktive Frau mittleren Alters erschien.
„Moin, wollen Sie zu uns?“, begrüßte sie die Kommissare freundlich. „Mein Mann ist in der Werkstatt, ich wollte ihn gerade überreden, eine Pause zu machen.“
Obwohl es offensichtlich war, vergewisserte sich Charlie: „Sind Sie Frieda Jakobsen?“
„Ja, die bin ich. Wollen Sie gar nicht zu meinem Mann?“
„Genau genommen möchten wir mit Ihnen beiden reden. Ich bin Kommissarin Charlotte Wiesinger, das ist mein Kollege Knud Petersen“, stellte Charlie vor. Sofort verschloss sich die Miene ihres Gegenübers. „Dürfen wir hereinkommen? Wir würden gerne etwas mit Ihnen besprechen.“
„Worum geht es denn?“, fragte Frieda Jakobsen abweisend.
„Es geht um Helga und Wilfried Paulsen.“ Als sie die Namen hörte, zuckte die Frau merklich zusammen.
„Nein! Damit wollen wir nichts mehr zu tun haben. Das alles liegt weit hinter uns. Was soll das jetzt? Das ist doch ewig her!“, rief sie aus. Ihre Stimme zitterte dabei. „Wir haben genug gelitten! Gehen Sie bitte! Mein Mann wird einen Wutausbruch bekommen, wenn er hört, warum Sie hier sind.“
„Warum sind wir denn hier?“, fragte Knud pragmatisch nach.

„Ich habe es in den Nachrichten gesehen. Helga und Wilfried sind ermordet worden, aber das geht uns nichts an. Ich kann nicht sagen, dass es mir leidtut. Scheinbar gibt es eine ausgleichende Gerechtigkeit, auch wenn ich ihnen so ein Ende nicht gewünscht hätte. Ich habe schon vor langer Zeit damit abgeschlossen. Hans jedoch wird von Albträumen gequält. Wir haben uns nicht umsonst in dieser Einöde verkrochen, in der man oft tagelang keine anderen Menschen trifft. Jedes Mal, wenn mein Mann eine schöne junge Frau sieht, wird er wieder daran erinnert, was wir verloren haben.“ Erschöpft von der langen Rede legte sie eine Pause ein. Es war ihr anzusehen, wie alle Emotionen wieder hochkochten.
„Es tut uns sehr leid, was damals passiert ist. Trotzdem müssen wir mit ihnen sprechen.“ Gern hätte Charlie Frieda Jakobsen beruhigt, aber vermutlich gab es außer dem Abbruch der Aktion nichts, was sie besänftigen konnte. Das war natürlich nicht möglich.
„Wegen der alten Geschichte? Das ist achtundzwanzig Jahre her! Gönnen Sie uns doch endlich unseren Frieden“, flehte Frieda die Kommissare an.
„Nicht allein wegen des Unfalls, sondern wegen der Briefe, die wir bei Helga und Wilfried Paulsen gefunden haben“, antwortete Knud sanft, während Charlie die Reaktion ihres Gegenübers genau beobachtete.
„Was für Briefe?“ Sie schien ehrlich überrascht zu sein, aber vielleicht hatte sie diese Reaktion einstudiert. So abwegig war es nicht, dass die Kommissare trotz der langen Zeit, die seit dem dramatischen Unfall verstrichen war, hier auftauchten.
„Können Sie bitte Ihren Mann holen? Außerdem wäre es nett, wenn wir uns drinnen unterhalten könnten.“ Charlie fürchtete eine Lungenentzündung, wenn sie weiter in

dieser feuchten Kälte stehen musste. Jeden Moment konnte der Regen wieder einsetzen.
„Und wenn ich das verweigere?“ Frieda Jakobsen wurde angriffslustig, was der Kommissarin auf die Nerven ging. Es verlangte ihr viel ab, ruhig zu bleiben.
„Dann nehmen wir Sie mit auf unser Revier in Sankt Peter-Ording, um Sie dort zu verhören, wenn Ihnen das lieber ist.“
Wie erwartet ruderte Frieda zurück. „Schon gut. Nein, auf keinen Fall wollen wir nach Eiderstedt. Warten Sie hier, ich hole meinen Mann.“
Die Zeit verstrich, aber Frieda und Hans Jakobsen tauchten nicht auf. Charlie fing an zu frieren, was ihre Ungeduld steigen ließ.
„Glauben Sie, die beiden sind abgehauen?“, fragte sie Knud missgelaunt.
„Nein, hier kommt man ohne Auto nicht weit. Sie werden diskutieren. Sie will mit uns sprechen, er nicht. Vielleicht ist er allein für die Briefe verantwortlich. Wir müssen vorsichtig sein. Wenn er sich in der Falle fühlt, kann er unberechenbar werden. Insbesondere wenn er nicht nur die Verunglimpfungen verschickt hat, sondern ebenfalls für die Morde verantwortlich ist.“
„Danke für die Erinnerung.“ Als ob ihr das nicht bewusst war.
„Bitte bereiten Sie sich vor, notfalls zu Ihrer Waffe zu greifen“, bat Knud Charlie, ohne auf ihre sarkastische Bemerkung einzugehen.
„Knud, wenn wir das hier hinter uns haben, werde ich Sie jede Woche auf den Schießstand zerren, bis Sie selbst vernünftig mit ihrer Pistole umgehen können. Darauf muss ich mich nicht vorbereiten, ich bin jederzeit bereit. Sie sind ein ausgezeichneter Polizist, aber das ist ein echtes Manko – für Sie und für mich.“ Charlie redete sich in

Rage, ihre Locken tanzten. Immerhin wurde ihr dadurch wärmer, bemerkte sie selbstironisch.
Endlich öffnete sich die Tür der Werkstatt.
„Was wollen Sie hier? Verlassen Sie mein Grundstück!"
Die heftige Ansage ließ Charlie unwillkürlich zurückprallen. Wütend blitzte Hans Jakobsen sie an. Knud erholte sich schneller von dem Schrecken.
„Nein, das geht leider nicht. Wir haben es schon Ihrer Frau erklärt. Entweder Sie schnacken hier mit uns oder wir nehmen Sie auf die Polizeistation in St. Peter mit. Sie haben die Wahl." Selten hatte Charlie den Kollegen so bestimmt auftreten sehen. „Es ist kalt. Lassen Sie uns reingehen – ob in die Werkstatt oder in Ihr Haus überlassen wir Ihnen."
Unschlüssig stand der Tischler da, scheinbar unfähig eine Entscheidung zu treffen. Schließlich entschied es seine Frau.
„Kommen Sie mit ins Haus." Sie wandte sich an Charlie: „Es scheint Ihnen ja nicht besonders gut zu gehen. Besser Sie trinken einen heißen Kaffee oder Tee. Auf jeden Fall sollten Sie nicht weiter hier draußen herumstehen."
Hans Jakobsen warf sowohl seiner Frau als auch den ungebetenen Besuchern wütende Blicke zu, folgte den dreien jedoch widerstrebend. Im Gegensatz zu ihnen blieb er stehen.
„Also was wollen Sie von uns?", wiederholte er grimmig seine Frage.
„Es geht um die Ermordung von Helga und Wilfried Paulsen ...", antwortete Knud, wurde aber sofort wieder unterbrochen.
„Damit haben wir nichts zu tun. Sie glauben ja wohl nicht im Ernst, ich knalle die beiden achtundzwanzig Jahre später ab. Damals hätte ich das am liebsten getan, ja!

Aber was würde das heute noch bringen? Das macht unsere Tochter nicht wieder lebendig."
Charlie konnte hinter der wütenden Fassade deutlich den Schmerz erkennen, der diesen Mann ungebrochen peinigte. Sie beobachtete ihn weiter, während Knud das Gespräch führte.
„Es tut uns sehr leid, was damals passiert ist", sagte er in diesem Moment. „Haben Sie die Briefe geschrieben?", feuerte er dann die Frage ab, die ein Überraschungsmoment ergeben sollte. Die Kommissarin bemerkte ein winziges Zucken des Augenlides sowie ein kurzes Zögern bei der folgenden Antwort.
„Was für Briefe?", stellte er die Gegenfrage. Sein Tonfall wurde eine Spur aggressiver. Charlie war sich sicher, dass er genau wusste, worum es sich handelte.
„Die Verunglimpfungen, die wir in Paulsens Büro gefunden haben. Es ist ein ganzer Stapel, alle ohne Datum und natürlich ohne Absender, aber sie scheinen erst vor Kurzem geschrieben worden zu sein. Unser Labor untersucht das gerade." Knud ließ nicht locker.
„Ach, und weil Paulsen vor drei Jahrzehnten unsere Tochter getötet hat, beschimpfe ich ihn jetzt auf dem Postwege. Haben Sie nichts Wichtigeres zu tun, als ehrliche, unbescholtene Bürger heimzusuchen und sie mit ihren Fragen zu belästigen?" Jakobsens Augen waren dunkel geworden, er bedachte sie weiter mit wütenden Blicken. Charlie war gespannt, ob die nächste Attacke ihn aus der Reserve locken würde.
„Wir könnten Ihren Sohn fragen, ob er die Briefe geschrieben hat. Vielleicht ist er ja der Rächer seiner Schwester, der das Ehepaar erschossen hat, das vermeintlich für ihren Tod verantwortlich ist." Es kostete Charlie Energie, so bestimmt aufzutreten. Mit der folgenden Reaktion hatte sie allerdings nicht gerechnet.

Kraftlos rutschte der Tischler am Türrahmen herunter, in dem er stehengeblieben war. Seine Antwort war nur noch ein Flüstern: „Bitte ziehen Sie Malte nicht mit rein. Er hat damit nichts zu tun."

Charlie und Knud wechselten einen Blick. Sie sah die Anerkennung in seinen Augen, was sie bei aller Schlappheit freute. Mittlerweile waren sie wirklich ein unschlagbares Team geworden. Nun war sie gespannt, was Jakobsen darüber hinaus zugeben würde. Während Knud ihm wieder aufhalf, konzentrierte sich Charlie kurz auf seine Frau. Sie schaute ihren Mann fassungslos an und rührte dabei, ohne es wahrzunehmen, in der Kaffeetasse herum.

„Du bist dafür verantwortlich? Ja, bist du denn bekloppt? Haben wir nicht schon genug durchgemacht? Was sollte denn der Quatsch?" Ihr Wutausbruch war fast genauso heftig, wie der ihres Mannes. Die Energie schien auf sie übergesprungen zu sein. Ihre Tasse drohte umzukippen. Da ihr Mann keine Antwort gab, wandte sie sich an die Kommissarin: „Was stand denn in diesen Briefen?"

Charlie bat sie mit einer Geste um Geduld. Sie wollte jetzt von dem Hausherrn hören, was er bereit war, preiszugeben. Erschöpft setzte sich dieser mit an den Küchentisch. All seine Wut schien verraucht zu sein.

„Okay, ich erzähle es Ihnen, aber eins möchte ich vorher klarstellen: Mit dem Mord an den beiden habe ich nichts zu tun. Ich bin kein Mörder!" Er legte eine Pause ein und sortierte seine Gedanken, während er das Muster auf der Tischdecke mit dem Zeigefinger nachzeichnete. „Wir waren damals erleichtert, als Helga und Wilfried uns den Hof mit den Ländereien abgekauft haben. Anfang der Neunziger herrschte Rezession, es gab kaum Interessenten. Es war uns nicht möglich, dort weiterzuleben. Obwohl der Preis hätte höher sein können, stellte er uns zufrieden, weil er uns einen passablen Neustart ermöglichte. Wir waren ja noch sehr jung. Da ich nicht mehr in der Landwirtschaft arbeiten wollte, absolvierte ich erst eine Lehre und bestand im Anschluss meine Meisterprüfung in der Tischlerei. Als mein Ausbilder in Pension ging, übernahmen wir hier den Betrieb."

Charlie war gespannt auf den Wendepunkt der Geschichte. Bei der Erinnerung an seinen Lehrmeister zog die Andeutung eines Lächelns über das Gesicht des Tischlers. Die Kommissare ließen ihm Zeit, den Werdegang in seinem eigenen Tempo zu erzählen. Auch Frieda Jakobsen hatte sich wieder beruhigt und hing an den Lippen ihres Mannes. Dieser seufzte einmal tief, um dann seine Ausführungen fortzusetzen.

„Als ich vor einigen Monaten zum ersten Mal von dem Windpark-Projekt auf Eiderstedt hörte, habe ich es erst als Spinnerei abgetan. Dithmarschen ist ja quasi schon mit Windrädern gepflastert – das ist damals nicht ohne Kritik geblieben. Den Norden der Halbinsel auf die gleiche Art zu verschandeln ... ich konnte mir nicht vorstellen, dass es dafür wirklich eine Genehmigung geben würde. Aber die Lobby der erneuerbaren Energie ist größer als mein Vorstellungsvermögen. Ich habe mich dann mal schlaugemacht. Wie es aussieht, waren Helga und Wilfried daran interessiert ihr Land zu verkaufen, wenn der Preis stimmt." Hans Jakobsen starrte auf das Muster der Tischdecke.

„Da ist vermutlich richtig viel Geld im Spiel", versuchte Charlie, ihn zum Weiterreden zu motivieren.

„Ja, so ist es", bestätigte er.

„Und Sie wollten davon etwas abhaben?", hakte die Kommissarin nach, worauf der Tischler ihr plötzlich direkt in die Augen schaute.

„Wenn Birte damals nicht auf dem Paulsen-Hof verunglückt wäre, hätten wir unseren Grundbesitz niemals verkauft. Dann könnten wir heute mitentscheiden, was aus dieser Landschaft wird. Außerdem würden wir jetzt einen ganz anderen Preis erzielen. Das gilt für den landwirtschaftlichen Betrieb, aber natürlich erst recht für so ein Investitionsprojekt."
„Also haben Sie ihm die Briefe geschrieben, weil Sie sauer waren", fragte ihn Charlie ganz direkt, worauf wieder die Andeutung eines Lächelns über sein Gesicht huschte.
„Nein, Frau Kommissarin, so simpel bin ich nicht gestrickt. Allerdings habe ich Kontakt zu Wilfried aufgenommen. Er war sehr überrascht, nach all den Jahren von mir zu hören. Im Grunde ist das falsch ausgedrückt. Eigentlich war er eher erschrocken. Ich sprach ihn direkt auf den geplanten Windpark an und er gab zu, mit dem Gedanken zu spielen, sein Land zu verkaufen. Die Auswirkungen sowohl auf die Landschaft als auch die ökologischen Aspekte waren ihm egal. Ich habe recht vorsichtig angefragt, ob er uns einen kleinen Teil der Summe zukommen lassen würde, wenn es zum Verkauf unseres ehemaligen Grundes kommt, aber davon wollte er nichts wissen. Ich hätte es mir denken können, aber ich brauche ein paar neue Maschinen für die Tischlerei. Eine Finanzspritze würde die Umsetzung erleichtern."
„Aber was wollten Sie mit den Briefen erreichen?" Charlie fand die Strategie nicht nachvollziehbar. „Mit Verunglimpfungen hätten Sie ihn sicher nicht umgestimmt."
„Da haben Sie recht. Er hat mich so von oben herab behandelt, dass ich mir auf diese Art Luft verschaffen musste. Immer wenn ich so einen Brief verfasst und abgeschickt hatte, fühlte ich mich wesentlich besser. Da ist

einiges zusammengekommen. Schließlich hatte ich wirklich die stille Hoffnung, sie würden ihn umstimmen. Tja, das hat nicht so toll geklappt."
„Wo waren Sie am letzten Samstag zwischen sechzehn und achtzehn Uhr?", schaltete sich Knud wieder in die Befragung ein.
„Ich war hier – mit meiner Frau. Ich weiß, das ist kein wertvolles Alibi, aber was hätte ich mit der Tötung der beiden erreicht?", fragte Jakobsen.
„Vielleicht hätten Sie sich einfach noch viel besser gefühlt, dem überheblichen Ex-Nachbarn, der sich an Ihnen bereichert und ihre Tochter auf dem Gewissen hat, eine Lektion zu erteilen." Charlies Sarkasmus ließ den Mann zusammenzucken.

Torge in Neu-Augustenkoog | Freitag, den 06. November

Als Torge am Dienstagabend endlich nach Hause kam, wäre er am liebsten so wie er war, einfach ins Bett gefallen, um die Decke über den Kopf zu ziehen. Doch das ließ Annegret natürlich nicht zu. Nach einer ausgiebigen heißen Dusche, die ihn nicht nur reinigte, sondern auch aufwärmte, servierte sie ihm ein Rührei mit Speck, worüber er sich an jedem anderen Tag gierig hergemacht hätte. An diesem Abend war ihm der Appetit vergangen. Nur in groben Zügen erzählte Torge seiner besseren Hälfte, was auf dem Paulsen-Hof geschehen war. Die dramatischsten Stellen ließ er aus. Vielleicht würde er sie später einweihen, aber zum einen wollte er sie nicht mehr als nötig beunruhigen, zum anderen bedeutete es, alles noch einmal zu durchleben, was über seine Kraft ging.
Die Hoffnung auf einen tiefen Schlaf erfüllte sich nicht. Schweißgebadet wachte er in der Nacht mehrmals auf, weil ihm der Mörder im Traum erschien. Während er

sich beim ersten Mal wieder in Neu-Augustenkoog befand, schlich der Täter später um seine Reetkate in Tating, was ihn mehr ängstigte als alles, was er bisher erlebt hatte. Bereits um sechs Uhr stand er wieder auf, weil er befürchtete, dass der Schütze bei seinem nächsten Wegdämmern neben dem Bett stehen könnte. In seinen Träumen hatte es sich um einen Mann gehandelt. Hatte das etwas zu bedeuten oder lag es einfach an seiner Einstellung? Tatsächlich fiel es ihm schwer, sich vorzustellen, eine Frau könnte für die brutalen Morde verantwortlich sein. Seine Tochter hätte ihn an dieser Stelle einen alten Macho genannt und ihn im einundzwanzigsten Jahrhundert willkommen geheißen.
Egal. Das war jetzt nicht mehr sein Problem! Dieses Mal würde er sich aus den weiteren Ermittlungen komplett heraushalten. Sollten Knud und die Wiesinger sehen, wie sie den Mörder fassten. Er war da raus.
Obwohl er sich ein wenig feige vorkam, schickte er Hannes eine SMS, in der er ihm mitteilte, seine Arbeit auf dem Hof nicht fortzusetzen. Es täte ihm leid, aber der Landwirt würde bestimmt Verständnis dafür aufbringen. Als Nächstes meldete er sich krank. In all den Jahren seiner Tätigkeit in der Ferienanlage *Weiße Düne* hatte er nicht einen Tag gefehlt, weil er sich persönlich nicht wohl fühlte. Doch heute war das anders. Schon die Vorstellung, mit überzogenen Sonderwünschen der Urlauber konfrontiert zu werden, saugte die letzte Energie aus ihm heraus. Das war das Gute an einem Monat wie November. Hansen würde allein den anfallenden Aufgaben gewachsen sein. Darüber brauchte er sich nicht zu sorgen. Viel beunruhigter war er über seine derzeitige Situation. Was, wenn der Mörder glaubte, von ihm erkannt worden zu sein? Vielleicht hatte er nicht mitbekommen, dass der Schuss ihn verfehlte. Schlimmstenfalls wurde der Traum

wahr. Bestand ein Risiko, in seinem eigenen Haus erschossen zu werden? War er hier sicher? Und was war mit Annegret? Schwebte sie etwa ebenfalls in Gefahr? Vielleicht sollten sie endlich die Reise antreten, die seine Deern sich schon so lange wünschte. Wenn die Kommissare ordentliche Arbeit leisteten, wäre der Albtraum nach ihrer Rückkehr vorbei.
Gedankenverloren rührte er in seinem Kaffee herum, obwohl der Zucker längst aufgelöst war. Bisher hatte er sich in diesem kleinen Haus stets sicher gefühlt, doch am heutigen Morgen warf er immer wieder besorgte Blicke zu den Fenstern. Wie schon einmal in dieser Woche war er froh, als es endlich hell wurde. Müde legte er sich wieder ins Bett.

Zwei Tage verbrachte er zwischen Angst, Schlaflosigkeit und Sorgen. Am liebsten hätte er stündlich bei Knud angerufen, um zu fragen, ob es etwas Neues gäbe, wollte aber die Kommissare nicht bei ihrer Arbeit stören. Torge ging fest davon aus, dass sie ihn informieren würden, wenn der Mörder – oder die Mörderin – gefasst war. Eigentlich war es ihm ganz lieb, nichts mehr mit dem Fall zu tun zu haben. Seine Arbeit in der Ferienanlage war bei Weitem nicht so aufregend wie diese Polizeiarbeit, aber wenn es für ihn um Leben und Tod ging, würde er doch in Zukunft lieber darauf verzichten. Das war er nicht nur sich selbst schuldig, sondern vor allen Dingen seiner Annegret.
Er hoffte, mit ein wenig Abstand auf andere Gedanken zu kommen, aber die Erlebnisse gingen ihm nicht aus dem Kopf. Außerdem dachte er mit Besorgnis an Hannes. Genau genommen hatte er ihn komplett im Stich gelassen. Mit Schusswunde sowie verstauchtem Fuß konnte er die

Arbeit auf dem Hof unmöglich allein bewältigen. In dieser Form ging man hier in Nordfriesland nicht miteinander um.

Am Freitag hatte Torge genug davon, sich in seinem Haus zu verschanzen und abzuwarten, ob der Mörder endlich gefasst wurde. Er würde nach Neu-Augustenkoog fahren, um sich bei dem Landwirt zu entschuldigen. Vielleicht konnte er mit seiner Unterstützung etwas gutmachen. Für den Montag plante er, den Dienst in der *Weißen Düne* wieder anzutreten. So ging es nicht weiter. Was sollte er den ganzen Tag tun? Da würde man ja ganz rammdösig.

Am helllichten Tag würde ihm ja nichts passieren. Trotzdem fragte er sich, ob es eine gute Idee war, Annegret in seinen Plan einzuweihen. Er war sich sicher, sie würde widersprechen, wenn er ihr erzählte, was er vorhatte. Aber was sollte er ihr sonst erzählen? Sie führten eine so stabile Ehe, weil sie ehrlich und respektvoll miteinander umgingen. Er konnte wegen dieser Angelegenheit unmöglich anfangen, seine bessere Hälfte anzulügen.

Doch das Glück war ihm hold. Seine seute Deern, die sich ebenfalls zwei Tage freigenommen hatte, verkündete am Morgen, ihre Chefin sei krank geworden. Sie hätte sie gebeten, für ein paar Stunden in die Schneiderei zu kommen, um diverse Aufträge fertigzustellen. Ob er ohne sie klarkommen würde? Torge gab sich große Mühe, nicht zu erleichtert zu wirken.

Kaum hatte sie das Haus verlassen, setzte er sich in seinen alten Kombi, um mit einer großen Tüte Brötchen zu Hannes zu fahren.

Stille umfing ihn, als er den Hof erreichte. Wären nicht die furchtbaren Ereignisse der letzten Tage gewesen, hätte er sie richtig genießen können. Doch vor diesem

Hintergrund wirkte die Ruhe schon wieder so bedrohlich, dass Torge kurz davor war, den Rückweg anzutreten, ohne Hannes auch nur zu begrüßen. An einem sonnigen Sommertag wäre er sich lächerlich vorgekommen, doch dieser Novembertag hielt lediglich ein bisschen diffuses Tageslicht bereit, richtig hell war es gar nicht geworden. Unschlüssig stand er neben seinem Wagen, als Hannes aus dem Stall trat.

„Moin Torge! Na, das ist ja eine Überraschung! Wie ich sehe, hast du Brötchen mitgebracht." Der Landwirt wirkte ehrlich erfreut, ihn zu sehen. Zu grollen schien er nicht, weil Torge nicht wieder zu seiner Unterstützung aufgetaucht war.

„Ich wollte mich entschuldigen. Dabei dachte ich, du kannst bestimmt eine Stärkung gebrauchen", antwortete der Hausmeister zurückhaltend.

„Es gibt keinen Grund, sich zu entschuldigen. Komm rein, ich setze uns einen frischen Kaffee auf."

Da Hannes in Richtung Haus humpelte, folgte Torge ihm mit leichtem Unbehagen. Wieder wurden die Zweifel an dem Plan, hierher zu kommen und quasi am Tatort zu frühstücken, übermächtig. Sie schienen allein zu sein, die Arbeit des Morgens war erledigt. Aber wie stand er da, wenn er dem Landwirt jetzt die Tüte mit den Brötchen in die Hand drückte, um den Hof gleich wieder fluchtartig zu verlassen? Mit einem unguten Gefühl folgte er Hannes in die Küche des Bauernhauses, die er erst vor Kurzem von dem Blut der ermordeten Helga Paulsen befreit hatte. War das wirklich gerade sechs Tage her?

„Gibt es etwas Neues in dem Fall? Haben die Kommissare schon eine heiße Spur?", fragte er den Hausherrn, um die Bilder des Mordabends aus dem Kopf zu bekommen.

„Leider nein. Zumindest habe ich nichts gehört", antwortete Hannes, während er das Frühstück vorbereitete.
„Wie geht es dir? Kommst du klar?"
„Es geht schon. Die Schmerzmittel wirken gut, außerdem gibt es zwei befreundete Bauern, die mir bei der Arbeit unter die Arme greifen, bis hier Ruhe einkehrt und ich jemanden einstellen kann, ohne ihn in Gefahr zu bringen."
Die Gefahr war also nicht vorbei! Obwohl Torge das eigentlich vorher gewusst hatte, verursachte die nüchterne Aussage ihm eine Gänsehaut. Er fing plötzlich so heftig an zu frieren, als stünde er draußen in einem Schneesturm, statt in der gut geheizten Bauernküche. Automatisch rückte er dem bullernden Ofen ein wenig näher.
„Du siehst selbst aus, als könntest du eine Stärkung gebrauchen", bemerkte Hannes lachend, nachdem er den verschreckten Torge am Feuer stehen sah. „Komm her, du bekommst einen heißen Kaffee, dann fühlst du dich gleich wieder besser."
Widerstrebend verließ Torge die Nähe der wohligen Wärme, um auf der uralten, wuchtigen Eckbank Platz zu nehmen, die hier vermutlich seit Generationen stand. Wie üblich süßte er das heiße Getränk. Obwohl er schon mit Annegret eine Scheibe Brot gegessen hatte, verspürte er plötzlich Hunger. Beide machten sich über die deftige Landwurst her. Sie waren darin komplett vertieft, wodurch sie Leevke erst bemerkten, als sie in die Küche gestürmt kam. Es wäre derzeit besser, von der Gewohnheit abzuweichen, die Türen grundsätzlich unverschlossen zu halten, blitzte der Gedanke durch Torges Kopf.
„Moin Hannes, hast du von dem Windpark-Projekt gewusst?", kam sie sofort zur Sache, ohne sich lange mit der Frage nach Befindlichkeiten aufzuhalten.

„Moin Leevke! Der Vormittag der Überraschungsbesuche! Setz dich, möchtest du einen Pott Kaffee und ein Brötchen?“, fragte Hannes, ohne auf die Frage einzugehen.
Torge war so perplex von dem Auftauchen der Besucherin, dass ihm Hannes´ Reaktion auf seine Schwester entgangen war. Um was für ein Projekt handelte es sich bloß? Betraf es den Paulsen-Hof? Waren Windräder schuld am Tod der vier Menschen? Seine Gedanken rasten. Für einen Moment bekam er nicht mit, was zwischen den Geschwistern geschah.
„Ich will mich nicht setzen, ich will einfach wissen, was hier los ist. Hast du von dem Windpark-Projekt gewusst, oder nicht? Hat es etwas mit dem Tod der Eltern zu tun?“ Leevkes Tonfall war bestimmt. Sie wirkte nicht besonders aufgeregt, aber da war etwas anderes, was Torge nicht fassen konnte. Dabei verstand er nicht, worum es überhaupt ging. Hannes aß ungerührt weiter.
„Nun sag schon, was weißt du davon?“ Leevke ließ nicht locker.
„Wie du siehst, frühstücke ich gerade. Setz dich oder lass es bleiben, aber mein Leben ist komplett aus den Fugen geraten. Ich bin angeschossen worden, habe mir auf der Flucht vor dem Mörder außerdem den Fuß verstaucht. Die Arbeit auf dem Hof macht sich nicht von alleine. Was ist also dein Problem, hier in meine Küche zu stürmen, um mir Fragen über einen Windpark zu stellen?“ Der Landwirt nahm die Brötchenhälfte wieder in die Hand, um erneut hineinzubeißen.
Leevke wirkte verunsichert. Sie schien zu überlegen, ob sie sich doch setzen sollte.
„Also gut“, sagte sie schließlich. „Trinken wir erst mal einen Kaffee zusammen. Wie geht es dir?“

Hannes griff nach der Kanne, um Leevke in den Becher einzuschenken, den sie aus dem Schrank genommen und auf den Tisch gestellt hatte, bevor sie sich zu den Männern setzte. Zitterte die Hand des Landwirtes leicht oder bildete sich Torge das nur ein? Das ungute Gefühl, das bei dem gemütlichen Frühstück fast verschwunden war, verstärkte sich wieder.
Was steckte bloß dahinter? Leevkes Auftauchen gab ihm einen plausiblen Grund, sich vom Acker zu machen. Allerdings war seine Neugierde geweckt. Was hatte es mit diesem Projekt auf sich? Obwohl er auf Eiderstedt eigentlich alles mitbekam, hatte er davon nichts gehört. Die großen Windparks waren in den letzten Jahren in Dithmarschen entstanden. Oder betraf es gar nicht seine geliebte Halbinsel? Ging es um etwas anderes, was mit dem Vermögen der Familie zu tun hatte?
Der Appetit war ihm jedenfalls vergangen. Hin- und hergerissen, ob er gehen oder bleiben sollte, beobachtete er abwechselnd die Geschwister. Hannes wirkte nicht mehr so entspannt, wie bei seiner Ankunft. Leevke konnte er nicht einschätzen.
„Ist Ragnar wieder aufgetaucht?“, fragte der Landwirt in das Schweigen hinein.
„Nein.“ Die knappe Antwort schien keine Nachfrage zu dulden.
„Trotzdem bist du hier“, stellte Hannes fest. „Was hat dich dazu gebracht, deine Insel samt Nachwuchs und Tieren allein zu lassen?“
„Hallig“, korrigierte sie automatisch. „Ich wollte nach dir schauen, dir meine Unterstützung anbieten.“
„Und nach Ragnar suchen?“, hakte Hannes nach.
Leevke warf Torge einen kurzen Blick zu, bevor sie sich wieder auf ihren Bruder konzentrierte. „Ja, das auch.“

Die Frage nach Ragnar schien sie von ihrem ursprünglichen Anliegen bezüglich des Windparks abgebracht zu haben. Torge hätte gerne mehr darüber gewusst. Was hatte es zu bedeuten, dass Hannes die Frage nicht einfach beantwortete? Zusammen mit der gestiegenen Nervosität war das irgendwie verdächtig, obwohl der Hausmeister sich keinen Zusammenhang vorstellen konnte. Außerdem war Leevkes Mann verschwunden? Wie lange schon? Gab es da eine Verbindung zu den Morden? Am liebsten hätte sich Torge in das Gespräch eingeschaltet. Er hielt sich jedoch zurück, um erst einmal abzuwarten, wie es sich entwickelte.
„Du willst ihn suchen? Ihm hinterherspionieren?", fragte Hannes in seine Gedanken hinein.
„Ja, klingt irgendwie peinlich, ich weiß", antwortete sie, wobei sich eine leichte Röte über ihr Gesicht zog.
„Ist er dir untreu?"
Es wirkte auf Torge, als wollte Hannes mit seinen Fragen lediglich von dem ursprünglichen Thema ablenken, oder kam ihm das nur so vor, weil es ihn selbst viel mehr interessierte als die persönlichen Probleme von Leevke mit ihrem Mann?
„Gut möglich." Sie erweckte nicht den Eindruck, das Thema vertiefen zu wollen, was vielleicht an seiner Anwesenheit lag. „Also, was ist mit dem Windpark-Projekt? Hast du davon gewusst?"
„Ja." Hannes sah seiner Schwester bei der Antwort direkt in die Augen. „Wie hast du davon erfahren?"
Für einen Moment schien Leevke aus dem Konzept gebracht. Sie zögerte deutlich, schließlich antwortete sie: „Ich habe Hinnerk getroffen, er hat es mir erzählt."
„Hinnerk? Wann war das denn?" Der Landwirt ließ überrascht sein Brötchen sinken.
„Gestern." Wieder antwortete sie nur knapp.

„Gestern! Du bist also nicht direkt hierhergekommen, sondern hast dich erst mal mit Hinnerk getroffen, soso. Wie kam es dazu? Hat er dich wegen deiner Romane angerufen?“
„Wieso wegen meiner Romane? Nein, er hat mich nicht angerufen. Es war Zufall. Wir sind uns in Husum über den Weg gelaufen.“ Leevke schien endgültig irritiert zu sein. „Warum sollte er mich wegen meiner Romane anrufen?“
„Er hat sich auf der Feier sehr interessiert gezeigt und von den alten Zeiten geschwärmt“, antwortete Hannes.
„Blödsinn! Was ist denn nun mit dem Windpark?“, fragte sie ungeduldig nach.
„Nichts. Wir sind Bauern, keine Windparkbetreiber“, antwortete Hannes ruhig.
Trotzdem meinte Torge, wieder ein Zittern in seiner Stimme zu hören. Ob Leevke es ebenfalls bemerkte?
„Haben die Eltern es genauso gesehen?“, bohrte sie nach.
„Natürlich. Sie waren dabei, sich aufs Altenteil zurückzuziehen. Sie wollten nicht neu anfangen“, argumentierte der Landwirt.
„Sie mussten ja nicht selbst tätig werden. Mit dem Verkauf des Landes hätten sie sich woanders einen komfortablen Lebensabend gönnen können.“ Leevke wirkte wieder hochkonzentriert.
„Nein, das wollten sie nicht. Sie haben die Landschaft geliebt, so wie sie war, ohne sie durch Windräder verhunzen zu lassen.“
„Klingt nicht nach den Eltern. Sie waren egoistisch und selbstbezogen. Ich denke, die Landschaft wäre ihnen völlig egal gewesen, wenn sie durch das Einheimsen eines Vermögens die Ackerei hier auf dem Hof auf einen Schlag losgeworden wären.“ Leevkes Blick wurde eine

Spur intensiver. „Genau genommen klingt es eher nach dir."
„Ja, ich liebe die Landschaft, so wie sie ist", stimmte Hannes zu.
„Du würdest also den Hof nicht an eine Investorengruppe verkaufen? Es bedeutet Reichtum sowie Unabhängigkeit." Leevke ließ nicht locker.
„Ich bin Landwirt, liebe Schwester. Ich bin mit meinem Leben zufrieden, so wie es ist."
„Du könntest dir woanders einen Hof kaufen. Das Leben ist viel leichter, wenn man finanzielle Reserven hat", insistierte sie.
„Du musst es ja wissen." Hannes ließ sich nicht aus der Ruhe bringen, was Torge wirklich bewundernswert fand. Was hatte Leevke nur? Sie tat ja gerade so, als ob Hannes für den Tod seiner Eltern verantwortlich wäre.
„Ja, ich weiß es – sowohl wie belastend die Geldknappheit ist, als auch, wie entspannt es sich mit einem Polster lebt."
„Nichts für ungut, aber entspannt wirkst du absolut nicht. Ich frage mich, warum Ihr alle immer nur dem Geld hinterherrennt! Domenick mit seinem ganzen Luxus ist nicht glücklich; du kommst aufs Festland, um deinen untreuen Mann zu suchen. Ihr habt sicherlich viel mehr Kohle als ich, aber entspannt wirkt Ihr wirklich nicht." Hannes nahm einen Schluck aus seinem Kaffeebecher und verzog daraufhin das Gesicht. „Der Kaffee ist kalt", fügte er überflüssigerweise hinzu.
„Da hast du ja herrlich vom Thema abgelenkt. Ob Domenick oder ich glücklich sind, steht doch hier überhaupt nicht zur Debatte!" Mit Leevkes Ruhe war es vorbei. Der Landwirt schien ihren wunden Punkt erwischt zu haben.
„Aber mein Leben steht zur Debatte?" Auch Hannes war der Ärger jetzt deutlich anzumerken. „Du hast doch

schon über zwanzig Jahre nichts mehr mit dem Hof zu tun. Ich kann verstehen, dass du damals abgehauen bist. Das hätte ich an deiner Stelle ebenso getan, aber ich bin nach dem Studium zurückgekehrt. Hier ist mein Leben.“
Beide Geschwister warfen sich wütende Blicke zu. Dieser Konflikt schien tief zu sitzen und Torge überlegte, welchen Zusammenhang es mit den aktuellen Ereignissen gab. Was war mit diesem Windpark-Projekt? So wie sich das Gespräch entwickelt hatte, wagte er jetzt nicht mehr nachzufragen.
Gerade als Torge befürchtete, der Streit würde eskalieren, fuhr ein Auto vor. Die beiden Geschwister waren aufeinander fixiert, wodurch sie es nicht bemerkten. Erfreut beobachtete der Hausmeister, wie Knud und Kommissarin Wiesinger ausstiegen und auf das Haus zusteuerten. Er war gespannt, ob sie auch einfach hereinkamen, wie das hier auf dem Lande so üblich war.
Kurz darauf ertönte jedoch die Glocke, was die Geschwister aus ihrer Auseinandersetzung riss. Am liebsten hätte Torge die Tür selbst geöffnet und dabei die Gelegenheit genutzt, nach Hause zu fahren. Vielleicht gab es aber Neuigkeiten, die er nicht verpassen sollte. Außerdem konnte er den Kommissaren einen Hinweis auf den Windpark geben, wenn Leevke oder Hannes es nicht taten. Der Landwirt erhob sich, um nach den Besuchern zu schauen. Er ließ die Polizisten eintreten und bot ihnen an, Platz zu nehmen. Als sie ablehnten, setzte er sich wieder zu Torge auf die Eckbank.
„Moin Kommissarin Wiesinger, moin Knud. Haben Sie Neuigkeiten für uns?“, fragte er mit fester Stimme. Torge war gespannt, ob der Streit, dem er eben beigewohnt hatte, eine Rolle spielte. Er nahm sich vor, die beiden Geschwister im Auge zu behalten.

„Ja, das kann man so sagen. Wir haben den Verfasser der Verunglimpfungsbriefe ermittelt“, antwortete die Kommissarin. Hannes Augenlid fing an, nervös zu zucken.
„Tatsächlich? Wer ist es?“, fragte er.
„Die Freundin Ihrer Mutter hat sich an den Unfall erinnert, der vor achtundzwanzig Jahren hier auf dem Hof geschah. Wissen Sie davon?“ Die Wiesinger wandte sich mit ihrer Frage an beide Geschwister.
„Was für Briefe?“, fragte Leevke stattdessen. Nachdem Knud es ihr kurz erklärt hatte, antwortete sie: „Ja, ich erinnere mich. Es war furchtbar. Für die kleine Birte kam jede Hilfe zu spät.“ Auf Hannes´ fragenden Blick ergänzte sie: „Du warst damals nicht zu Hause, als es passierte. Die Eltern haben versucht, alles von Euch fernzuhalten. Vielleicht hat Domenick etwas mitbekommen, aber du hast noch keine Zeitung gelesen. Du warst immer nur draußen oder im Stall bei den Tieren. Es wurde gegen die Eltern wegen fahrlässiger Tötung ermittelt, sie wurden aber freigesprochen. Weil Frieda und Hans Jakobsen hier nicht mehr leben wollten, haben sie den Hof veräußert. Es gab Probleme einen Käufer zu finden, also haben die Eltern ihn übernommen.“
Torge fand Leevkes Ausdrucksweise merkwürdig, nie sagte sie *meine Eltern*, aber das lag wohl an deren verkorkstem Verhältnis. Diese alte Geschichte hatte er vollkommen vergessen, aber jetzt fiel sie ihm wieder ein. Hatte der Nachbar sich nach so vielen Jahren an Helga und Wilfried gerächt? Hannes stellte die Frage, im gleichen Moment, wie sie Torge durch den Kopf schoss.
„Das wissen wir nicht. Es gibt aber neue Informationen, über die wir mit Ihnen sprechen müssen. Seit wann sind Sie auf dem Festland, Frau Andresen?“, fragte die Kommissarin.
„Seit gestern.“

„Ist Ihr Mann wieder aufgetaucht?"
„Nein, das ist er nicht. Ich wollte ihn suchen, außerdem gucken, ob mein Bruder hier Hilfe benötigt. Welche Neuigkeiten haben Sie denn?" Die Ungeduld war Leevke deutlich anzumerken. Außerdem schien sie sich in dieser Umgebung nicht wohl zu fühlen. Vermutlich wollte sie nach dem Streit mit Hannes so schnell wie möglich wieder weg.
„Herr Jakobsen hat uns von einem Windpark-Projekt erzählt, das hier im Norden von Eiderstedt entstehen soll. Nach seinen Informationen waren Ihre Eltern daran interessiert, den Hof mit dem dazugehörigen Land zu verkaufen", schaltete sich Knud in die Befragung ein. „Haben Sie davon gewusst?"
„Also doch!", rief Leevke aus. „Was hat das zu bedeuten, Hannes?"
„Nichts. Beruhige dich! Ja, natürlich haben wir uns mit dem Thema beschäftigt. Wir hatten ja gar keine andere Wahl. Die Investoren haben uns hier einen Lackaffen auf den Hof geschickt, der uns mit einer Hochglanzbroschüre das Thema schmackhaft machen sollte. Mit seinen Dollarzeichen in den Augen hat er versucht, auch uns mit der Geldgier anzustecken. Da war er aber an der falschen Adresse. Weder unsere Eltern noch ich selbst hatten Interesse, unser Land an maßlose Umweltzerstörer zu verschleudern." Hannes redete sich in Rage, seine Augen blitzten vor Zorn.
Torge fühlte sich zunehmend unwohl in seiner Nähe, wagte jedoch nicht aufzustehen, um bloß keine Aufmerksamkeit auf sich zu lenken. So hatte er den sonst so besonnenen Landwirt bisher nie erlebt. War er etwa doch in die Morde verwickelt? Aber das konnte doch unmöglich sein! Er war ja an dem Nachmittag mit in Husum ge-

wesen. Abends als Hannes von dem Tod der Eltern erfuhr, war er komplett zusammengebrochen – und dann die Rückkehr des Schützen! Torge mochte gar nicht daran denken. Hatte Hannes das etwa alles inszeniert und seine eigenen Eltern töten lassen? Das konnte doch nicht wahr sein!

„Das glaube ich dir nicht!“ Leevke war längst nicht so wütend wie ihr Bruder, aber ihre Augen waren genauso dunkel geworden. „Hannes, was hast du getan? Bist du etwa für ihren Tod verantwortlich?“

„Sag mal, spinnst du jetzt völlig? Du kommst hier in mein Haus, angeblich um mir zu helfen, und beschuldigst mich im Beisein der Polizei, unsere Eltern getötet zu haben! Bist du von allen guten Geistern verlassen?“ Hannes´ Wut steigerte sich mit jedem Satz. Auf der einen Seite konnte Torge ihn verstehen, auf der anderen Seite war der Verdacht nicht von der Hand zu weisen. Aber wenn Hannes für die Morde verantwortlich war, schwebte er selbst vielleicht schon wieder in Gefahr!

Beunruhigt guckte er zu den Kommissaren. Beide wirkten entspannt, ließen sich von Hannes´ Auftritt nicht aus der Ruhe bringen. Wie gerne würde Torge der Wiesinger ein Zeichen geben, auf der Hut zu sein. Hatte sie den Landwirt ebenfalls bereits in Verdacht? Wie schnell war sie in der Lage, ihre Waffe zu ziehen? Angeblich war sie eine reaktionsschnelle Schützin, aber der Hausmeister hatte sie mit einer Pistole nie in Aktion gesehen.

„Hannes, was ist hier los?“ Die Frage von Leevke wirkte hilflos, so würde sie bestimmt kein Geständnis aus ihm herauslocken.

„Herr Paulsen!“ Die Stimme der Kommissarin war ganz ruhig. „Planten Ihre Eltern, gegen Ihren Willen den Hof an die Investorengruppe zu verkaufen?“

Einen Moment herrschte absolute Stille in der gemütlichen Küche in dem abgelegenen Neu-Augustenkoog und dann ging alles plötzlich so schnell, dass Torge sich hinterher gar nicht mehr erinnern konnte, in welcher Reihenfolge was geschah.
Es begann mit dem Wutausbruch des Landwirts. „Ja, sie haben mich quasi gezwungen, Landwirtschaft zu studieren, um den Hof zu übernehmen, weil Domenick dafür kein Interesse zeigte. Ich habe mich jahrelang ausgebildet, zugunsten von notwendigen Investitionen auf alles Mögliche verzichtet, ständig gearbeitet, wodurch ich nicht einmal eine Frau kennenlernen konnte – und jetzt wollten sie hier alles verkaufen. Für mich wäre vermutlich nur ein Taschengeld geblieben, dann hätte ich als Angestellter in irgendeinem Betrieb anheuern müssen. Sie haben uns alle immer nur ausgenutzt!“ Er stieß einen unkontrollierten Schrei aus. „Nicht mit mir! Und Sie machen mich jetzt auch nicht fertig!“ Mit diesen Worten griff er unter ein dickes Kissen, das neben ihm auf der Eckbank lag. Ehe Torge reagieren konnte, hatte der tobende Landwirt ihn in den Schwitzkasten genommen. An seiner Schläfe spürte er etwas Kaltes. Nur mit großer Mühe gelang es ihm, seine Blase zu kontrollieren.

Charlie in Augustenkoog | Freitag, den 06. November

Mit dem Wutausbruch des Landwirtes hatte Charlie gerechnet, nicht aber mit dem, was darauf folgte. Jetzt hieß es, einen kühlen Kopf zu bewahren, damit Trulsen diesem Desaster nicht auch noch zum Opfer fiel. Der Griff zur Waffe kam automatisch. Der Gedanke an Knuds schlechte Qualitäten als Schütze blitzte ihr durch den Kopf, darauf konnte sie sich nicht verlassen. Aber sie wollte nicht den Fehler des letzten Jahres wiederholen, zu schnell zu schießen. Trulsen durfte auf keinen Fall zu Schaden kommen! Ihre Gedanken rasten.

Hannes Paulsen hatte also einen Auftragsmörder engagiert. Die Möglichkeit hätte sie schon eher in Betracht ziehen sollen. Sie musste zugeben, so ein Szenario nach wie vor eher mit der Großstadt als mit diesem platten Land zu verbinden. Wie oft einem die eigenen Vorurteile doch im Weg standen! Trotzdem bedeutete es, dass Hannes die Morde nicht selbst begangen hatte. Würde er seine Skrupel überwinden und auf den Hausmeister schießen? Sie durfte es nicht darauf ankommen lassen. Ganz offensichtlich fühlte sich der Landwirt in die Enge gedrängt. Daraus entstanden nicht selten unkontrollierbare Handlungen. Sie nahm sich nicht die Zeit, zu Knud zu schauen, um Hannes keine Sekunde aus den Augen zu lassen.

Dann war da außerdem Leevke Andresen. Sie saß im Halbprofil zu Charlie, offensichtlich fassungslos und erstarrt. Die Kommissarin fragte sich, ob sie sie dazu bewegen konnte, aus der Schusslinie zu verschwinden. Würde das den Landwirt weiter reizen? Zwischen den Geschwistern schien es Streit gegeben zu haben, zumindest war die Spannung spürbar gewesen. Sie musste es probieren.

„Frau Andresen, am besten kommen Sie hier zu mir", forderte Charlie sie auf, wobei sie den ruhigen Ton beibehielt.

„Du bleibst sitzen!" Es klang wie ein Befehl, woraufhin Leevke unmittelbar zusammenzuckte. „Keiner bewegt sich von der Stelle oder ich erschieße Torge." Ohne den Blick von den Kommissaren abzuwenden, sagte er etwas leiser: „Tut mir leid, Kumpel, ist nicht persönlich gemeint."

Trulsen schien einem Zusammenbruch nahe zu sein. Hoffentlich verlor er jetzt nicht die Nerven! Insgeheim wunderte sich die Kommissarin, warum er überhaupt wieder hier auf dem Hof weilte. Er war nicht nur der Besprechung am Mittwoch ferngeblieben, sondern hatte sich auch nicht mehr bei Knud gemeldet, was mitten in einer Ermittlung wirklich untypisch war. Charlie war davon ausgegangen, er würde seine Drohung wahrmachen, dem inoffiziellen Polizeidienst abzusprechen.

Damit konnte sie sich später befassen. Jetzt hieß es, diese Situation aufzulösen, ohne ihn weiter in Gefahr zu bringen. Immerhin schien es dem Landwirt nicht gleichgültig zu sein, was mit Trulsen geschah. Die Kommissarin wusste nicht, wie eng die Freundschaft zwischen den beiden war, aber immerhin war der Hausmeister hier wieder hergekommen, vermutlich um nochmals seine Hilfe auf dem Hof anzubieten. Würde Hannes Trulsen wirklich erschießen?

„Hannes, lass Torge gehen. Du machst doch alles nur schlimmer“, versuchte Leevke, auf ihren Bruder einzuwirken.

„Auf keinen Fall. Du siehst doch, was hier los ist. Sie werden mich verhaften oder erschießen. Auf keinen Fall!“, wiederholte er, ohne die Kommissarin mit der gezückten Waffe aus den Augen zu lassen.

„Hannes, Sie werden dich sowieso verhaften“, antwortete Leevke, was Charlie nicht hilfreich fand. „Du willst doch nicht, dass dir zusätzlich ein Mord zur Last gelegt wird.“

„Halt endlich den Sabbel!“, brüllte Hannes sie plötzlich an. Schneller als Charlie gucken konnte, richtete er die Waffe auf seine Schwester und schoss. Bevor die Kommissarin reagierte, um ihn unschädlich zu machen, setzte er die Bedrohung des Hausmeisters fort. Leevke fing an zu schreien. Als Knud ihr zur Hilfe eilen wollte, brüllte Hannes weiter: „Keiner bewegt sich.“ Es warf einen kurzen Blick zu Leevke. „Das ist nichts Dolles, du wirst es überleben.“

Gern hätte Charlie selbst nach ihr geschaut, aber sie konzentrierte sich voll auf den Landwirt. Da Leevke schrie, hatte er sie immerhin nicht erschossen. Trotzdem waren all ihre Sinne geschärft. Hannes schreckte nicht davor zurück, die Waffe zu benutzen. Offensichtlich hatte er die

Kontrolle völlig verloren. Trulsen schwebte in echter Gefahr. Wie konnte sie ihn aus dieser Situation befreien? Leevkes Schreien war in ein Wimmern übergegangen. Aus den Augenwinkeln sah Charlie, wie sie sich den Arm hielt. Auf jeden Fall sollte sie bald ärztlich versorgt werden. Die Kommissarin musste einen Weg finden, Hannes außer Gefecht zu setzen, ohne Torge zu gefährden. Ihre Gedanken drehten sich im Kreis, ohne eine Lösung zu finden. Wäre da nicht der alte Fall mit dem Zuhälter gewesen, bei dem sie vermeintlich zu schnell geschossen hatte, hätte sie längst einen Versuch gewagt. Doch so zögerte sie. Um nichts in der Welt wollte sie diesen Fehler wiederholen und Trulsens Frau erklären müssen, sie wäre für seinen Tod verantwortlich. Erneut verfluchte Charlie, dass Knud ein so schlechter Schütze war. Den Winter musste er auf dem Schießstand verbringen, dafür würde sie sorgen! Er sollte sie nicht wieder in so eine Situation bringen!
Plötzlich wurde die angespannte Stille durch ein vorfahrendes Auto unterbrochen. Charlie wurde heiß. Es galt auf jeden Fall eine Eskalation durch das Eintreten einer weiteren Person zu vermeiden! Wer konnte das sein? Wer kam hier am Vormittag auf den Hof, um einen Besuch abzustatten? Ein Kondolenzbesuch eines Nachbarn? Sie wagte es nicht, zum Fenster zu schauen. Vermutlich hätte sie die Gäste sowieso nicht erkannt, aber immerhin gewusst, wie viele es waren. Vielleicht ergab sich daraus aber eine Möglichkeit, Trulsen zu befreien. Wenn Hannes lange genug abgelenkt war, könnte es klappen.
Als Leevke die Bewegung auf dem Hof ebenfalls bemerkte, kam wieder Leben in die zusammengesunkene Frau. Vermutlich auf Hilfe hoffend reckte sie den Hals, um zu sehen, wer da eintraf. Hoffentlich vermasselte sie

Charlie nicht wieder die Tour. Ihren Bruder unter Druck zu setzen, war schon keine strategische Glanzleistung gewesen. Wenn sie einen weiteren Fehler beging, brachte sie damit alle in Gefahr. Doch was sollte die Kommissarin dagegen tun? Sie konnte ihr ja schlecht den Mund verbieten. Da sie selbst mit dem Rücken zu den Fenstern und der Tür stand, sah sie nicht, wer gerade eintraf. Vermutlich würde der Besucher in Kürze die Küche betreten.
„Ragnar! Wie kommst du denn hierher?“, rief Leevke überrascht aus.
Knud reagierte blitzschnell. „Bleiben Sie stehen!“, forderte er den Mann sofort auf, nachdem Leevke ihn mit ihrer Frage für die Anwesenden identifiziert hatte.
Charlie konnte seine Reaktion nicht sehen, wurde jedoch von dem folgenden Tumult voll in Anspruch genommen. Anscheinend war Hannes einen Moment abgelenkt gewesen, oder Trulsen hatte es einfach als seine Chance gesehen, der bedrohlichen Situation zu entgehen. Er rammte dem Landwirt seinen Ellenbogen in die Seite, woraufhin dieser schmerzerfüllt aufschrie. Als Torge schließlich versuchte, sich aus der Umklammerung zu lösen, fiel ein Schuss. Erstarrt hielt er in der Bewegung inne. Leevke sprang auf und lief durch den Raum in Ragnars Richtung. Hannes gewann die Kontrolle über seinen Körper zurück. Wieder richtete er die Waffe auf Torge, der sich lediglich ein kleines Stück von dem Landwirt entfernt hatte. Dieser blitzte die Kommissarin mit solcher Wut an, dass sie befürchtete, er würde nun sie erschießen. Während ihr eben heiß geworden war, spürte sie nun eine Gänsehaut über ihren Kopf kribbeln. Trotz der Anspannung war sie hochkonzentriert. Mit ruhiger Hand hielt sie ihre Pistole auf Hannes gerichtet.
„Geben Sie auf“, forderte sie ihn mit fester Stimme auf. „Sie haben keine Chance zu fliehen.“

Sie musste dem jetzt ein Ende setzen, bevor hier alles, außer Kontrolle geriet. Nicht auszudenken, wenn er plötzlich wild um sich schoss. Sein Stresspegel schien zu steigen, eine Ader pochte an der Schläfe seines hochroten Kopfes. Trulsen spürte es ebenfalls. Nach dem mutigen Fluchtversuch schien er jetzt wieder erstarrt, wenn auch konzentriert.

Sie trat einen Schritt näher heran, was die Anspannung des Landwirtes sichtlich erhöhte. Er ließ sie nicht aus den Augen. Charlie nahm nur Hannes und Trulsen wahr. Sie hoffte inständig, die anderen im Raum begingen jetzt keine Fehler. Auf Knud konnte sie sich verlassen, doch was war mit der angeschossenen Leevke und dem gerade wieder aufgetauchten Ragnar?

„Hannes, lass den Mann gehen“, ertönte im gleichen Moment eine sonore Stimme.

Gerade als Charlie sich über die erneute Einmischung ärgern wollte, sah sie, wie Hannes mit ungläubigem Gesichtsausdruck zwischen ihr und den Personen in ihrem Rücken hin- und herblickte. Ohne zu wissen, was seine Überraschung ausgelöst hatte, ergriff sie die Gelegenheit, seine Unsicherheit auszunutzen.

„Lassen Sie die Waffe fallen, oder ich schieße“, kommandierte sie mit fester Stimme. Wieder kam Bewegung in Trulsen. Erneut nutzte er seinen Ellenbogen, um den Landwirt zu schwächen sowie endlich von der Eckbank fliehen zu können. Dieses Mal war er erfolgreich. Charlie vermutete, dass er den verletzten Arm des Landwirtes getroffen hatte. Mit schmerzverzerrtem Gesicht ließ dieser tatsächlich seine Waffe fallen und sackte in sich zusammen. Mit drei Schritten war Charlie bei ihm, kickte die Pistole mit dem Fuß ein paar Meter weg, um Hannes anschließend festzunehmen.

Jetzt, wo die Gefahr gebannt war, fingen ihre Hände an zu zittern. Schnell war Knud bei ihr, um den Gefangenen zu übernehmen. Erst dann konnte Charlie sich umdrehen, um zu gucken, was die Wende in Hannes Verhalten ausgelöst hatte. Ragnar, wie ein Wikinger aussehend, stand mit einem Gewehr in der Hand da.
„Es ist vorbei", sprach sie ihn an, worauf er es sinken ließ. Leevke hatte etwas um ihren Arm gewickelt, was die Blutung stillte. Das schien sie beruhigt zu haben.
Auf den fragenden Blick der Kommissarin erklärte sie: „Der Vater hatte das Gewehr schon immer hier in einem Hohlraum der Türzarge untergebracht. Er war der festen Überzeugung, es würde ihm im Notfall wenig nützen, es in einem abgeschlossenen Schrank aufzubewahren. Wer hätte gedacht, dass es einmal meinen wildgewordenen Bruder aufhalten würde. Er selbst bestimmt am wenigsten. Was passiert nun mit ihm?", fragte sie besorgt.
„Er wird dem Haftrichter vorgeführt. Er steht unter Verdacht, einen Auftragsmörder engagiert zu haben, um Ihre Eltern töten zu lassen", antwortete Charlie, wobei sie Ragnars fassungslosen Blick auffing.
„Hier ist einiges passiert, während Sie verschwunden waren. Trotzdem sind Sie eindeutig im richtigen Moment aufgetaucht. Dafür möchte ich mich bei Ihnen bedanken. Wo waren Sie denn die ganze Zeit und wie kam es dazu, dass Sie jetzt hier zu dem Hof gekommen sind?"
Der breitschultrige Nordfriese warf einen verlegenen Blick zu seiner Frau.
„Tja, das ist eine lange Geschichte. Sollten wir uns nicht erst mal um den Mann kümmern, der von Hannes bedroht wurde? Er sieht ziemlich mitgenommen aus. Vielleicht braucht Ihr Kollege außerdem Unterstützung."

„Kommissar Petersen hat bestimmt schon Verstärkung angefordert, aber Sie haben recht, wir sollten uns erst mal um Trulsen kümmern."
Der Hausmeister war jedoch nicht ansprechbar. Zitternd saß er am Tisch, ohne auf die Ansprache der Kommissarin zu reagieren. Sie rief einen Arzt und ließ ihn vorerst in Ruhe, warf ihm jedoch ab und zu einen besorgten Blick zu.
„Also, erzählen Sie mal", kam sie auf Ragnars Abwesenheit zurück. „Ihre Frau hat sich sowieso schon ihren Teil gedacht. Ich vermute, sie ist nicht nur aufs Festland gekommen, um nach ihrem Bruder zu gucken."
Während die beiden kurz Augenkontakt aufnahmen, nickte Leevke schließlich.
„Du kannst es ruhig erzählen, Ragnar. Wir müssen ohnehin reinen Tisch machen – ob nun hier oder zu Hause, das kommt am Ende aufs Gleiche heraus. Immerhin hast du uns gerettet, das bringt dir Pluspunkte ein", versuchte sie, die Atmosphäre durch einen kleinen Scherz aufzulockern.
„Ich fürchte, das Lachen wird dir gleich vergehen", antwortete Ragnar. Er atmete einmal tief durch, bevor er weiterredete. „Also gut. Ich habe eine Frau kennengelernt." Er legte eine Pause ein und schaute zu seiner Gattin. „Es tut mir leid, Leevke, aber in den letzten Jahren ist nicht alles so gelaufen, wie ich es mir gewünscht hätte. Ehrlich gesagt, habe ich schon lange das Gefühl, für dich nicht das große Glück zu sein. Na ja, das sollten wir wohl unter vier Augen besprechen. Um es kurz zu machen: Es gibt eine Frau – schon seit Monaten. Ich wollte einfach mal ausprobieren, wie es ist, wenn es nur sie gibt."
„Du hättest mit mir schnacken können", sagte sie, ohne einen Vorwurf durchklingen zu lassen. „Ich war wirklich in Sorge."

Er wandte sich ihr entschuldigend zu. „Ich weiß, es war nicht fair, einfach zu verschwinden. Mir ist das alles über den Kopf gewachsen. Vielleicht fällt es dir schwer, das zu glauben, aber ihr habt mir gefehlt. Du hast mir gefehlt! Für ein paar Tage hatten wir uns komplett abgeschottet. Dann habe ich auf *N3 von der Küste* einen zusammenfassenden Bericht von den Ereignissen hier auf dem Hof gesehen. Als ich zu Hause anrief, erzählten mir die Kinder, du seist hier, um Hannes zu helfen, also bin ich sofort hergefahren."

„Du hast die Kinder zu Hause erreicht? Die sollten doch in der Schule sein", gab Leevke zurück, obwohl das für den Moment nicht wichtig war.

„Es ist was ausgefallen, da sind sie zu den Katzen gefahren, um sie zu füttern. Das ist doch jetzt nicht das Thema, Leevke!", gab Ragnar ungeduldig zurück.

„Und was ist mit der Frau?", fragte sie daraufhin.

„Ich habe es beendet. Die Geschehnisse haben mir solche Angst eingejagt. Als ich hörte, dass du hier bist, hatte ich die ganze Zeit das Gefühl, du würdest in Gefahr schweben. Ich hoffe, du gibst mir noch eine Chance."

„Was ist in dem Schließfach?", setzte sie nach, worauf sie einen ungläubigen Blick erntete.

„Du weißt davon?" Seine Stimme klang sofort ärgerlich. „Hast du etwa in meinen Sachen herumgeschnüffelt?"

„Ja. Reg dich jetzt bloß nicht künstlich auf. Du hast mir genug Anlass dafür gegeben. Also, was ist in dem Schließfach?"

Eine Weile schwieg Ragnar trotzig, dann zuckte er jedoch mit den Schultern.

„Geld", antwortete er schließlich knapp.

„Geld?", hakte Leevke nach.

„Können wir das besprechen, wenn wir alleine sind?" Ragnar schwankte zwischen Ärger und Flehen.

Charlie spürte, wie die Anspannung von ihr abfiel. Sie vermutete, Schwarzgeld in dem Tresor. Andresen hatte es wohl gebunkert, um gegebenenfalls mit seiner Geliebten durchbrennen zu können. Genau genommen musste sie sich darum kümmern, aber nach dem Stress der letzten Stunde, beschloss sie spontan, es nicht weiterzuverfolgen. Nach diesen Ereignissen würde Ragnar seine Steuererklärung sicherlich wieder korrekt ausfüllen.
„Schon gut. Vielen Dank für Ihr Eingreifen. Den Rest können Sie wirklich alleine klären. Der Arzt wird gleich eintreffen. Er versorgt dann Ihre Wunde. Ich kümmere mich inzwischen mal um Torge Trulsen."
Als die Kollegen eintrafen, um Hannes in die Untersuchungshaft zu bringen, saß der Hausmeister immer noch bewegungslos am Tisch. Er schien auf die Platte zu starren, aber Charlie vermutete, dass er sie gar nicht sah. Obwohl er sich selbst in die Situation gebracht hatte, fühlte sie sich für ihn verantwortlich. Der Mediziner ließ auf sich warten. Das Ehepaar Andresen holte sich ihr Okay, den Hof verlassen zu dürfen. Sie wollten nach Versorgung der Wunde so schnell wie möglich auf ihre Hallig zurück und hofften die Fähre am frühen Nachmittag zu erreichen. Beide versprachen, der Polizei für mögliche Fragen zur Verfügung zu stehen.
Endlich traf der Arzt ein. Weder Knud noch Charlie war es inzwischen gelungen, ein Wort aus Trulsen herauszubekommen, was die Kommissarin als überaus beunruhigend empfand. Der Schock über die Geschehnisse schien tief zu sitzen. Nach Verabreichung eines Beruhigungsmittels wurde er schließlich von dem Arzt ins Klinikum Nordfriesland in Husum gebracht, damit er - nach allem, was er die letzten Tage durchgemacht hatte – mindestens über Nacht unter Beobachtung stand.

Schließlich blieben die Kommissare allein in der Küche zurück. Charlie hatte sich kraftlos auf einen Stuhl sinken lassen. Ihre Beine zitterten. Obwohl es sie ärgerte, konnte sie es nicht abstellen. Als sie Knuds Blick auf sich ruhen fühlte, sah sie auf. In seinen Augen mischten sich Anerkennung und Besorgnis.

„Das war wirklich großartig, wie Sie die Nerven behalten haben. Nie hätte ich vermutet, dass Hannes hinter all dem steckt. Es ging also wieder einmal nur um den schnöden Mammon", kommentierte er die Ereignisse.

„Ich glaube, es geht um viel mehr als lediglich um Geld. Hannes wollte nicht nur seine Existenz, sondern auch die Landschaft retten. Was jetzt wohl aus all dem wird? Hoffentlich entscheiden sich die anderen nicht für den Verkauf. Dieser Windpark wäre bestimmt kein Gewinn für Eiderstedt", antwortete Charlie matt.

„Wer hätte gedacht, dass Sie sich mal Sorgen um diese Region hier machen würden? Ich freue mich allerdings sehr darüber. Mit jedem Monat werden Sie ein wenig mehr zur waschechten Nordfriesin. Wissen Sie was? Wir vergessen jetzt erst einmal den Fall. Der Auftraggeber ist gefasst, der Schütze wird ebenfalls festgesetzt. Alle weiteren Überlegungen sowie unser abschließendes Résumé können wir in ein paar Tagen zusammen mit Fiete anstellen – wenn Torge wieder fit ist, um den obligatorischen Pharisäer mit uns zu trinken ..." Knud wollte noch etwas ergänzen, wurde aber von Charlie unterbrochen.

„Die heutige Bedrohung durch einen Freund hat ihm sicherlich den Rest gegeben. Selbst wenn er bald wieder auf den Beinen ist und aus der Klinik entlassen wird, glaube ich kaum, ihn auf dem Revier so bald wiederzusehen."

„Ah, Sie kennen doch Torge. Der ist ein echtes Stehauf-

Männchen. Der lässt sich weder die Abschlussbesprechung noch die Einmischung in den nächsten Fall entgehen", widersprach Knud.

„Wenn Sie sich da mal nicht irren! Haben Sie gesehen, wie erledigt er war? Ich habe mich über seine Rückkehr hierher gewundert, nachdem er vor ein paar Tagen mitten in die Schusslinie geraten war." Charlie war von Knuds Argumenten nicht überzeugt.

„Genau das spricht für meine Theorie", beharrte Knud auf seiner Meinung, was eigentlich untypisch für ihn war. „Dienstagabend fast erschossen, kehrt er heute schon wieder zum Ort des Geschehens zurück. Stehauf-Männchen – sag ich doch." Knud guckte ihr triumphierend direkt in die Augen, was Charlie schließlich zum Lachen brachte.

„Lassen Sie Trulsen nicht hören, dass Sie ihn als Männchen bezeichnen", ergänzte sie. Es tat gut, endlich einmal wieder herumalbern zu können.

„Geht in Ordnung, aber verraten Sie mich nicht. Kommen Sie, wir fahren ans Wasser. Endlich sind die Touristen weg. Diese Woche haben wir nicht einmal die Gelegenheit für einen Strandspaziergang gehabt."

Charlie nickte zustimmend.

„Sie sind doch nicht zu schlapp, oder? Was ist eigentlich aus Ihrer Erkältung geworden?", fragte er.

„Alles weggedopt. Vermutlich liege ich nächste Woche flach, aber so ist es dann eben. Was sagt der Tidekalender?"

Knud warf einen Blick auf sein Handy, bevor er antwortete. „Das wollen Sie gar nicht wissen."

„Also Niedrigwasser. Dann lassen Sie uns erst mal zu Annegret Trulsen fahren, damit sie nicht am Telefon von dem Krankenhausaufenthalt ihres Mannes erfährt. Danach lade ich Sie zum Essen ein. Wenn wir uns Zeit lassen, wird das Wasser schon zurückkehren. Ein ausgiebiger Spaziergang in Gesellschaft von Wind und Wellen ist auf jeden Fall eine gute Idee."

Bereits bei der Vorstellung fühlte Charlie neue Kraft in ihren Körper strömen.

„Und ich dachte schon, Sie freuen sich auf meine Gesellschaft", gab Knud gespielt schmollend zurück, wofür er zumindest ein Lächeln von der Kollegin erntete.

Epilog

Erst Mitte der darauffolgenden Woche trafen sich die Kommissare zu ihrer obligatorischen Abschlussbesprechung. Greta nahm dieses Mal aufgrund der beigesteuerten Informationen ebenfalls teil. Sie hatte für das Team Friesenschnitten gebacken, die vorzüglich in die Jahreszeit passten. Knud kümmerte sich wie üblich um die Zubereitung des Pharisäers, der natürlich nicht fehlen durfte.
„Wollen wir nicht auf Trulsen warten?“, fragte die Kommissarin, als die Kollegen die Becher hoben, um auf den schnellen Abschluss des Falles anzustoßen.
„Er wird nicht kommen“, antwortete Knud mit einem betrübten Gesichtsausdruck.
„Ernsthaft? Aber er ist doch längst aus dem Krankenhaus entlassen worden“, hakte Charlie nach.
„Ja, das ist richtig. Annegret konnte ihn bereits Samstagmittag wieder nach Hause holen. Ich habe vorhin mit ihr

geschnackt, weil Torge nicht an sein Handy geht. Er scheint die Ereignisse noch nicht verkraftet zu haben. War ja auch echt brenzlig für ihn. Er hat sich außerdem in der *Weißen Düne* krankgemeldet – das ist meines Wissens bisher nie vorgekommen", klärte Knud die anderen über die Fakten auf.

„Können wir etwas für ihn tun?" Die Kommissarin war wirklich in Sorge.

„Nein. Im Moment möchte er nur in Ruhe gelassen werden. Annegret versucht, ihn zu dem lang ersehnten Urlaub zu überreden. Vielleicht fliegen sie für ein paar Wochen auf die Kanaren. Jedenfalls hält sie das für eine gute Idee. Na ja, Ihr kennt ja Torge. Am liebsten ist er hier in Nordfriesland." Knud grinste. „Das können wir ja bestens verstehen. Sogar Charlotte will gar nicht mehr zurück in die große Stadt."

„Da haben Sie sogar recht. Hauptsache Trulsen verstrickt sich nicht am anderen Ende von Europa in einen Kriminalfall. Mir ist schleierhaft, wie er das hinbekommt, aber irgendwie ist er grundsätzlich mitten im Geschehen, wenn es kritisch wird." Charlie schüttelte den Kopf, wodurch ihre braunen Locken wie üblich tanzten.

„Ich glaube, da geht gerade eine Ära zu Ende. Torge hat mehrfach zu Annegret gesagt, er will mit den Kriminalfällen nichts mehr zu tun haben", versicherte Knud, bevor er herzhaft in ein Stück Kuchen biss. „Mhm, lecker! Den hast du sehr gut hinbekommen." Greta erntete mit dem Lob ein Lächeln, worüber sie sich sichtbar freute.

„Ach, das sagt er jetzt. Sobald er sich von den traumatischen Erlebnissen erholt hat, wird er wieder an Bord kommen – dafür ist er viel zu neugierig", widersprach die Kommissarin vehement.

„Ich glaube, dieses Mal irren Sie sich. Ich hoffe zwar in naher Zukunft ausschließlich auf Bagatellfälle, aber auch

wenn der nächste knifflige Tatbestand eintrudelt, wird Torge sich bedeckt halten." Knud schien überzeugt.
„Gut, dann wetten wir. Was setzen Sie ein?" Charlies Gesicht glühte vor Freude über die Idee, worauf Knud anfing zu lachen.
„Sie sind sich Ihrer Sache ja sehr sicher."
„Allerdings, ich werde gewinnen." Während Charlie sich siegessicher in ihrem Stuhl aufsetzte, verfolgten Fiete und Greta belustigt den Schlagabtausch zwischen den beiden Kommissaren.
„Ganz sicher?", fragte Knud schelmisch nach. „So sicher, dass ich den Wetteinsatz bestimmen darf?"
Im Grunde hätte sie anhand seines breiten Grienens vorsichtig sein müssen, aber sie war letztlich davon überzeugt, Torge Trulsen nicht als Hilfssheriff zu verlieren. Immerhin kannte sie ihn schon über ein Jahr. Er konnte gar nicht anders, als sich in ihre Angelegenheiten einzumischen.
„Ja, Sie dürfen den Einsatz bestimmen", antwortete sie leichthin.
„Na gut. Sie haben es so gewollt. Ich hoffe, Sie bereuen es nicht." Er legte eine Pause ein, um die Spannung zu erhöhen.
„Nun sagen Sie schon", forderte Charlie ihn auf.
„Ihr seid meine Zeugen", wandte er sich an Fiete und seine Mutter. „Also, wenn sich Torge beim nächsten größeren Fall nicht in die Ermittlungen einmischt, bekomme ich einen Schlüssel zu Ihrem Haus."
Vermutlich guckte sie ihn absolut verdattert an, jedenfalls fiel er in herzhaftes Lachen, welches die beiden anderen ansteckte. Einen Moment wusste die Kommissarin nicht, wie sie sich verhalten sollte. Es fühlte sich ein bisschen so an, als hätte er sie hereingelegt, doch dann entschied sie sich, einfach mitzulachen.

„Bekomme ich dann im Gegenzuge Ihren Schlüssel, wenn sich Trulsen doch wieder einmischt?“, forderte sie ihren Kollegen heraus.
„Das versteht sich von selbst. Allerdings müssen Sie dann natürlich auch das Servieren des Kaffees ans Bett übernehmen.“ Knud schaute ihr direkt in die Augen. Sie war sich nicht sicher, wie sie das Blitzen interpretieren sollte.
„Ich denke darüber nach“, antwortete sie ein wenig ausweichend. „Ein bisschen Fieberwahn begleitet mich noch. Sie bekommen meine Antwort, wenn ich nicht mehr unter Doping stehe.“ Sie lächelte ihm zu, ging aber spürbar wieder ein wenig auf Distanz. „Schließen wir erst einmal diesen Fall ab. Hast du etwas von den Hamburger Kollegen gehört, Fiete?“
„Das habe ich – und es sind gute Neuigkeiten. Sie haben den Auftragskiller festgenommen. Hannes Paulsen hat ihnen umfangreiche Informationen geliefert, wohl in der Hoffnung, das eigene Strafmaß dadurch zu reduzieren. Der Schütze war bereits einschlägig bekannt, die Festnahme einfacher als erwartet.“
„Ich kann nicht glauben, dass Hannes zu so etwas fähig war! Wie kann man denn den Auftrag erteilen, seine eigenen Eltern erschießen zu lassen?“ Greta spielte aufgebracht mit ihrer Lesebrille herum.
„Tatsächlich wollten Helga und Wilfried Paulsen den Hof an die Investorengruppe veräußern. Das hätte nicht nur die Landschaft komplett verändert, sondern Hannes die Existenzgrundlage genommen. In welcher Höhe sie ihn entschädigen wollten, werden wir nicht mehr erfahren“, führte Fiete weitere Fakten an.
„Aber gab es da keine andere Lösung?“, fragte Greta fassungslos.

„Für diese Familie scheinbar nicht“, schaltete sich Charlie wieder in das Gespräch ein. „Was passiert jetzt mit dem Hof? Haben die Geschwister sich schon geäußert?“ Bis zum heutigen Tag hatte sich die Kommissarin auskuriert und die nachträglichen Recherchen ihren Kollegen überlassen.
„Das steht bislang nicht fest. Solange das Verfahren gegen Hannes läuft, wird es keine endgültige Entscheidung geben. Leevke würde den Hof am liebsten durch einen Pächter weiter bewirtschaften lassen. In diesem Sinne will sie auf die Geschwister einwirken. Ich hoffe, sie verhindert damit den Bau des Windparks“, tat Knud seine Meinung kund. „Domenick würde sicherlich gerne das Geld einstreichen. Wir werden es erleben. Wie es aussieht, ist der Einfluss von Leevke auf die Geschwister aber groß.“
„Sie hatten also mit der ganzen Sache überhaupt nichts zu tun?“, fragte Charlie nach.
„Nein, Hannes hat niemanden eingeweiht, sondern die Entscheidung ganz alleine getroffen. Was für ein Glück, dass Ragnar Andresen am Freitag zu dem Paulsen-Hof kam. Das hätte für Torge wirklich böse ausgehen können.“ Knud atmete einmal tief durch. „Ich bin sehr froh über Ihre Nervenstärke, Charlotte, Sie haben Hannes lange genug in Schach gehalten. So hatten wir die Chance ihn zu überwältigen.“
„Nächste Woche werden wir mit den Übungen auf dem Schießstand beginnen. Auch wenn ich souverän gewirkt habe, ich fühle mich in Zukunft in solchen Situationen sicherer, wenn Sie der zweite professionelle Schütze am Ort des Geschehens sind. Es wird nicht immer ein Ragnar im richtigen Moment auftauchen.“ Charlie war erleichtert, aber auch sehr bestimmt in ihrer Forderung.

„Ich verspreche es“, antwortete Knud. „Sie sollen sich an meiner Seite sicher fühlen.“

„Gut, dann haben wir das ja geklärt“, meldete sich Fiete zu Wort. „Übrigens habe ich eine weitere interessante Nachricht zum Abschluss dieses Falles. Wir haben eine vielversprechende Bewerbung auf unsere freie Stelle erhalten.“

„Und damit kommen Sie erst jetzt?“ Charlie war sofort Feuer und Flamme. „Ein Mann oder eine Frau? Spannen Sie uns nicht auf die Folter, Fiete!“

„Es wird Sie freuen, Charlotte. Es handelt sich um eine junge Frau – frisch von der Uni. Sie absolviert derzeit das duale Studium des BKA zur Kriminalkommissarin. Im Februar wird sie es abgeschlossen haben. Sie würde, wenn es passt, gerne im April hier bei uns anfangen.“ Fiete guckte stolz in die Runde, als präsentierte er ihnen gerade die eigene Tochter. „Ich habe schon mit ihr telefoniert. Sie ist so frech wie Sie, Charlotte, das könnte nicht nur interessant werden, sondern unser Revier außerdem echt bereichern.“

„Warum will sie ausgerechnet nach Sankt Peter-Ording?“, fragte Knud pragmatisch.

„Ihr werdet es nicht glauben, sie ist in Nordfriesland aufgewachsen und kann es gar nicht abwarten, wieder an die Küste zu kommen.“ Fiete strahlte über das ganze Gesicht. „Ihr Name ist Lilly Morgenroth.“

„Klingt nicht gerade nordisch“, bemerkte Greta, als ob sie etwas einzuwenden hatte.

Fiete ließ sich nicht beirren. „Wartet es ab. Sie wird Euch gefallen.“

Kleines Lexikon norddeutscher Begriffe

Moin/Moin Moin	Begrüßung für den ganzen Tag
zu Potte kommen	weitermachen, fertig werden
Gosch	Fischrestaurant aus Sylt
sabbelig	redselig
piesacken	zusetzen, triezen
Gezuckel	langsames Fahren
„mach hinne"	mach weiter, werde fertig!
Klönschnack	gemütliche Plauderei
schnacken	sich unterhalten
dumm Tüch	dummes Zeug
lütt	klein
Buddel Köm	Flasche Korn
scheun	schön
grienen	Grinsen, lächeln
Priel	Rinne im Wattenmeer, in der sich auch bei Ebbe Wasser befindet
min seute Deern	mein süßes Mädchen
vertellen	erzählen
Schiet	Scheiße
Kopp in Nacken	Kopf in den Nacken
verklickern	erklären
Friesengeist	nordischer Schnaps
Pharisäer	Kaffeespezialität mit Rum und Schlagsahne
Pott Kaffee	Becher Kaffee
aufgebretzelt	chic angezogen/zurecht gemacht
schnieke	Chic
Rundstück	einfaches helles rundes Brötchen
Alsterwasser	Bier und weiße Limonade
Gedöns	als überflüssig erachtete Gegenstände

Scheibenkleister	s. Schiet
Butter bei die Fische	Klartext reden, nichts zurückhalten
Auf dem Kieker	Besondere Aufmerksamkeit, wörtlich Fernglas
Franzbrötchen	Plunderteig mit Zimt und Butter, ursprünglich aus Hamburg
Jo	Ja
fünsch	wütend, ärgerlich
vertüdeln	vergeuden
Wo geiht di dat?	Wie geht es Dir?
Klönschnacktür	Zweigeteilte Außentür, bei der man einen Klönschnack halten kann, indem man nur den oberen Teil öffnet
Mors	Hinterteil
Friesenschnitten	Blätterteig, Pflaumenmus, Sahne
Kluntjes	Kandiszucker
Graue Stadt am Meer	Husum, der Begriff wurde von dem Dichter Theodor Storm geprägt

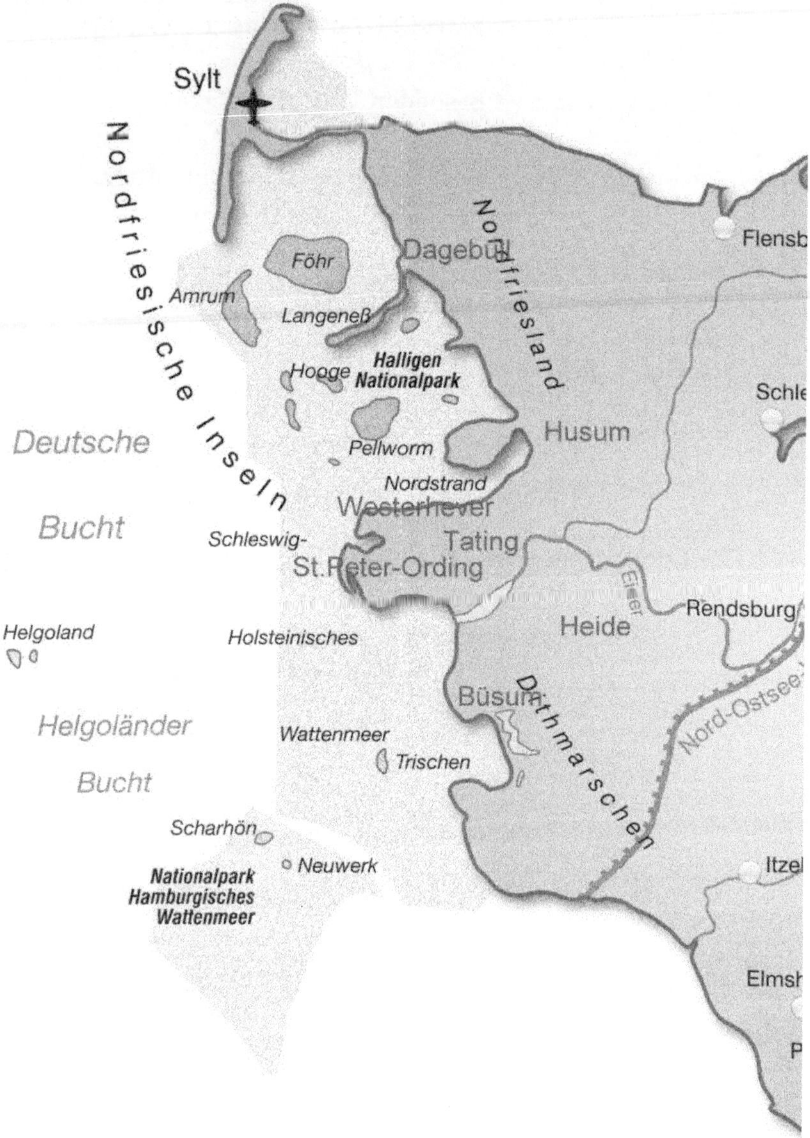

Sylt
Nordfriesische Inseln
Föhr
Dagebüll
Nordfriesland
Flensb
Amrum
Langeneß
Halligen
Nationalpark
Hooge
Schle
Husum
Deutsche
Pellworm
Nordstrand
Westerhever
Bucht
Tating
Schleswig-
St.Peter-Ording
Eider
Rendsburg
Heide
Helgoland
Holsteinisches
Büsum
Dithmarschen
Nord-Ostsee-
Helgoländer
Wattenmeer
Trischen
Bucht
Scharhön
Neuwerk
Itzel
Nationalpark
Hamburgisches
Wattenmeer
Elmsh

Schleswig-Holstein

Torges Tipps für Ihren Urlaub in SPO und dem schönen Nordfriesland

Folgen Sie dem schrulligen Hausmeister der Ferienanlage *Weiße Düne* auf Facebook: www.facebook.com/TorgeTrulsen

Hat Ihnen die Geschichte gefallen?
Dann freue ich mich sehr über eine positive Rezension bei *amazon* oder auf einem anderen Portal, denn Bewertungen werden für uns Autoren immer wichtiger. Das muss kein langer Text sein, schreiben Sie einfach, was Sie anderen Lesern gerne zu dem Buch mitteilen wollen. (Aber natürlich nicht verraten, wie die Geschichte endet ☺.)
Ich danke Ihnen im Voraus!

Herzlich
Ihre Stefanie Schreiber

Über die Autorin

Stefanie Schreiber ist Fach- und Krimiautorin.

Ihre kleine Reetkate Tating, die sie seit 21 Jahren an Feriengäste mit und ohne Hund vermietet, steht bei Sankt Peter-Ording und liegt ihr genauso am Herzen wie das Schreiben ihrer Regional-Krimis. Die Verbundenheit sowohl mit dem Landstrich als auch mit der Mentalität der Küstenbewohner lässt sie in ihre Romane einfließen.

Inspiriert durch ihr Journalismus-Studium veröffentlicht sie seit 2014 erfolgreich Praxis-Ratgeber zum Thema Vermögensaufbau mit Ferienimmobilien.
2019 erschien ihr Krimi-Debut.

www.StPeterOrding-Krimi.de

Danksagung

Wenn ein Buch in der ersten Fassung fertig ist, erfüllt mich das mit Freude und Erleichterung. Ein großes Stück Arbeit ist geschafft. Ich räume meinen Schreibtisch auf und bringe die Notizen sowie die zahlreichen Erinnerungszettel für Recherchedetails ins Archiv oder werfe sie in den Papierkorb.

Dann wird der Text mehrfach überarbeitet! Ich freue mich sehr, dass ich dafür so großartige Unterstützung habe. Ich danke meinem Lektoren-Team Elke und Wolfgang Lensch. Mir ist niemand bekannt, der mehr Kriminalromane gelesen hat als diese beiden Experten, die außerdem auf lange Jahre der redaktionellen Arbeit zurückblicken. Danke für Eure Anregungen und Eure kritischen Augen.
Ich danke meinem Korrektor Sándor Sima, der mit seiner gründlichen Arbeit dazu beiträgt, das Buch möglichst fehlerfrei zu produzieren.
Großer Dank gebührt meiner Illustratorin Sabine Schulz, die nun nicht nur Torge, sondern auch Charlie und Knud genau das Gesicht verliehen hat, das in meiner Vorstellung war. Großartig!

Schließlich gilt mein Dank einigen Testlesern und Torge-Fans, die mich im Schreibprozess unterstützt haben.

Danke!
Stefanie Schreiber

Bibliografische Information der Deutschen Nationalbibliothek
Die Deutsche Nationalbibliothek verzeichnet diese Publikation in der Deutschen Nationalbibliografie; detaillierte bibliografische Daten sind im Internet über www.dnb.de abrufbar.

Covergestaltung und Buchdesign: anonymus Design
Umschlagfoto: iStock
Lektorat: Elke und Wolfgang Lensch
Korrektorat: Sándor Sima
Kapitelfotos:
Paul Fröls, Manfred Meyer und Stefanie Schreiber
Illustrationen *Torge Trulsen, Charlotte Wiesinger und Knud Petersen*: Sabine Schulz
Printed in Germany

Broschiert ISBN 978-3-96608-019-4
ebook ISBN 978-3-96608-020-0

Alter Elbdeich 124
21217 Seevetal-Over
www.servitus-verlag.de

Bereits von der Autorin erschienen:

Mord im Watt vor St. Peter-Ording
Der erste Fall für Torge Trulsen und Charlotte Wiesinger

Todesfalle Hochzeit in St. Peter-Ording
Der zweite Fall für Torge Trulsen und Charlotte Wiesinger

Das 13. Kind aus St. Peter-Ording
Der dritte Fall für Torge Trulsen und Charlotte Wiesinger

Doppelmord hinterm Deich bei St. Peter-Ording
Der vierte Fall für Torge Trulsen und Charlotte Wiesinger

20 Jahre Reetkate Tating - Aus dem Ferienhaus geplaudert | Erstaunliche Geschichten und emotionale Momente aus dem Alltag der Vermietung

Mit Ferienimmobilien Vermögen aufbauen und Steuern sparen! In elf Schritten zur erfolgreichen Vermietung

Das Arbeitsbuch! Mit Ferienimmobilien Vermögen aufbauen und Steuern sparen | Ihr persönlicher Begleiter auf den elf Schritten zur erfolgreichen Vermietung

Erfolgreiche Vermarktung Ihrer Ferienimmobilie!
Der optimale Marketing-Mix inklusive Social Media für Ihren Vermietungserfolg

Ihr Ferienimmobilien-Marketingplaner!
Eine strukturierte Arbeitsvorlage für Ihren optimalen Marketing-Mix inklusive Social Media

Reihe Ferienimmobilie aktuell:

Band 1: Richtige Kaufentscheidung und erfolgreicher Start mit Ihrer ersten Ferienimmobilie!

Band 2: Wirtschaftlichkeitsberechnung und Finanzierung Ihrer erfolgreichen Ferienimmobilie!

Wollen Sie die Zeit bis zum Erscheinen des nächsten SPO-Krimis mit Torge Trulsen überbrücken und auch noch etwas mehr über mich als Autorin erfahren?

Mein Buchtipp für Sie:

20 Jahre Reetkate Tating
Aus dem Ferienhaus geplaudert
Erstaunliche Geschichten und emotionale Momente aus dem Alltag der Vermietung

auch als ebook und im Kindle Unlimited

Leseprobe:

Wie alles begann

Dass ich irgendwann einmal ein Haus mein Eigen nennen wollte, wusste ich schon früh. Bedingt durch meine Erziehung bin ich von einem Reihenhaus am Rande der Stadt ausgegangen, welches ich mit einem Mann, zwei Kindern sowie - statistisch gesehen - einem halben Hund bewohne.

Das Leben spielte anders.

Mit Anfang 30 war ich gerade wieder Single geworden, also von Ehe sowie Familiengründung weiter entfernt denn je. Da ich bereits seit ein paar Jahren selbständig tätig war, fing ich an, mir über meine Altersvorsorge Gedanken zu machen. Ich schloss erst einmal eine Lebensversicherung ab - das war Mitte der Neunziger Jahre noch eine Anlageform, die immerhin eine durchschnittliche Rendite versprach. Derzeit ist sie ja kaum attraktiver als der Sparstrumpf. Allerdings wird sie nach meiner Erfahrung gerne als Sicherheit gesehen, wenn einmal wieder ein Kredit fällig ist, was bei der Finanzierung mehrerer Häuser gelegentlich vorkommt.

Mit 33 war ich wild entschlossen meine Immobilienpläne in die Tat umzusetzen. Den Mann fürs Leben hatte ich immer noch nicht getroffen. Also entschied ich mich, die Finanzierung für eine Zwei-Zimmer-Wohnung auf die Beine zu stellen - das schien mir ein guter Anfang zu sein. Ein Haus konnte auch später noch gekauft werden, zusätzlich oder nach Wiederverkauf der Wohnung. Mein Bankberater gab grünes Licht. Ich stöberte in Immobilienteilen in der Zeitung sowie im Internet.

Ein Urlaub in einem wundervollen alten Bauernhaus unter Reet an der Nordsee inspirierte mich und ließ mich meine Pläne kurzfristig ändern. Es handelte sich um ein Doppelhaus in wundervoller Lage, umgeben von Heckenrosen, Lavendel sowie Margeriten - also Natur pur. Ich fing an zu träumen. Die Vermieterin nutzte eine Haushälfte als eigenes Urlaubsdomizil, lediglich die andere vermietete sie an Feriengäste.
Großartig!
Ich recherchierte, studierte Exposés attraktiver Häuser und rechnete. Schnell war klar, diesen Luxus gab meine finanzielle Situation nicht her. Bei der Investition in ein vergleichbares Objekt war es notwendig, beide Hälften zu vermieten. Eigenkapital hatte ich lediglich für die Nebenkosten sowie die Einrichtung des Hauses - würde das reichen?

Ein Gespräch mit dem Finanzberater sollte Aufschluss geben. Obwohl ich mit vollständigen Unterlagen bestens vorbereitet war, fuhr ich mit klopfendem Herzen los. Der Kaufpreis eines solchen Hauses war deutlich höher als der einer kleinen Wohnung. Würde die Bank mir so ein Objekt ebenfalls finanzieren?

Dort angekommen, versuchte ich, meine Aufregung in den Griff zu bekommen, und holte einmal tief Luft. Schon öffnete sich die Tür und ich wurde hineingebeten.
„Guten Tag Frau Schreiber, kommen Sie herein. Das klang ja spannend und geheimnisvoll am Telefon - nehmen Sie Platz."
Mit wackeligen Knien erreichte ich lächelnd den Stuhl.
„Ja, ich habe meine Pläne geändert, ich glaube, ich bin für eine Eigentumswohnung noch nicht sesshaft genug."
Schelmisch grinsend fragte er: „Ah, was wollen Sie denn jetzt kaufen? Ein Wohnmobil?"
Sein Scherz entspannte die Situation, also holte ich meine Unterlagen aus der Tasche. Eine Mitarbeiterin servierte Kaffee, wodurch ich etwas Zeit gewann, um meine Gedanken zu sortieren und mich zu konzentrieren. Ich war von der Idee mittlerweile so begeistert, dass ich es nicht vermasseln wollte.
Mitgebracht hatte ich das Exposé des Hauses, das ich mir bereits von außen angeschaut hatte. Die Eckdaten lasen sich wie ein absoluter Traum. Diese Immobilie hatte alles, was ich mir wünschte: zwei Kamine, Wannenbad, Galerie - ein kleines schnuckeliges Doppelhaus unter Reet in der Nähe von Sankt Peter-Ording auf einem großen Grundstück.
Perfekt!
Dazu hatte ich einen Business-Plan ausgearbeitet - über die Vermietung von Ferienimmobilien wusste ich bis dato nichts, aber ich hatte tagelang Übernachtungspreise recherchiert sowie Informationen zu realistischen Vermietungszahlen gesammelt. Mein Plan war schlüssig.
Fehlte nur noch die Finanzierungszusage der Bank - dann erfüllte sich mein Traum vom eigenen Haus. Gleichzeitig trat meine Altersvorsorge in eine neue Phase ein.

Mein Berater studierte die Unterlagen, zog seine Stirn in beunruhigende tiefe Runzeln. Nach einer gefühlten Ewigkeit nickte er schließlich:
„Das sieht doch recht gut aus...."
Ich war erleichtert.
„...wir benötigen einen zusätzlichen Termin mit dem Bauspezialisten. Im Anschluss erhalten Sie eine endgültige Entscheidung. Wenn diese positiv ausfällt, folgt ein konkretes Finanzierungsangebot. Dafür brauchen wir noch Ihre Gehaltsnachweise der letzten drei Monate."
Gott sei Dank wusste er nicht, wie doppeldeutig diese Formulierung war, sonst hätte er mich vermutlich ohne neuen Termin nach Hause geschickt. Denn mein kurzfristiger Ausflug in ein Angestelltenverhältnis dauerte nur noch drei Monate. Einen Folgejob gab es derzeit nicht.
Der perfekte Zeitpunkt, um sich ein Haus zu kaufen?!
Nun ja, ein bisschen riskant war es schon. Doch mein Gehalt reichte sowieso nicht, um es zu finanzieren. Das Ziel war, ausreichend Mieteinnahmen zu generieren, um die Kosten decken. Ich war optimistisch: St. Peter-Ording ist ein Top-Urlaubsgebiet!

Ich nahm den zweiten Banktermin also mit meinen hübschen drei Gehaltsabrechnungen wahr. Kurz hatte ich überlegt, dem Berater zu offenbaren, dass es sich um ein befristetes Arbeitsverhältnis handelte, das nicht verlängert wurde. Mein bester Freund riet mir jedoch dringend davon ab und da ich nicht gefragt wurde, ließ ich es.
Der Bauspezialist war ein Bubi, der definitiv noch grün hinter den Ohren war - oje, in dessen Händen lag nun meine Zukunft. Er war bestimmt zehn Jahre jünger als ich. Meine Zweifel bezüglich seines Urteilsvermögens, ob

ich in der Lage war, diese Finanzierung zu stemmen, wuchsen von Minute zu Minute.
Er rechnete wie ein Wilder - was, konnte ich nicht genau nachvollziehen - und kritzelte dazu ein Blatt nach dem anderen voll.
Imposant!
Zwischendurch legte auch er seine Stirn in tiefe Falten (vielleicht war das hier ein Einstellungskriterium), dazu schüttelte immer wieder mit dem Kopf. Mir sank der Mut! Ich überlegte bereits, welche Bank ich als Nächstes fragen sollte, da hatte er genug gerechnet, fügte alle Papiere zu einem ordentlichen Stapel zusammen und schaute mich ernst an.
Der machte es aber spannend! Obwohl mir das Stillsitzen immer schwerer fiel, hielt ich seinem Blick stand. Da er nicht lächelte, unterließ ich es ebenfalls.
Schließlich sagte er zustimmend: „Das ist ein schönes Objekt und Ihr Business-Plan ist schlüssig. Gern werden wir Sie mit einer Finanzierung begleiten.“ Endlich lächelte er, so tat ich es ihm erleichtert gleich. Am liebsten hätte ich gejubelt, aber das sparte ich mir für später auf.
Ich war am Ziel - dachte ich. Genau genommen war es der Anfang eines langen Weges, der mit sehr viel Freude sowie Leidenschaft, aber auch mit Schmerzen, Verzicht, Wut als auch Ärger verbunden ist.
Dazu im Laufe dieses Buches mehr.

So kaufte ich am Freitag, den 13. August 1999 mein erstes Haus - meine kleine Reetkate Tating auf Eiderstedt.

Zwischen dem Entdecken im Internet und dem Notartermin lagen lediglich drei Wochen. Es war Liebe auf den ersten Blick! Auch nach mittlerweile 21 Jahren habe ich meine Entscheidung nicht bereut!

Die Sensefrau

Ungläubigkeit lag in seinem Blick.
Er musterte mich von oben bis unten.
Langsam.
Sein Blick blieb kurz an meinen lackierten Nägeln hängen, schließlich an den hohen Schuhen. Es mischte sich ein wenig Fassungslosigkeit hinein.
„*Sie* wollen eine Sense kaufen?"
Meine Güte, was für ein Macho-Gehabe! Musste ich wirklich in Gummistiefeln hier hineinwatscheln, um von diesem Landei ernst genommen zu werden?
Auch meine Nachbarn bekamen Anlass zum Feixen.
„Städter!", tuschelten sie, „großes Grundstück kaufen, aber nicht einmal zum Rasen mähen sind sie in der Lage."
Opa von hinten hatte schon offen gelästert, aber ihm konnte ich offenbar nichts recht machen, das war sofort klar gewesen.
„Und wofür brauchen *Sie* eine Sense?"

Der überhebliche Chauvi holte mich zurück an den Schauplatz des Geschehens. So langsam reichte es mir. Auch wenn ich nicht seinen Vorstellungen des typischen Käufers einer Sense in einem ländlich gelegenen Baumarkt entsprach: So musste ich mich weder als frischgebackene, stolze Hauseigentümerin noch als Hamburger Geschäftsfrau behandeln lassen!

„Ist das eine Fangfrage?" Mein Ton war sowohl bestimmt als auch fordernd.

Er schaute mich leicht irritiert an.

„Haben Sie nun Sensen im Sortiment, oder nicht? Und wenn ja, wo finde ich sie?"

Er nickte. Die Frage nach dem Lagerort schien ihn von dem ursprünglichen Zweifel, ob es sinnvoll sei, mir ein solches Gerät zu verkaufen, abzulenken.

Dann marschierte er los. So schnell es mit möglich war, stöckelte hinterher. Nur mit großer Mühe gelang es mir Schritt zu halten, doch ich wollte mir unter keinen Umständen eine Blöße geben.

Dass wir versäumten, einen Rasenmäher anzuschaffen, war schon peinlich genug. Erst war der große Garten eine Pracht von Löwenzahn, sattgelb leuchtete er uns an! Dann verpassten wir den richtigen Zeitpunkt, um einzugreifen. Aus Pusteblumen wurde eine Büschelwiese und schließlich wuchs uns die ganze Herrlichkeit buchstäblich über den Kopf.

Ich stöckelte so schnell, ich konnte. Es fehlte nicht viel. Fast hätte ich den Verkäufer umgerannt, als er plötzlich abrupt stehen blieb. Strahlend zeigte er auf den Inhalt eines Regals.

Bevor er seine Bedenken verwarf, musterte er mich mit einem letzten zweifelnden Blick. Schwungvoll riss er eine mittelgroße Sense aus dem Fach. Bevor er sie mir in die Hand drückte, demonstrierte er mir die Handhabung. Ich nickte wissend, obwohl ich absolut ahnungslos war.

Und das war ein Segen, denn noch wusste ich nicht, wie anstrengend es werden sollte, die 2000qm mit der Sense zu bearbeiten, der Rasen hatte mittlerweile eine Höhe von 50 bis 60cm.